KB272738

상검 10
이현 新무협 판타지 소설

초판 1쇄 찍은 날 § 2003년 11월 27일
초판 1쇄 펴낸 날 § 2003년 12월 7일

지은이 § 이현
펴낸이 § 서경석

편집장 § 문혜영
편집책임 § 박영주
편집 § 장상수 · 권민정 · 유경화 · 김민정
마케팅 § 정필 · 강양원 · 이선구 · 김규진 · 홍현경
펴낸곳 § 도서출판 청어람
등록번호 § 제1081-1-89호
등록일자 § 1999. 5. 31
어람번호 § 제2-0286호

주소 § 경기도 부천시 원미구 심곡1동 350-1 남성B/D 3F (우) 420-011
전화 § 032-656-4452 팩스 § 032-656-4453
http://www.chungeoram.com
E-mail § eoram99@chol.net

ⓒ 이현, 2003

값 8,000원

ISBN 89-5505-895-0 04810
ISBN 89-5505-591-9 (SET)

이현 新무협 판타지 소설

商劍

10
완결 | 冰殿(빙전)

도서출판
청어람

목
차

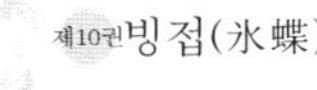

제1장

물결 따라 뱃길 따라

당고랍산(唐古拉山)을 타고 내린 얼음물은 통천하(通天河)를 이루고, 그 물은 사천(四川)의 길목에서 금사강(金沙江)이 되었다가 끝내는 그 장대함에 눌린 인간에 의해 마침내 장강(長江)으로 불려 대해로 흘러간다. 하늘에서 내려와 인간의 대지를 떠돌며 숱한 사연을 담아 흘러온 장강의 물결이기에 무릇 그 자태는 도도하기만 하다.

'안 돼!'

거센 물살에 휩쓸려 마음먹은 대로 움직일 수조차 없었다. 내상을 입은 곡완주는 정신이 오락가락했지만 그 사람을 이 어두운 물속에 혼자 버려둘 수는 없었기에 곡완주는 무영을 찾아 물속을 헤맸다.

숨이 가빠왔다. 장강의 물결은 한 치 앞을 식별할 수 없을 만큼 탁하기만 했다. 곡완주는 전신의 기(氣)를 활짝 열었다.

'아!'

사람의 물체로 생각되는 것이 그녀의 촉기(觸氣)에 걸려들었다. 곡완주는 혼신의 힘을 다해 그리로 다가갔다. 커다란 덩어리가 저만치 물속에서 위아래로 움직이며 떠내려가는 것이 느껴졌다. 곡완주의 몸은 물고기처럼 요동 치며 미끄러져 흰 덩어리로 향했다. 가까이 다가갈수록 양팔과 두 다리를 큰대(大) 자로 늘어뜨리고 물에 떠밀려 내려가는 그의 모습이 확연해졌다.

물살을 헤쳐 가며 힘겹게 다가간 곡완주는 가까스로 무영의 옷을 잡아챌 수 있었다. 곡완주는 팔을 무영의 겨드랑이로 돌려 뒤에서 껴안은 후 발을 저었다. 물살은 무척이나 거셌다. 방향도 알 수 없었기에 그저 물길을 따라가며 한쪽으로 몰아가는 것이 고작이었다. 호흡이 점점 가빠오며 정신이 아득해져 왔다.

'이젠……'

자신만 살자고 만천심공을 전개하고 싶은 생각은 조금도 없었다. 물살에 떠밀리면서도 정신을 다잡기 위해 몇 번이나 스스로에게 다짐을 했지만 언제까지 이렇게 버틸 수 있을지는 알 수 없었다.

'그래, 같이만 있으면……'

마침내 곡완주는 마지막 끈마저 놓아버렸다. 무영의 등을 굳게 껴안고 정신을 잃은 그녀의 입가에 희미한 미소가 번졌다.

장강에도 날이 밝았다.

도도하게 흐르는 물줄기는 지난밤의 악몽마저도 감싸 안았기에 수면 위를 오가는 배의 움직임은 그저 평화롭기만 했다.

십여 명의 선부들이 노를 젓는 소선 한 척이 강물의 흐름을 따라 천천히 떠가고 있었다. 배가 물살을 탔기에 방향을 잡기 위해 가끔씩 노를 저을 뿐, 선부들 역시 장강에 배를 맡기고 그런 한가함을 즐기기는 마찬가지였다.

은교교는 선실에 앉아 창밖을 내다보았다.

오늘 새벽 때마침 호수를 지나는 객선의 한 자리를 얻어 탈 수 있었던 것은 그녀에게 정말 행운이었다. 선장은 행오에게서 되찾은 보퉁이에서 은원보 하나를 꺼내주었기에 군말없이 그녀를 태워주었고, 은자의 힘은 선장이 쓰는 방을 선실로 사용할 수 있게 해주었다. 선장은 은원보가 나온 보퉁이가 탐이 나는 모양이었지만 그녀가 들고 있는 검을 보고는 이내 포기했다. 이 일대에서 검을 들고 설치는 자들은 남녀노소를 막론하고 모두 무림맹과 관련이 있다는 것을 잘 알기 때문이었다.

은교교는 혹시라도 자신을 알아보는 사람이 있을까 봐 조바심을 냈다. 바쁜 와중에도 배에 오르기 전에 거무튀튀한 얼굴의 평범한 촌마을 소년으로 역용을 했지만 그렇다고 겁나지 않는 것은 아니었다.

대해(大海)를 향한 기나긴 여로(旅路)이기에 장강은 서둘지 않고 그저 그렇게 흘러갈 뿐이었다. 장강의 물결도, 그 위를 떠가는 배도, 그리고 잠깐씩 노를 젓는 선부들도 모두 여유를 즐겼지만, 은교교만은 그렇지 못했다.

'살았겠지.'

무영이 달아난 후에 곧장 무림맹을 빠져나왔지만 감히 돌아가 볼 수도 없어 생사를 확인할 길조차 없었다. 혹시 그 일에 관해 무슨 소문이라도 났나 싶어 선객들의 대화에도 주의를 기울였지만 허사였다.

'어산도라는 곳에 가면 나를 기다리고 있을 거야. 몸속에 섭혼지기가 남아 있으니 한동안 나를 잊지는 않겠지.'

이십 년도 넘는 연하의 남자인 무영을 사랑하게 될 줄은 꿈에도 생각지 못했다. 사람을 그리워하는 감정이 어떤 것인지조차도 처음 안 그녀였다.

'훗!'

웃음이 터져 나왔다. 무영의 얼굴만 떠올리면 가슴이 절로 두근거리고 기분이 좋아졌다.

'살아 있을 거야.'

몇 번씩이나 스스로에게 다짐하듯 하면서도 마음 한구석에 불안이 남아 있는 것은 어쩔 수 없었다.

'역무군이 따라갔는데…….'

그런 생각을 하니 갑자기 불길한 마음이 왈칵 들었다. 무영의 실력이 역무군을 상대하기에는 아직 멀었음을 잘 알기 때문이다.

'어쩌지…….'

일단 그런 생각이 든 후로는 마음이 안정되지 않았다. 멀리 동해에 있다는 어산도까지 갔다가 만약 그곳에 무영이 없으면 어떡하나 하는 걱정도 들었다. 그렇다면 남궁화나 이라 공주가 무림의 색녀라고 소문난 자신을 받아들일 턱이 없었다.

'혹시 나를 찾아 무림맹 근처에 숨어서 헤매고 있지나 않을까?'

불안했다. 한번 그런 방향으로 마음이 쏠리니 좋지 않은 생각이 꼬리에 꼬리를 물었다. 뒤가 마려운 강아지처럼 선실 안을 오가던 그녀는 마침내 더 이상 참지 못하고 선장에게 달려갔다.

"배를 저쪽에 대주세요."

바다 같은 느낌이 들 정도로 넓은 동호를 지나 장강으로 빠져나온 지 반 시진도 채 되지 않았을 무렵이었다.

"뭐라고?"

배를 댈 만한 장소도 마땅찮은 곳이다.

"뭍에서 이 장 거리 정도로만 배가 지나간다면 뛰어내릴 수 있어요."

은교교는 자신있는 표정으로 말했다. 더 먼 거리라 해도 건너뛸 수는 있겠지만 주의를 끌고 싶지는 않았다.

"정말이냐?"

은교교는 당차게 고개를 끄덕이며 배에서 멀지 않은 강변의 얕은 둔덕을 가리켰다. 뭍과 맞닿은 곳은 비스듬한 경사를 이루고 있어 배를 바싹 대기가 그리 쉽지는 않아 보이는 곳이었다. 무공을 모르는 평범한 사람이라면 감히 건너뛸 마음도 먹지 못할 그런.

"흠."

어린 녀석이지만 역시 검을 멘 것은 다 이유가 있다는 생각을 하며, 선장은 객선의 방향을 틀어 그녀가 말한 장소 가까이로 배가 지날 수 있게 했다. 다행히 수심이 깊은 곳이었기에 일 장 가까이까지 배를 붙여줄 수 있었다. 혹시라도 건너다가 물에 빠질까 걱정이 된 선장은 한 손을 들어 은교교가 뛰어내리려는 것을 막고 있다가, 배가 언덕에 가까워지자 그제야 손길을 치웠다. 가볍게 고개를 숙여 인사한 은교교는 건너편 뭍으로 몸을 날렸다.

"어이쿠!"

땅에 착지한 그녀는 마치 힘들게 건너뛴 것처럼 몸을 구부려 지면에서 구르다가 일어났다.

"인석아, 네놈 말대로 이 장 거리에서 건넜으면 그대로 물에 빠져 물고기 밥이 될 뻔했구나. 껄껄껄."

조바심을 내며 지켜보던 선장은 자신이 배를 가까이 붙여 그나마 안전하게 건널 수 있었다는 생각에 흐뭇했는지 그렇게 말하며 웃었다.

은교교는 무안한 듯 뒤통수를 긁으며 고개를 숙여 인사하고는 손을 흔들어주었다. 한참 동안 그러고 있던 그녀는 배가 멀리 한 점이 되어 사라지자 그제야 언덕으로 올라섰다. 어디로 갈까 한동안 망설이다가 마침내 무창이 있는 위쪽으로 방향을 잡았다. 위험하기는 했지만 혹시라도 무영의 소식을 들을 수 있지 않을까 해서였다.

"이거야 원……."

담 노인은 두 사람을 어떻게 해야 할지 판단이 서지 않았다.

이번 달도 벌써 보름이 지났건만 손에 쥔 것은 겨우 은자 한 냥이 넘어서는 수입이 고작이었다. 그동안 새벽부터 일어나 물질해 고기를 잡아 오후가 되면 이십 리 길을 걸어 인가에 내다 팔아왔지만, 올해는 시세가 형편없이 뚝 떨어져 큰돈이 되지 않았다. 배운 것이 도적질이라고 칠순이 다 되어가지만 물질 말고는 마땅히 다른 일을 찾지 못해 젊은 어부들이 떠난 이곳에 혼자 남아 자리나 지키는 형편이었다.

"허, 참!"

담 노인은 혀를 찼다. 저만치에는 아침 내내 그물에서 힘들게 끌어올려 갈대밭 사이 비스듬한 언덕에 뉘어놓은 두 남녀가 있었다. 청년은 그나마 숨이나 쉬고 있었지만, 여자는 이미 죽었는지 숨결이 느껴지지 않았다. 그래도 산 사람을 시체와 붙여두기 뭣해서 떼어놓으려 애를 썼지만, 사내의 가슴을 뒤쪽에서 두른 채 죽은 여자의 팔은 도저히 펴지지 않아 결국 포기했다.

담 노인은 그런 여자를 보며 가슴이 찡해오는 것을 느꼈다. 입과 두

눈만 내놓고 복면으로 얼굴을 가린 여자의 손에 장검이 들려 있는 것
으로 보아 무예를 익힌 모양이었다. 아마도 물속에서 청년을 구하려다
자신이 먼저 죽은 것으로 보였다. 죽은 마당에 복면이라도 걷어주려
했지만 슬쩍 들친 복면 사이로 보이는 끔찍한 흉터에 놀라 얼른 손을
뗐었다.

　‘쯧쯧, 젊은 여자 같은데…….’

　알고 보니 복면을 한 것에는 이유가 있었다. 하기는 이제 죽었으니
미추(美醜)가 무슨 상관이겠냐마는…….

　아직 목숨이 붙어 있는 사내를 위해 인정상 의원이라도 모셔와야겠
지만, 그동안 모아온 몇 푼 되지 않는 전 재산을 낯 모르는 사람들을
위해 선뜻 쓰기도 그랬고, 그런 푼돈으로 이곳까지 와줄 의원이 있을
턱이 없었다.

　“휴. 이 사람들아, 차라리 그냥 물속에서 죽어버리지 않고 숨은 왜
쉬고들 있어 나를 괴롭히는 겐가?”

　그는 뭍에 끌어다 매놓은 조각배 한 귀퉁이에 앉아 혼잣말로 중얼거
렸다. 두 사람에게는 안된 말이지만 그의 솔직한 심정이었다.

　오늘 새벽 그물을 걷는 손이 묵직하게 느껴져 은근히 흥분하기까지
했던 그였다. 그런데 그게 사람일 줄이야, 그것도 둘씩이나……. 차라
리 시체였다면 부근 언덕 어디에라도 고이 묻어주고 극락왕생(極樂往
生)을 빌어주면 그만이었겠지만, 한 명은 살아 있다는 것이 큰 문제였
다.

　‘응?’

　담 노인은 흠칫했다. 죽었다고 생각한 여자의 손이 조금씩 움직이는
것이 언뜻 보였기 때문이다.

'잘못 보았나?'

그는 두 사람을 누인 곳으로 가까이 다가갔다. 바짝 긴장이 되었기에 가까이 가면서도 여자에게서 눈을 떼지 못했다. 숨을 쉬지 않았기에 틀림없이 죽었다고 확신했던 여자였다. 쭈그리고 앉아 시체를 자세히 살피던 담 노인의 눈이 갑자기 커졌다.

"후… 후……."

방금 전까지 숨도 쉬지 않던 여자였는데 갑자기 소리까지 내가며 숨을 몰아쉬고 있었기 때문이다. 숨소리는 갈수록 확연해졌다.

'살아 있었구나!'

담 노인은 재빨리 달려들어 여자의 팔다리를 주물렀다. 굳은 혈맥을 풀어주어 전신에 피가 돌게 하려는 것이다. 한동안 담 노인이 땀을 흘린 덕분인지, 여자는 청년을 끼고 있던 왼팔을 풀었고 이어 한 손에 굳게 쥐고 있던 장검마저도 놓았다.

"여보시오! 여보시오!"

그는 사람 하나를 다시 살린다는 생각에 힘든 것도 잊고 더욱 열심히 몸을 주물러 가며 소리쳤다.

'아아악!'

꿈이었다. 곡완주는 늪 속에 빠져 있었다. 그곳에서 끝이 보이지 않는 거대한 괴물의 입속으로 자신과 무영이 빨려 들어가고 있었다. 괴물의 입 안에는 온갖 징그러운 것들이 가득했다. 입속에서 나온 또 다른 커다란 혹같이 생긴 생명체가 시커먼 촉수를 뻗어내 손을 맞잡고 밖으로 달아나려는 두 사람을 끌어당겼는데, 촉수 끝에는 기분 나쁜 끈끈한 액체가 있어 도저히 몸이 떨어지지 않았다.

슈욱!

순간 촉수를 뻗은 생명체의 혹이 쭉 늘어나더니 또 하나의 입으로 변해 두 사람을 향해 구멍을 쩍 벌리며 삼킬 듯 빠른 속도로 다가왔다.

'안 돼!'

손을 저어 무영의 앞을 막아서는 그녀의 두 팔을 괴물의 촉수가 휘감았다. 곡완주는 있는 힘을 다해 촉수를 뿌리치려 했지만 그 완강한 힘을 당할 수 없었다.

'아!'

마침내 버티던 힘이 다하는 순간 두 사람은 괴물의 벌어진 입 안으로 빨려 들어갔다.

"아악!"

"이보시오, 이보시오. 눈을 뜨시오."

담 노인은 땀까지 줄줄 흘려가며 허공으로 손을 내젓는 여인의 팔목을 온 힘을 다해 가까스로 잡고 있었다. 붙잡고 당기고 하는 두 사람의 실랑이가 얼마나 심했던지, 곡완주의 몸은 처음 있던 곳에서 몇 걸음이나 옮겨져 있었다.

"휴, 웬 여자가 이리도 힘이 좋은지……."

날마다 물질을 하는 그의 팔뚝은 웬만한 젊은 사람도 번쩍 들을 만큼 억셌지만 이 여인의 힘은 감당하기가 쉽지 않았다. 아마 물속에서 받은 충격으로 가위눌리고 있는 것이 틀림없어 보였다.

곡완주는 한참 동안 그렇게 허우적대며 담 노인과의 힘겨루기를 이어가다 언제부터인가 서서히 악몽에서 깨어났다.

복면여인이 정신을 차리는 기미가 보이자 담 노인은 손을 떼고 물러서 걱정스런 눈으로 그녀를 지켜보았다.

'아!'

곡완주는 눈을 반쯤 떴다. 따사로운 햇볕이 내리 쪼이고 있어 눈이 부셨기에 화들짝 놀란 눈이 절로 감겼다.

"음……."

몸을 뒤척이려는 순간 자신도 모르게 신음성이 흘렀다.

"강물을 많이 먹어 몸이 정상이 아닐 터이니 아직 움직이지 마시게."

곁에서 늙수그레한 노인의 목소리가 들렸다.

'꿈이었구나.'

너무도 진저리쳐지는 꿈이라 아직도 그 충격이 고스란히 남아 있었다.

'여기가 어디지?'

곡완주는 기억을 더듬었다. 머리 속 생각은 엉클어진 실타래처럼 뒤섞여 도무지 정리가 되지 않았다. 꿈에서는 깨어났지만 혼몽은 계속되고 있었다. 길게 이어진 한 폭의 그림과도 같았다. 무영과 백무도의 타구봉에 올랐던 생각이 났다. 정말 따스했던 그 손……!

중원으로 돌아오는 뱃전에서 손을 나란히 잡고 서 있던 기억도 떠올랐다. 그때 남궁화나 아라 공주가 어떤 반응을 보일까 무척이나 불안해했었다. 긴장감마저 느꼈었다.

'가만… 그런데 그분은 어디 게시지?'

순간, 비틀거리며 배의 난간으로 밀려가는 무영의 등을 역무군의 시퍼렇게 날이 선 검이 내리긋던 장면이 떠올랐다. 쿵 하고 심장이 떨어지는 충격과 함께 번뜩 정신이 들었다.

"안 돼!"

비명 소리와 함께 곡완주는 벌떡 몸을 일으켰다.

"어이쿠!"

눈을 감은 그녀를 조심스레 지켜보던 담 노인은 갑자기 몸을 일으키는 그녀에 화들짝 놀라며 뒤로 나자빠졌다.

"여, 여기가?"

"예끼, 그렇게 일어나려거든 미리 말을 해야지!"

"네, 네?"

곡완주는 난데없는 호통에 당황했다.

"험, 나는 철따라 이리저리 강을 옮겨가며 물질을 해 먹고사는 성이 담이라 하는 사람일세. 새벽에 그물을 걷으러 나가보니 물고기 대신 자네하고 저 사내가 그물 안에 들어가 있더군. 힘들게 끌어 올려 이곳에 뉘어놓은 것이 전부일세. 자네들 두 사람 덕분에 내 전 재산이라 할 수 있는 그물이 엉망으로 찢어졌으니 알아나 두시게."

'저 사내!'

곡완주는 그제야 지난 일들이 기억났다.

"상공!"

물에 빠진 무영을 따라 뛰어내렸다가 정신을 잃었던 상황이 생각난 그녀는 화들짝 놀라 무영을 부르며 주변을 둘러보았다.

'아!'

바로 곁에 정신을 잃고 누워 있는 무영이 있었다. 곡완주는 노인의 말은 듣는 둥 마는 둥 하며 엉금엉금 기다시피 해서 그의 곁으로 다가갔다. 온몸이 몽둥이에 두드려 맞은 것처럼 욱신거리며 아팠지만 그런 것쯤은 조금도 신경이 쓰이지 않았다.

“흑!”

파리한 안색에 죽은 듯 눈을 감고 있는 무영, 와락 눈물이 났다.

언뜻 보니 숨을 쉬는 것 같지 않아 겁이 난 그녀는 한 손으로 눈물을 훔쳐 가며 얼른 맥을 짚어보았다. 희미한 맥박이 느껴졌다.

“살아 있어!”

자신도 모르게 입 밖으로 말이 나왔다. 끊어질 듯 끊어질 듯, 흐릿하게나마 맥은 계속 이어지고 있었다.

‘살아날 거야. 맞아, 그때는 이보다 더 심했어도 살아났는데 뭐.’

곡완주는 그렇게 스스로를 안심시켰다.

“원래 죽은 사람은 자네였어. 저 사람은 처음부터 숨을 쉬었는데 자네는 아예 숨조차도 쉬지 않더군. 그런데 정작 자네가 먼저 눈을 떠 이렇게 발딱 일어났고 저 사람은 아직도 골골거리니… 허허, 세상만사를 그 누가 있어 안다 하겠는가?”

지켜보던 담 노인이 그렇게 말했다. 그 말에 어리둥절한 표정을 짓던 곡완주는 그제야 상황을 깨달았다.

만천심공(滿天心功). 위기에 빠지자 자신도 모르는 사이에 본능적으로 만천심공을 일으켜 스스로를 보호한 것이 틀림없었다. 곡완주는 조심스레 무영을 돌려 뉘었다. 역무군에게 부상당한 등 쪽의 상세를 확인하기 위해서였다.

“아!”

곡완주는 자신도 모르게 나직한 경악성을 냈다. 찢어져 밖으로 젖혀진 상의 안으로, 두 뼘은 족히 됨 직한 검상이 오른쪽 어깨 부위에서 왼쪽 허리 방향으로 길게 나 있었다. 피가 강물에 다 빠져나가 버린 탓인지, 상처 주위의 피부는 물에 불어 하얗게 탈색이 되어 너덜거렸고,

투명한 진물이 끊임없이 배어나고 있었다.

"칼에 맞았는가?"

담 노인이 다가와 혼잣말처럼 중얼거렸다.

"이분을 편히 모실 만한 거처라도 있나요?"

곡완주는 대답 대신 그렇게 되물었다. 주변에는 갈대숲만 무성해 눈비를 피해 누울 만한 곳이 선뜻 눈에 띄지 않았다.

"갈대숲 저 뒤쪽에 내 초막이 있네. 누추하나마 우선은 빗발이나 따가운 햇볕은 피할 수 있으니 그리라도 데려가세. 한데……."

담 노인은 주저하는 표정을 지었다. 정신을 잃고 있는 무영을 옮길 생각을 하니 늙은 몸으로 도저히 엄두가 나지 않았기 때문이다.

"저 혼자서도 옮길 수 있어요."

곡완주는 말과 함께 두 손으로 조심스레 무영을 안았다. 내상은 물론이요 만천심공에서 깨어난 지 얼마 되지 않아 공력이 제대로 모이지 않았지만 들 수는 있을 것 같았다. 아니, 들어야 했다.

"끙!"

하지만 몸 상태는 생각보다 훨씬 좋지 않았는지 휘청거렸다.

"저런!"

들기는 했지만 다리가 꺾여지며 몸이 중심을 잡지 못하고 비틀거리자 담 노인이 재빨리 다가와 무영의 어깨를 잡아 위로 쳐들었다.

"허!"

담 노인은 제 몸보다 머리통 하나는 더 큰 사내를 어렵게나마 들고 일어서는 그녀를 보고 감탄했다. 결국 비틀거리는 곡완주를 뒤로하고, 담 노인이 앞에 서서 무영의 어깨 부위를 잡고 곡완주가 뒤에서 엉덩이를 받치며 따라가는 식으로, 두 사람은 낑낑거리며 갈대숲을 돌아 초막으로 향했다. 갈대로 엮은 임시 거처였지만 그런대로 굵은 나무 기둥을 세워 튼튼하게 만든 것으로, 보기보다 안이 넓어 두세 명은 넉넉하게 지낼 만했다.

"휴우!"

한구석 갈대로 엮은 돗자리 위에 무영을 누이고 난 두 사람은 눈을 마주치고는 한숨을 내쉬었다. 잠시 숨을 돌리던 곡완주는 무리하게 힘을 쓴 탓으로 탈진을 했는지 몸에서 힘이 쪽 빠지는 것을 느끼고는 그대로 무영의 곁에 푹 쓰러지더니 이내 잠에 빠져 버렸다.

"허, 거참……."

담 노인은 고개를 절레절레 흔들며 그녀를 바로 누이고는 초막을 나섰다. 그리고 보니 죽었다가 방금 살아난 여자라는 것을 잊고 있었다.

곡완주가 깊은 잠에서 깨어난 것은 다음날 아침 해가 중천에 떠올랐을 무렵이었다. 강을 넘나드는 바람이 스쳐 지나가 갈대를 울렸다. 가끔 물 밖으로 고개를 내미는 물고기들도 그 바람을 즐겼다. 태양이 따갑기는 했지만 강바람이 또한 계속 불어와 그리 덥게 느껴지지는 않았다.

곡완주는 하룻밤 만에 거의 정상에 가까우리만치 상태가 좋아져 있었다. 만천심공의 효능은 정녕 놀라워 긴 잠을 한 번 자는 것으로 그녀의 몸은 상당히 회복되었던 것이다.

'아차!'

허공에서 팔을 비틀어 기지개를 켜던 곡완주는 문득 갈대 돗자리에 뉘었던 무영을 떠올리고는 황급히 주변을 돌아보았다.

"휴우……."

안도의 한숨이 절로 나왔다.

무영은 여전히 그렇게 누워 미동도 않고 미약한 숨만 내쉬고 있었다. 어쨌거나 살아 있다는 사실이 그녀를 안심시켰다. 문득 허기를 느끼고 초옥 안을 둘러보았지만 먹을 것이 눈에 띄지 않았다. 대충 몸을 추스르고 초옥을 나서니, 담 노인이 저만치 갈대 언덕에 앉아 따사로운 햇빛 아래서 그물코를 손질하고 있었다. 자신들 때문에 다 망가졌다던 그 그물인 모양이었다.

"저기… 혹시 먹을 것이 있나요?"

그걸 보니 더욱 염치가 없어 말이 쉽게 나오지 않았다.

"아이구, 그렇지. 그동안 통 먹지를 못했으니……."

그 말을 들은 담 노인은 서둘러 그물을 한구석으로 치워놓고 손을 털더니, 잡아놓은 물고기 몇 마리를 갈대에 꿰어 들고 종종걸음으로 물가로 갔다. 잠시 후 그는 대충 손질이 된 물고기 몇 마리를 초막으로 가져와 작은 솥에 넣고 물을 부은 후 불을 지폈다.

그러는 동안 곡완주는 생각에 잠겨 있었다.

'깨어날 수 있을까?'

무영은 어제와 마찬가지로 조금도 차도를 보이지 않았는데, 그저 살아 있다는 것을 알리는 듯 미약한 숨만 내쉬고 있었다. 이대로 두었다가는 살아난다는 보장이 없었다.

"식사 후에 의원이라도 모셔와야 하지 않겠는가?"

그녀의 눈매에서 근심을 읽은 담 노인이 말했다.

곡완주는 고개를 저었다. 그녀가 알기로 무영의 상세는 일반 의원이 손댈 수 있는 것이 아니었다. 검에 베어져 나간 등뼈까지 훤히 들여다보일 정도로 깊은 상처를 입었고 밤새 강물을 마셨기에, 보통 사람이라면 벌써 몇 번씩이나 죽고도 남았을 상태였다. 의원이 와서 무엇을 해준단 말인가? 아니, 그것보다 더 걱정스러운 점은 인근에 자신들에 관한 소문이라도 퍼지면 그때는 감당할 수 없었다.

'혹시!'

문득 심검이 떠올랐다. 묵환과 심검의 도움이라면 살아날 수 있을지 몰랐다. 하지만 애석하게도 심검이 보이지 않았다. 기억을 더듬어보니 역무군과 싸울 때에도 무영이 심검을 사용한 것 같지는 않았다. 아마 포로로 잡혀가 있는 동안 검을 빼앗겼던 모양이다.

잠깐이나마 밝아졌던 그녀의 마음이 다시 침울해졌다. 묵환의 도움을 받으려면 무영이 깨어나야 하고, 적어도 묵환에 힘을 불어넣을 어느 정도의 내공은 있어야 한다는 것을 잘 알고 있었다.

'화령속근단!'

곡완주는 황급히 무영의 품속을 더듬었다. 백무도에서 자신의 내공을 다시 일으켜 묵환과 심검의 효능을 얻을 수 있게 해준 영약이었다. 남궁가 비전의 단약이라고 했던가.

'아!'

화령속근단이 들어 있었던 것으로 보이는 주머니를 찾기는 했지만 안이 텅 비어 있는 것을 확인한 그녀는 크게 실망했다. 주머니 안에는 물에 녹은 단약의 찌꺼기로 보이는 흔적들만이 남아 있을 뿐이었다. 주머니를 든 곡완주의 손에서 힘이 빠져나갔다.

"어죽일세. 이걸 먹고 나면 기력이 좀 회복될 게야."

담 노인은 나무를 깎아 엉성하게 만든 그릇에 김이 무럭무럭 솟아오르는 죽을 담아 내밀었다.

"정말 고맙습니다."

곡완주는 그렇게 인사하고는 뜨거운 줄도 모르고 허겁지겁 어죽을 입에 넣었다.

후루룩, 후루룩.

담 노인은 그 모습을 보고 흐뭇한 미소를 지었다.

곡완주는 그곳에서 그렇게 사흘을 더 보냈다. 하루 종일 그녀가 하는 일이라고는 운기조식을 해 자신의 내상을 치유하는 일과 무영의 상세를 살피는 것이 고작이었다. 물론 담 노인의 식사 준비를 돕기는 했지만 복면을 했기에 밖에 나서는 것을 꺼려해 그 외의 다른 일에는 일체 신경 쓰지 않았다. 곡완주가 관심을 갖는 것은 오로지 하나, 무영의 회복이었다.

하지만 무영의 상세가 전혀 차도를 보이지 않는다는 것이 그녀를 답답하게 했다. 이런 상태에서 무작정 낫기만을 기다리며 무림맹의 코앞인 이곳에서 더 이상 머물고 있을 수도 없었다. 그녀는 담 노인에게 은자를 주며 무영을 싣고 갈 마차와 여행 떠날 행장을 준비해 달라고 부탁했다. 그런데 은자를 받아 들고 인근 마을로 나갔던 그가 반나절이 채 되기도 전에 하얗게 질린 얼굴로 황급히 돌아왔다.

"호, 혹시 무림맹과 무슨 원수진 것이 있는가?"

크게 흥분했는지 말까지 더듬고 있었다.

"예? 그게 무슨 소리지요?"

그렇게 묻기는 했지만 곡완주는 가슴이 철렁했다. 내심 돌아가는 상황이 짐작되었기 때문이다.

"무림맹 사람들이 며칠째 사람을 찾는다고 하네. 삼삼오오 떼를 지어가며 수백 리 일대를 샅샅이 수색하고 있다더군. 여자 한 명과 남자 한 명인데, 흑의를 입은 여자는 복면을 썼을 수도 있다고 하던데……."

담 노인은 그렇게 말하며 곡완주의 눈치를 살폈다. 더 말할 것도 없이 두 사람을 말하는 것이다.

"우리로군요."

곡완주는 담담한 어조로 말했다. 이곳이 무림맹 권역이기에 어느 정도 예상은 했던 일이었다.

"어서 이곳을 뜨는 것이 좋겠네."

담 노인의 얼굴에 불안이 가득했다.

"현상금이 있었을 터인데 탐나지 않으셨던가요?"

마치 무엇인가를 찾아내려는 듯 곡완주는 그의 눈을 정면으로 빤히 쳐다보며 물었다. 담 노인은 그 눈길을 피하지 않았다.

"허허허, 은자 백 냥을 준다고 하네. 솔직히 욕심은 좀 났지. 하지만 곰곰이 생각해 보니 내 나이 칠순을 바라보는 마당이야. 재산이 있다 한들 언제 죽을지도 모르고, 그렇다고 물려줄 자식이 있는 것도 아닌데, 자네들에게 못할 짓을 해서 상금을 받은들 무엇에 쓰겠는가? 그저 굶지 않을 정도로 살다 가면 족하다는 생각이 들더군."

가식없는 솔직한 말임을 알았다.

"고마워요."

공연한 사람을 의심했다는 생각에 미안해진 곡완주가 눈을 내리깔며 말했다.

"인지상정이니 고마워할 건 없네. 그건 그렇고, 이제 저 사람을 수레나 배로 태우고 나갈 수도 없게 되었으니……."

담 노인은 그들이 마치 친자식이라도 되는 양 크게 걱정하는 얼굴이었다.

"그럼 어떻게 하지요? 이곳에 계속 있다가는 결국 놈들에게 발각될

터인데……."

"음, 생각 좀 해보세. 마을을 우선적으로 뒤지는 것 같은데 이런 곳까지 오려면 아직 멀었으니 그리 급하게 굴 것은 없네."

불안해하는 그녀를 보고 그렇게 안심시키기는 했지만 발각되면 정작 자신도 무사하지 못할 테니 담 노인도 걱정이 되기는 마찬가지였다.

둥! 둥! 둥! 둥!

상여를 뒤에 세우고 상고(喪鼓:죽은 이를 위해 치는 북, 영고(靈鼓)) 소리가 마을을 한 바퀴 돌아 지났다. 목과 허리에 두른 끈에 연결된 북을 메고, 상여의 앞장을 선 상고수(喪鼓手)는 전신에 땀을 줄줄 흘려가며 쉴 새 없이 북을 두드렸다. 상여는 각종 색물을 들인 종이꽃과 청홍흑백황의 색색의 천들로 치장되어 있었다.

둥! 둥! 둥! 둥!

상고를 멈춘다는 것은 곧 저승으로 가는 망자(亡者:죽은 이)의 걸음을 멈추게 하는 것을 뜻했다. 아무리 힘이 들어도 한 번 치기 시작한 상고를 도중에 멈추는 일은 금기였다. 상고는 해가 떨어져 혼령들이 활동할 시간이 되기 전에는 절대 멈출 수 없었다.

상주(喪主)인 이개는 고개를 숙이고 묵묵히 상여의 뒤를 따랐다.

"쯧쯧쯧, 죽고 나니 효자가 되었네그려."

"살아생전에 그리도 말썽을 피우더니만, 그래도 가는 사람 마지막 소원은 들어주는 모양일세그려. 진작 좀 그러지."

마을 사람들은 저마다 한마디씩 던졌다.

망자는 바로 이개의 모친 마씨(馬氏)였다. 사흘 전 물질을 하고 돌아오던 마씨는 독사에 물려 죽었다.

과거 운몽택(雲夢澤)이라 불렸던 거대한 늪지대의 외곽에 해당하는 이곳은 유달리 맹독을 가진 뱀들이 많았다. 그렇기에 인근 주민들이 독사에 물려 죽는 일은 올 들어 벌써 두 차례나 있었던 일로 안령촌에서도 그리 드문 사고가 아니었다. 남은 가족이라고는 노름에 빠진 아들 이개밖에 없었기에 뱀에 물린 그녀가 사독(蛇毒)을 이기지 못하자 마을 사람들은 급히 무창의 도박장으로 사람을 보내 그를 불렀다.

원래 이개는 이곳 안령촌의 유명한 건달이었다. 그는 술과 도박에 빠져 사십이 다 된 지금에도 가정을 꾸리지 못하고 있었다. 몇 년 전 세상을 뜬 그의 부친도 수시로 와서 손을 내미는 그를 견디다 못해 돈을 벌려고 형주까지 나갔다가 사고로 죽었는데, 아들 때문에 울화병이 생겨 죽었을 것이라는 말이 있을 정도였다. 객지에서 죽은 경우 시신이라도 고향으로 모셔오는 것이 도리였지만, 비용이 만만치 않았기에 마씨의 남편은 죽어서도 고향으로 오지 못했다. 그나마 당시 형주까지 가서 시신을 묻고 온 것도 부인 마씨였지 아들 이개가 아니었다.

쉴 새 없이 쪽배 몰아 부모 자식 수발했네.
한평생 험한 길을 마다 않고 일했건만
이내 몸 이제 죽어 한 줌 백골 되려 하네.
허어야, 허어야, 허어어야, 허이야!

십여 명의 건장한 마을 사람들이 상여를 메고 죽은 사람을 위해 목청껏 만가(輓歌:죽은 이를 애도하는 노래)를 불렀다. 소박하나마 색색으로 물들인 긴 천과 아름다운 꽃으로 한껏 치장된 상여는 마을을 빙빙 돌며 망자의 마지막 길을 위로했다.

벌써 한 시진 넘게 계속된 상례(喪禮)였기에 상여꾼들의 소리에는 힘이 떨어져 있었다. 죽은 사람의 집 앞을 앞뒤로 몇 번이나 오가던 상여의 뒤를 따르던 이개는 마지막으로 모친이 살던 집에 불을 놓았다. 망자로 하여금 이승에서의 모든 연(緣)을 잊고 떠나게 하는 절차였다.

펑!

미리 유황을 많이 뿌려두었기에 요란한 소리와 함께 화염이 타오르며 매캐한 냄새와 검은 연기가 하늘을 뒤덮었다.

"허어야, 허어야, 허어어야, 허이야!"

잠시 그것을 지켜보던 상여 행렬은 불길에 타오르는 집을 뒤로하고 서서히 나루터로 향했다. 이개의 말에 의하면, 어머니 마씨는 유언으로 자신의 시신을 화장한 후에 형주에 묻힌 남편의 묘 옆에 뼛가루를 뿌려달라는 말을 남겼다고 했다. 하지만 모친의 죽음에 충격을 받은 듯 그동안의 잘못을 크게 뉘우친 이개는 화장을 하지 않고 형주로 모셔가겠다고 했다. 부부 합장(合葬)을 해드리겠다는 것이다.

"진작 철 좀 나지."

사람들은 아쉬움에 그렇게 말했지만 늦게라도 정신을 차린 이개를 대견하게 여겼다.

멀리 언덕배기에서 안령촌의 상여 행렬을 유심히 지켜보는 몇 쌍의 눈동자가 있었다.

"형주로 옮긴다는 관은 조사해 보았느냐?"

안령촌 일대의 수색을 맡고 있는 무림맹 소속 십장 유경인은 수하들을 향해 물었다.

"입관할 당시 제가 확인했습니다."

수하 하나가 대답했다.

"흠, 상주 이개라는 자에 대해서도 철저히 알아보았느냐?"

"이십 세 전부터 무창 일대의 도박장에서 전전하던 놈입니다. 일대에서는 모르는 사람이 없습지요. 하오문에 진 도박 빚도 꽤 있어, 어쩔 수 없이 그자들의 끄나풀 노릇을 해가며 지내는 것으로 알고 있습니다."

"흠."

유경인은 고개를 끄덕였다.

"아비가 형주에 묻혔다고 하는데, 어미가 합장을 원해 관을 그리로 가져가는 모양입니다."

덧붙이는 수하의 말에 그의 시선이 배로 옮겨지는 관을 향했다.

관을 운반할 영선(靈船)은 키를 잡는 선장과 노를 젓는 사공 몇 명이 전부인 작은 소선이었다. 마을 사람들이 배 위로 옮겨주는 관을 사공들이 받아 갑판 위에 올려놓았다.

"정말 고맙습니다."

이개는 고개를 숙여 상을 치르는 데 도움을 준 마을 사람들을 향해 진심이 엿보이는 인사를 하고는 배에 올랐다.

'휴우, 이제 한시름 놓겠군.'

담 노인은 마을 사람들의 틈에 섞여 떠나는 배를 지켜보았다. 마씨의 죽음은 아들 이개나 담 노인 모두에게 운이 좋았다고 할 수 있었다.

"이 정도면 은자 오백 냥은 족히 받을 수 있을 걸세. 무사히 도착하면 그곳에서 다시 이만큼 주겠다고 약속했네."

진주(珍珠)를 본 이개는 눈이 뒤집혔다.

모친이 위독하다는 소식을 듣고 달려온 것은, 혹시 그동안 몰래 모아둔 은자라도 있는지 확인하려는 것이었다. 그런데 이런 횡재수가 생길 줄이야…… 이개는 그것이 이승에 남은 자식을 위하는 어머니의 마지막 배려가 틀림없다고 믿었다.

지금 배에 태워진 관 안에 있는 사람은 곡완주와 무영이었다. 담 노인은 그녀에게 얻은 진주 몇 알을 이개에게 건네주고, 관 안에 그의 모친 마씨 대신 두 사람이 들어가게 한 것이었다.

무영의 회복을 위한 방법으로 곡완주는 청룡궁을 염두에 두고 있었다. 비록 백무도에서 한 번 본 지도였지만 그곳에 익숙한 그녀는 대충의 위치를 기억했다. 심검을 잃어버린 것이 아쉽기는 했지만 그렇다고 이대로 포기할 수는 없었다.

청해로 가려면 무창과 동정호를 지나 사천으로 빠져 강을 따라 험산준령을 넘어야 했다. 이개의 아비가 죽어 묻혔다는 형주 땅은 관이 무창을 빠져나갈 상황을 만들기에는 전혀 하자가 없게 만들었다.

'무창과 적벽을 지나 형주로 가는 도중에 서남으로 방향을 틀어 동정호로 빠진다.'

그것이 곡완주의 생각이었다.

남편 곁에 뼈를 묻어달라는 모친의 말은 진주에 눈이 뒤집힌 이개가 꾸며낸 거짓말이었다. 평소에도 말을 듣지 않는 아들이니 아예 기대도 하지 않았기에, 죽기 바로 전에 찾아온 아들을 보고는 그저 화장한 후에 뼈만 수습해 적당한 곳에 묻어달라는 말을 하기는 했었다.

소선에는 동리 사람들이 준비해 준 십여 개의 만장(輓章:죽은 사람을 애도해 쓴 글)과 각종 꽃들로 화려하게 장식이 되어 있었다.

삐걱. 삐걱.

돛이 올라가고 선장의 지시에 따라 사공들이 힘차게 노를 젓자 배는 이내 호소(湖沼) 위를 흘러 장강을 향해 멀어져 갔다.

둥! 둥! 둥! 둥!

뱃머리에 자리를 잡고 앉은 이개가 치는 상고 소리였다.

'허어… 왜 이리 허전한지…….'

담 노인은 문득 몇 년 전 쪽배를 타고 물질을 나갔다가 장강의 거센 물결에 휩쓸려 목숨을 잃은 아들 부부를 떠올리고는 눈시울을 적셨다.

이승의 모든 정을 떼려는지, 그날따라 집에서 봐줄 사람이 없었던 어린 손자들까지 배에 태웠었다. 우기(雨期)의 장강 물결은 대해를 넘쳐 나는 파도에 못지않다. 아들 일가는 비가 그쳐 그런대로 물결이 잔잔한 것을 보고 물질을 나갔다가 장강이 지류로 넘쳐 나며 발생한 돌연한 역류에 휩쓸렸다고 했다. 배가 뒤집혔다는 소식을 듣고 지류의 위아래를 오르내려 가며 몇 달을 뒤졌지만 끝내 시체조차 찾지 못했었다.

담 노인은 두 사람에게서 죽은 아들 부부의 사랑을 보았다. 없이 살았어도 살갑기만 했던 금실 좋은 부부였다.

담 노인의 뺨 위로 굵은 눈물이 흘러내렸다. 옷깃만 스쳐도 인연이라는데, 생사를 걸고 어려운 한때를 함께했으니 이름이라도 알아둘 법했지만, 아들 내외로 여기고 싶어 일부러 이름조차도 묻지 않았다.

'그저 머언 먼 곳으로 가 원앙처럼 짝을 이뤄 자알~ 살게!'

담 노인은 그 사내가 되살아날 것을 믿어 의심치 않았다. 지성이면 감천이라는데, 사내에게 저리도 정성을 쏟는 여인네를 어찌 하늘인들

외면할 것인가!

　그의 품속에 그동안의 노고에 대한 사례로 받은 진주가 몇 개 있기는 했지만, 그저 상대의 체면을 세워주려고 받았을 뿐 무엇을 바래서 한 일은 아니었다. 이제 죽을 날만 기다리는 마당에 상대에게 마음의 빚을 지우는 상황도 원치 않았기에 받아둔 것이 전부였다.

　벌써 저녁인지 대지를 붉게 물들이는 주홍빛 황혼이 곳곳에 펼쳐진 수많은 호소의 표면에 낮게 드리웠다.

　지나가는 구름도, 하늘과 맞닿은 대나무 숲도, 물결에 휩쓸려 힘들게 몸을 떠는 갈대도 그 짙은 황혼의 물결을 피하지는 못했다. 잘 곳을 찾는지 수를 헤아릴 수도 없는 엄청난 무리의 주홍빛 새 떼들이 긴 대형을 이루며 황혼 속을 휘젓고 다녔다.

　밤을 위해 그물을 내리는 배에, 지친 몸으로 쪽배를 저어 집으로 돌아가는 어부, 죽순을 가득 담은 광주리를 이고 바쁘게 손을 휘저어 걸어가는 아낙까지 어느 하나 평화롭지 않은 구석이 없는 잔잔한 촌마을의 풍경이었다.

　“아!”

　절로 탄성을 자아내게 하는 대자연의 장엄함, 은교교는 그런 풍경에 취해 잠시 자신의 처지도 잊은 채 감동에 젖어 천천히 길을 걸었다. 여태껏 단 한 번도 느껴보지 못했던 대자연의 포근함, 무영을 찾아 진창길을 헤매는 걸음만 아니라면 한껏 풍취를 느끼며 푹 빠져들고 싶은 한 폭의 그림이었다.

　그때였다.

　웅… 웅…….

"어맛!"

사람들의 시선을 피해 호소의 갈대밭 사이를 걷고 있던 은교교는 등에 멘 장검이 은은히 진동하는 소리에 화들짝 놀랐다.

웅…….

분명 장검은 떨고 있었다. 물결 소리에 섞여 옆 사람이라도 언뜻 쉽게 들을 수 없는 미약한 소리였지만, 그 미세한 떨림은 검을 쥔 손을 통해 그대로 전해졌기에 쉽게 알아챌 수 있었다.

'맞아! 장 공자가 아끼던 검이었지.'

검을 드는 순간 무게가 무척 가벼워 예사롭지 않다는 생각은 했었다. 문득 명검은 자기 주인을 알아본다는 말을 들은 기억이 났다.

'장 공자가 이 근처에 있다는 말일 거야.'

그런 생각이 들자 갑자기 심장 박동이 격해졌다. 은교교는 호소 근처를 이리저리 돌아 방향을 잡아가며 검명(劍鳴)이 조금이라도 크게 들리는 곳을 찾으려고 애썼다. 하지만 아무리 방향을 바꾸어 보아도 미세하게 떠는 검명의 차이를 잡아낸다는 것은 그리 쉽지 않았다.

"후우……."

한참을 정신없이 헤매던 은교교는 마른 곳을 골라 땅 위에 철퍽 주저앉았다. 한동안 호소 주변을 바쁘게 돌아다녔기에 지쳤고, 혹시 자신이 부질없는 짓을 하고 있는 것은 아닌가 하는 생각도 들었기 때문이다. 은교교는 신발에 묻은 흙덩이를 털어내며 잠시 휴식을 취했다.

수백 개에 달하는 수많은 호소 위로 진홍(眞紅)의 황혼이 내리면 그 경치가 자못 장엄하고 아름답기까지 한 이곳이지만, 일단 습지로 들어서면 땅이 질척거려 걸어다니기조차 쉽지 않았다. 그래서 이곳 사람들은 진창에서도 쉽게 걸을 수 있는 나막신을 신고 다녔다. 하지만 은교

교는 꽃무늬 혜리(鞋履:신발)가 전부였다. 이미 발목까지 걸쭉한 흙탕
물이 튀어 무얼 신었는지 알 수 없는 정도가 된 신발이었다.

"휴……."

문득 자신의 처량한 신세에 절로 한숨이 나왔다.

둥! 둥! 둥! 두웅!

어디선가 북소리가 들려왔다. 퍼뜩 소리를 쫓아 고개를 돌려보니 호
소의 물길을 따라 돌아 나오는 소선 한 척이 눈에 들어왔다. 시신을 싣
고 가는지 만장과 조화로 화려하게 장식된 영선이었다.

'그래도 살아 있겠지…….'

관을 얹고 지나가는 배를 보니 무영이 더욱 걱정됐다. 그때였다.

우우웅… 우우웅…….

갑자기 검이 우는 소리며 진동이 격해졌다.

"앗!"

자리에서 벌떡 일어선 은교교는 얼른 주변을 둘러보았다. 하지만 소
선을 제외하고는 주변에 어떤 인기척도 없었다.

"혹시!"

걸음을 빨리한 은교교는 배가 뭍으로 가까이 지나는 길목이 있는 곳
으로 달려갔다. 진창에서 튀어 오르는 흙탕물이 신발은 물론 바지에,
윗옷까지 튀어 범벅이 되었지만 개의치 않았다. 길목으로 먼저 달려간
은교교는 어서 소선이 다가오기만을 기다렸다.

둥! 둥! 두둥! 둥!

소선의 선두에는 마을의 상고수로부터 상고를 인계받은 이개가 상
고를 두드리고 있었다. 하지만 박자도 제멋대로인 것이, 누가 보기에
도 마지못해 하는 짓이라는 것이 훤히 보일 정도였다. 그나마 그가 박

자에 맞추어 상고를 제대로 친 것은 마을을 떠날 때가 처음이자 마지막이었다. 어머니 마씨는 화장(火葬)시켜 드렸고, 지금 관 안에는 도망자가 숨어 있을 터이니, 사실 그로서도 상고를 칠 이유가 없었다. 단지 배에 탄 사람들의 이목 때문에 그 짓을 계속해야 하니 그저 귀찮기만 한 이개였다.

'빌어먹을 놈! 바가지를 씌워도 유분수지……'

이개는 마음이 편치 않았다.

상고를 교대로 쳐달라는 그의 제안에 피 같은 은자를 열 냥이나 추가로 요구하는 선장 놈의 요구를 일언지하에 거절하기는 했지만, 괘씸한 마음은 아직까지 남아 있었다.

둥두, 둥두, 둥두, 둥!

하릴없이 주변을 둘러보며 되나마나 상고를 두드리던 그의 눈에 은교교가 들어왔다. 심심하던 차라 자연히 그에게 신경이 갔다.

"웬 놈이야."

이개는 어린 녀석이 호소 길목으로 달려와 자신이 탄 배를 기다리는 것을 지켜보며 중얼거렸다.

'흠. 녀석, 배를 타고 싶다 이거지. 흐흐, 이 어르신께서는 그리 박정한 사람이 아니니 걱정 말거라. 귀찮은 일거리를 덜 수 있겠군.'

바닥 눈치로만 이십 년 이상 굴러먹은 그는 한눈에 은교교가 이 배에 지대한 관심을 갖고 있는 것을 알아챘다. 낯 모르는 놈이 지나는 배에 관심을 가지는 이유는 물어볼 필요도 없었다.

그의 예상은 조금도 빗나가지 않았다. 은교교는 더욱 크게 울리는 검명에 무척이나 흥분하고 있었다.

우우웅… 우우웅…….

‘틀림없어!’

배가 가까워질수록 강렬해지는 더욱더 강렬하게 우는 검명, 그녀는 더 이상 망설일 수 없었다.

“여보세요. 혹시 배를 얻어 탈 수 있나요?”

“이 배는 형주로 가는 배란다. 만약 네가 가는 곳과 방향이 맞으면 태워줄 수도 있지.”

둥두, 둥두, 둥! 둥!

“부탁드려요.”

형주면 어떻고 광주면 어떻다는 말인가? 배의 행선지는 그녀의 관심사가 아니었다. 이개는 선장에게 부탁해 배를 언덕 가까이 대게 했고, 뭍에서 삼사 장의 거리가 되자 은교교는 힘껏 땅을 박차며 배 위로 올랐다. 보기에도 깔끔하고 날렵한 동작이었다.

‘어이쿠, 예사 놈이 아니로구나.’

이개는 상대의 그런 재간에 내심 깜짝 놀랐지만 아직 어른이 아닌 것에 어느 정도 안심했다. 수로에서 가장 주의를 해야 할 것 중 하나가 선객으로 위장한 강도들이었다. 장강 지류에는 손님인 체하고 배를 얻어 탄 뒤에 돌연 칼을 들이대고 강도로 돌변해 생계를 꾸려가는 그런 놈들이 적지 않았다.

“아직 어린데 혼자 어디로 가느냐?”

둥두, 둥! 둥두, 둥!

“저도 형주 근처까지 가요.”

“잘됐구나. 배에 태워주지. 하지만 그냥 탈 생각은 아니겠지?”

둥두, 둥두, 둥두! 둥!

“염려 마세요. 사례는 충분히 하지요.”

“다른 건 필요없고, 나와 교대로 이 상고를 두드려 주면 된다.”
둥! 둥! 둥두, 둥!
“그러지요.”
은교교는 그렇게 이개의 배에 동승하게 되었다. 신기하게도 그녀가
배에 오른 이후 더 이상 검명은 울리지 않았다.

한 사람이 누워 있을 정도로 제작된 관에 두 사람이나 들어가 있으
니 몸이 꽉 끼는 것은 물론이요, 옆에 누인 무영을 조심하려다 보니 여
간 불편하지 않았다. 그나마 어느 정도 내상이 치유되어 이런 조건에
서도 버틸 수 있게 된 것만도 큰 다행이었다.
‘누구지?
곡완주는 관 안에서 바깥의 동정을 빠짐없이 읽고 있었다. 목소리를
들어보건대 여자 같았는데, 오가는 대화를 들어보니 아직 성년이 되지
않은 십대 후반의 소년 행세를 하고 있었다.
‘아무래도 수상쩍어!’
배에 오르는 날렵한 동작은 파공음을 통해 충분히 알 수 있었고, 착
지할 때에도 거의 소리가 나지 않는 것이, 일류고수가 아니라면 쉽지
않았을 동작이다. 곡완주는 상대의 무공이 결코 만만한 수준이 아니라
는 것을 느끼고는 긴장했다.
‘혹시 무림맹……?’
별의별 생각이 다 들었지만 경거망동할 수는 없었다. 저 정도의 고
수라면 아차 하는 순간 관 속에 있는 자신을 알아챌 가능성이 있었다.
그녀는 최대한 자신의 기를 누그러뜨리고 귀만을 열어둔 채 상대의 움
직임에 온 신경을 집중했다.

두웅! 두웅! 두웅! 두웅!

은교교가 치는 북소리에는 운구(運柩:시체를 넣은 관을 운반하는 것)를 하는 영선에 어울리게, 망자의 이승에 대한 아쉬움과 미련, 그리고 떠나보내는 남은 사람들의 슬픔이 가득 담겨 있었다.

"역류를 조심해라!"

선장의 말소리와 함께 배가 한결 심하게 출렁거리며 장강 본류로 진입을 시작했다. 지류가 본류에 합치는 곳은 갑자기 물살이 바뀌기에 작은 배들은 여간 조심하지 않으면 안 되었다.

배가 장강의 역류에 휘말렸던 밤이 지나고 아침을 맞았다.

이제 무창을 지나야 했다. 무림맹이 기대고 있는 홍산이 눈에 들어올 정도로 지척을 지나기에 은교교는 다른 일은 완전히 미뤄두고 그들의 동정을 살피는 일에만 모든 신경을 집중했다. 두 번의 검문이 있었고 그럴 때마다 그녀는 긴장으로 인해 온몸이 마비될 지경이었다. 혹시 자신을 찾을지도 모른다는 생각에 상고수인 체하며 그날 하루 종일 북채를 놓지 않았다. 자칫 실수를 해 무림맹에 발각이라도 된다면 그때는 죽은 목숨이었다.

초조하기는 이개도 마찬가지였다. 그가 관 속의 수상쩍은 도망자들을 신고하지 않은 이유는, 혹시라도 선불로 받은 진주들을 빼앗길 수도 있다는 염려 때문이었다.

두웅! 두웅! 두웅! 두웅!

은교교는 진심 어린 슬픔을 가장해 가며 열심히 북을 쳤다. 무림맹 순찰선에 탄 자들은 인근을 통행하는 선박들에 대한 모든 정보를 입수하고 있는 것으로 보였는데, 무창의 붙박이 노름꾼 이개가 모친상을 당한 일을 아는 듯 옆을 지나며 위로의 말까지 건넸다. 덕분에 그들이 영선에 오르는 일은 없었다.

또다시 저녁이 찾아왔다. 장강의 고도(古都) 무창은 어느 결에 먼 뒤쪽으로 처져 이제는 그저 장강변의 한 개 점으로 남았다.

둥! 둥! 둥! 두웅!

"휴!"

은교교는 긴 한숨 소리와 함께 북채를 내려놓았다. 그녀는 다시 배 안을 살폈다. 그동안 배 안을 면밀히 살폈지만 조금도 수상한 점을 발견할 수 없었다. 단 한 곳, 관 안을 제외하고는. 관은 겉에서 살펴보기에는 아무런 이상이 없었다. 그러나 관 안에 뭔가 있을 것이라는 확신에 그녀는 내력을 돋우어 정신을 집중했다.

철썩! 철썩! 쏴아아!

하지만 하루 종일 상고를 두드렸기에 피곤하기도 했거니와 포구에서 나는 주정꾼의 고함 소리며 물결이 강변 바위에 부딪치는 소리 등 도무지 집중이 되지 않았다. 무림맹 순찰선에 온 신경을 쓴 탓도 있었다.

저녁이 되자 물결 소리가 크게 들리기는 했지만 북을 치지 않으니 한결 정신 집중이 쉬웠다. 그녀는 다시 정신을 집중해 관 속의 기를 느껴보려고 했다. 그런데……

"후… 후… 후… 후……."

숨소리였다.

은교교는 전신에 모공이 곤두서는 흥분을 느꼈다. 처음에는 배를 스치는 바람 소리로 알았다. 호흡 소리 같기도 했지만 정상적인 것이 아니었기에 다른 소리를 잘못 들은 것이 아닌가 생각하기도 했었다. 하지만 계속 집중하니 사람의 숨결이라는 확신이 들었다. 비슷한 소리가 또 있는 것 같았지만 확실하지 않았다.

'분명 살아 있는 사람이야.'

그런 확신을 가지니, 관 안에서 미약하나마 끊어질 듯 끊어질 듯하면서도 계속 이어지는 숨결 소리를 분명히 들을 수 있었다.

'혹시 그 사람?'

웅웅거리던 검명과 연관 지어 생각하니 심장이 콩닥거리기 시작했다.

제2장 동련(同憐)

　수색을 하다가 지친 조장 유경인은 피곤한 몸을 이끌고 수하들과 함께 마을로 들어갔다. 일대는 갈대숲은 물론 늪지대에 가까운 진창이 많았기에 그런 곳을 일일이 수색하는 일도 그리 간단치만은 않았다. 며칠간의 수색에도 성과가 없는 것을 보면 두 연놈들은 이미 장강 물고기들의 성찬이 된 것이 분명했다.

　작은 마을이니 특별히 주막이라 할 만한 곳은 없지만, 그래도 울짱이 없는 마당에 자리를 펴고 사람들에게 술을 내어 파는 곳은 있었다. 마당에는 마을 사람들로 보이는 세 사람이 모여 술잔을 앞에 두고 담소를 나누고 있었다. 자리 옆에 벗어둔 나막신에 진창의 흙이 잔뜩 묻어 있는 것으로 보아 일을 나갔다가 집으로 돌아오는 길에 함께 모여 목이나 축이는 모양이었다.

　"이개 그 친구 그렇게 안 봤더니 사람이 됐어."

“맞아. 형주까지 배를 세내어 가려면 적어도 은자 백 냥은 넘게 달라고 할 텐데…….”

“내가 들었는데, 은자 백오십 냥을 주기로 했다더군. 아마 선금으로 팔십 냥을 치렀다고 하지.”

세 사람은 어제 있었던 운구(運柩)에 대한 일을 말하고 있었다. 유경인 일행도 그들 주변에 모여 앉아 속을 채워가며 간단한 술상을 받아 목을 축였다.

“사공까지 다섯이 넘고 왕복 한 달은 족히 걸릴 여정이니 그 정도도 비싸다 할 수는 없지. 그런데 그 친구 도박 빚이 꽤 많은 것으로 아는데 그 많은 은자가 어디서 나서 배를 빌렸지?”

“흠, 그리고 보니 그렇군. 죽은 마씨 얘기로는 아들이 빚 때문에 하오문의 심부름꾼 노릇까지 해야 한다고 투덜거리며 빚 갚을 돈을 달라고 찾아오기까지 했다던데.”

그 정도라면 평생을 걸려도 모을 수 있다고 장담하기 어려운 엄청난 액수였다.

‘응?’

술 한 잔을 마신 후에 호소에서 나는 연밥(연꽃 열매)으로 만든 간단한 안주를 집으려던 유경인은 그 말에 와락 정신이 들었다.

‘은자 백오십 냥!’

그는 이개에 대해 아는 척 설명했던 수하에게 고개를 돌렸다.

“도박장에서 이개에게 그만한 은자를 빌려줄 자가 있느냐?”

수하들도 마을 사람들의 이야기를 듣기는 했지만 아무 생각이 없었다. 동석한 동료들 틈에서 술과 안주를 하나라도 더 먹으려면 치열한 경쟁을 벌여야 했기에 다른 일에는 전혀 관심을 보이지 않고 있었다.

‘니미럴, 바빠 죽겠는데……’

좌우로 앉은 놈들의 손놀림이 예사롭지 않아 이에 질세라 정신없이 마시고 처넣고 하던 중에 말을 시키니 반가울 턱이 없었다.

“꿀꺽, 어느 미친놈이 그놈에게 은자를 빌려주겠습니까요? 동전 한 푼도 어림없습니다요. 우걱, 우걱.”

말과 함께 수하의 두 손은 술병과 술잔으로 동시에 향했다. 순간 그 말을 들은 유경인은 젓가락을 내던지고 벌떡 몸을 일으켰다.

“모두 일어서라! 이개의 집으로 간다!”

“예?”

정신없이 허기진 배를 채우고 있던 수하들이 눈을 둥그렇게 떴다. 하지만 손길은 여전히 바빴다.

“빨리 일어섯! 이개의 집으로 가자는 말이다.”

거듭되는 명령에도 불구하고 수하들이 아쉬운 듯 남은 음식이며 술에 미련을 두자 유경인은 한마디 추가했다.

“계산은 제일 나중에 일어서는 놈이 한다.”

‘미쳤나!’

수하들은 몸이 보이지 않을 정도로 후닥닥거리며 일어나 밖으로 달렸다. 손에는 저마다 먹다 남은 안주가 한두 개씩은 들려 있었다.

‘진작 그럴 것이지.’

흐뭇한 미소를 지으며 간단히 계산을 치른 유경인은 수하들을 이끌고 서둘러 이개의 집으로 향했다. 어제 불에 탄 곳이 그의 집이라는 얘기를 들었기에 마을 사람들에게 묻지 않고도 곧장 찾아갈 수 있었다. 거세게 불길이 올랐던 집이지만, 건물이 무너지며 불길을 잡아주었기에 그리 심하게 타지는 않은 것으로 보였다.

이 일대는 지대가 낮았다.

사나흘만 비가 내리면 모두 물에 잠기는 것은 물론이요, 호소의 물이 큰 물살까지 이루며 마을로 들이닥치기에 십 년이면 아홉 번은 집이 물에 잠긴다는 말이 있을 정도였다. 그래서 이곳 사람들은 집을 지을 때 기둥을 세운 후 지면에서 일정 높이의 공간을 만들어 홍수 때 물이 불어도 집 아래로 지나갈 수 있도록 물길을 만들었다.

이개의 집이 심하게 타지 않았던 이유는 그 받침 기둥이 먼저 타버리며 집이 균형을 잃고 무너져 불길을 잡아주었기 때문이다.

"샅샅이 뒤져라! 무엇이든 나올 것이다."

수하들은 우르르 달려들어 집터 위로 올라섰다. 무너진 흙벽돌과 타다 만 서까래 등을 걷어내던 부하 하나가 유경인을 보며 소리쳤다.

"시체가 있습니다!"

유경인도 보고 있었기에 이미 시체 쪽으로 다가가고 있었다. 시신에도 불이 붙었었는지 대부분 검게 그슬려 있었는데, 다행히 다리 부분은 흙더미에 눌려 불이 꺼졌는지 타지 않았다. 염을 한 흔적이 확실한 시체, 삼베로 둘러싼 두 발목을 묶은 베 끈이 보이는 것으로 보아 장례 직전에 불에 탄 것이 틀림없었다.

"이개의 어미겠지?"

큰 충격을 받은 유경인이 혼잣말로 중얼거렸다. 관 안에 실려 나갔어야 할 망자가 이렇듯 불에 타 누워 있으니 대체 그 관 안에 무엇이 실려 나갔단 말인가? 아니, 이렇게까지 해가며 눈을 피해 싣고 나가야 할 그것은 대체 무엇이란 말인가? 더 이상 생각이 필요없었다.

"형주라고 했겠다. 즉시 맹(盟)으로 복귀한다!"

벌써 이틀째니 무창 앞을 한참 지나고도 남았을 시간이었다.

이개는 화가 났다.

"네놈은 그럼 그 정도 일도 하지 않고 무임 승선을 하려 했다는 말이냐?"

"교대로 하기로 하지 않았나요? 어제 하루 종일 했는데, 왜 오늘도 내가 북을 두드려야 한다는 거죠?"

상고를 치는 일은 단순해 보였지만 절대 그렇지 않았다. 어제 하루 종일 상고를 두드렸기에 아직까지도 팔이 얼얼한 판에 또다시 북채를 잡으라니 성질이 날 수밖에 없었다.

"선택해라, 배에서 내리든지 북채를 잡든지!"

이개는 단호한 어조로 말했다. 웬만하면 상고를 치는 일 자체를 그만두고 싶은 것이 이개의 본심이었지만, 함께 탄 뱃사람들도 다 안면이 있는 처지였기에 행여 나중에 소문이 날까 하여 그럴 수도 없었다.

"네놈이 내려!"

은교교는 더 이상 참지 못했다. 그동안 성질을 꾹 눌러 참고 놈의 눈치를 보며 죽어지냈지만, 이제 무창까지 지나고 나니 슬슬 긴장이 풀어지며 본성이 나왔다.

"뭐라고?"

놀란 이개가 눈을 둥그렇게 뜨고 되물었다.

"귀가 막혔느냐, 이놈아? 어서 배에서 내리라고!"

은교교는 말과 함께 이개를 발로 걷어찼다.

"으악!"

풍덩!

이개는 미처 그녀의 말뜻을 깊이 생각할 겨를도 없이 발길질에 쓸려 강물 속으로 빠졌다. 뱃사람들은 갑자기 상주가 걷어차여 물에 빠지는 돌연한 사태에 그저 황당한 표정만 짓고 있을 뿐이었다.

"어푸! 어푸푸!"

이개가 수면 위로 떠올랐다.

"그동안 배를 태워준 정리를 생각해 목숨은 살려준 것이니 너무 섭섭해 마라."

은교교는 허리춤에 손을 얹고 의기양양하게 뱃전에 서서 이개를 내려다보며 말했다. 순간, 사공 하나가 노를 빼 들고 은교교의 등을 후려쳤다. 이개 같은 놈과 깊은 친분이 있는 것은 아니었지만, 배까지 태워준 상주를 그렇게 만든 것은 잘못이라는 생각에 정의감을 발휘한 것이다.

"훙!"

이미 파공음을 듣고 사태를 짐작한 은교교는 재빨리 뒤로 주저앉듯 몸을 숙이고는 간단하게 발을 회전시켜 사공의 허리춤을 걷어찼다.

"으악!"

풍덩!

"아니!"

사공이 비명을 지르며 물로 추락하자 화가 난 그의 동료들은 만장을 내걸었던 깃대며 노를 들고 그녀를 향해 달려들었다. 은교교 손에서 번쩍이는 검이 뽑아져 나왔다.

"덤비는 놈은 모두 베어버린다! 모두 가서 노나 열심히 저엇!"

기세 좋게 덤벼들던 사공들은 은교교의 앙칼진 목소리에 모두 움찔했다. 순간, 앞장섰던 사공 하나가 용기를 내어 만장을 걸었던 깃대로 그녀를 찔러왔다. 그런대로 제법 자세가 잡힌 것이 무도장 문턱에라도 가본 솜씨였다. 은교교는 깃대를 향해 빠르게 검을 휘둘렀다.

파파파팍!

우악스럽게 찔러오던 깃대는 그녀의 현란한 검초에 여러 조각이 되어 갑판 위로 떨어져 내렸다.

"어이쿠!"

그 바람에 사공들은 모두 놀라며 뒤로 물러섰다. 앞장서서 덤벼들었던 자는 새파랗게 질린 표정으로 자리에 주저앉았다. 너무 놀란 나머지 오줌을 지렸을 정도였다.

"더 이상 용서는 없다. 누구든 서둘러 황천에 가고 싶은 놈은 썩 앞으로 나서라. 살고 싶다면 어서 노를 젓고!"

삐걱, 삐걱, 삐걱, 삐걱!

사공들은 후닥닥 자기 자리로 돌아가 열심히 노를 저어댔다.

물 위로 머리만 내밀고 사태를 관망하던 이개는 상황이 글러 버린 것을 알고는 재빨리 뭍을 향해 헤엄쳤다. 물살이 자못 거세 자칫하면 수장을 당할 판이라 그는 죽을힘을 다해 팔다리를 놀렸다. 품속에 있는 진주 몇 알이 흘러내리지나 않을까 조심하며.

"저놈은 건져라."

처음 물에 빠졌던 사공이 물살에 떠밀려 어쩔 줄 몰라 하는 것을 본 은교교가 말했다. 지금 그녀에게 있어 사공은 꼭 필요한 도구였다.

'음!'

관 속의 곡완주는 회한검을 꼭 움켜쥐었다. 우려했던 일이 일어난 것이다. 무림맹의 사정권을 빠져나가는 도중에 어떤 소동이라도 일어나는 것을 원치 않았다. 상대가 뭔가 노리고 이 배를 탄 것이 분명해 보였지만 그저 자신이나 무영과는 관련이 없기만을 빌 뿐이었다.

'관에 손을 대면 어쩔 수 없지.'

그런 생각에 검을 쥔 곡완주의 손에 더욱 힘이 들어갔다.

하지만 은교교의 다음 행동은 곡완주가 바라지 않는 상황으로 곧바로 이어졌다. 기세등등한 그녀는 이개와 사공들이 정리되자 곧장 관으로 다가와 뚜껑을 뜯으려 했다. 배 안의 주도권을 쥔 이상 이제껏 눌러 왔던 관에 대한 궁금증을 풀어보려는 당연한 절차였다.

빠직!

순간 요란한 소리와 함께 관 뚜껑이 부서져 나가며 복면을 한 곡완주가 모습을 드러냈다.

"어맛!"

"으악!"

"귀, 귀신!"

관 뚜껑이 날아가며 복면의 여인이 검을 빼 들고 솟구쳐 나오는 상황에 은교교는 물론 사공들까지 놀라 비명을 질렀다.

"너, 너는 누구…… 헉!"

은교교는 말을 끝맺지 못했다. 어느 틈에 복면인의 검이 자신의 목 줄기에 와 닿아 있었기 때문이다.

"배를 전속으로 몰아라! 방향은 동정호 쪽이다."

추적을 예상해서라도 서둘러야 했다.

사공들은 정신이 없었다. 하지만 급변하는 정세에 능동적으로 대처하는 것이 장수에 도움이 될 것이라는 사실만은 분명히 알고 있었다. 노를 쥔 사공들은 두 사람의 눈치를 번갈아 살피며 바쁘게 손을 놀렸다.

바쁜 사람들은 또 있었다. 곳곳에 진을 치고 장강을 감시하는 하오문 분타의 연락망들은 분주히 움직이고 있었는데, 그들은 이개의 배가 도중에 방향을 바꾼 것까지 훤히 꿰뚫고 있었다.

"또야?"

전서구를 통해 문주의 긴급 서신을 받아 든 하오문 악주 분타주 척교의는 이마에 핏대를 세우며 자리에서 벌떡 일어났다.

"아니, 이 빌어먹을 것들은 어째서 내가 있는 곳으로만 그렇게 오간다는 말이야! 요새는 대체 하루도 맘 편할 날이 없으니."

하필이면…… 서신의 내용을 본 척교의는 정말 열받았다.

특급. 대외비.

장강에서 동정호 쪽으로 운항 중인 영선(靈船)을 반드시 검문해 관(棺) 안의 시체를 조사한 후 결과를 회신 바람. 영선의 규모는 십여 명이 탈 수 있을 정도의 소선임.

"지랄!"

욕지거리가 나오는 것은 어쩔 수 없었다. 이 자리를 차지하기 위해 얼마다 고생을 했는데…… 이런 종류의 특급 사건을 아차 잘못 처리하는 순간 모든 것은 도로아미타불일 터였다. 앉아서 불평만 할 틈이 없다고 생각한 그는 서둘러 수하들을 이끌고 포구로 달려갔다.

"네년은 누구냐?"

곡완주가 싸늘한 목소리로 물었다.

"나, 나는……."

은교교는 자신의 정체를 밝히기를 주저했다. 상대가 어떤 반응을 보일지 모르기 때문이었다.

“흥!”

그녀의 목에 댄 곡완주의 검이 안으로 찔러 들어왔다.

“은교교! 은교교!”

그녀는 감히 머리를 굴려볼 시간도 갖지 못하고 급히 자신의 이름을 밝혔다. 하지만 이미 늦어 목덜미에서 피가 주르르 흘러내렸다.

‘헛!’

곡완주는 흠칫했다. 은교교라면 마교의 십마 중 막내가 아닌가? 그런데 무엇 때문에 이 배에 올라 소동을 피운단 말인가? 게다가 방금 그녀는 관까지 열어보려 했었다.

“무슨 이유로 운구하는 영선에 올라 상주를 물에 빠뜨리고, 그것도 모자라 관까지 뜯어보려고 했느냐?”

‘그래서 관 안에서 나온 네년이 시체더냐?’

은교교는 그런 말이 입 안에 뱅뱅 돌았지만 분위기상 감히 밖으로 내뱉지는 못했다.

“관 안에 시신을 조사해 보려던 참이었어요.”

“안에 무엇이 들었든 그게 네년과 무슨 상관이라는 말이냐?”

상대의 계속되는 질문에 은교교의 머리는 바쁘게 돌아갔다. 목소리를 들어보건대 젊은 계집이 분명한데, 아무리 머리를 굴려보아도 무림에서 이 정도 실력을 가졌을 만한 여고수가 떠오르지 않았다. 게다가 목에 칼이 들어온 상황이라 대답을 소홀히 할 수도 없어 생각도 이어지지 않았다. 하지만 머뭇거릴 수는 없었다.

“제 남편을 찾고 있었어요.”

“뭐라고?”

색혼마녀의 전인으로 알려진 은교교에게 남편이 있다는 말은 금시

초문이었다. 하긴 색혼마녀라면 남편이라는 것들이 너무 많아 한 배 가득 태워도 자리가 모자랄지 몰랐다.

"흥! 색녀 주제에 어디서 말도 안 되는 소리를 지껄이느냐!"

검끝이 다시 은교교의 목줄기를 파고들었다.

'헉!'

상대는 자신을 알고 있었다. 은교교의 등에 식은땀이 흘렀다. 하기는 일단 이름을 밝힌 이상 무공이 저 정도나 되는 상대가 자신을 몰라보리라는 기대는 애당초 하지 않았었다.

"흥, 나라고 서방이 없으라는 법이 있나요? 관 안에 아직 사람이 있는 것 같은데 확인을 해봐야겠어요."

그녀는 은근히 뻗대가며 상대의 반응을 살폈다. 관이 부서지며 일부가 떨어져 나갔기에 또 한 명이 그 안에 누워 있는 것이 보였던 까닭이다. 관의 옆면에 가려 얼굴까지 자세히 살필 수는 없었지만 아무래도 무영 같다는 생각이 들었다. 하지만 그것은 곡완주의 성격을 너무나도 모르는 무지한 소치였다.

'이 계집이!'

곡완주의 발이 번개같이 날아올라 은교교의 턱을 후려쳤다.

팍!

"건방진 년! 어디서 감히 콧방귀를 뀌느냐?"

그러지 않아도 깨어나지 못하고 있는 무영을 보며 자나깨나 마음을 졸이고 있던 차였다. 추적자들에 대한 불안은 물론 예쁜 계집에 대한 은근한 증오까지 있었다. 곡완주의 가슴속 분노가 한껏 실린 신랄한 발길질이었기에 그 타격이 결코 가볍지만은 않았다.

"으악!"

쿠당탕!

발을 보고 고개를 돌리며 얼른 내력을 운기해 대비했건만, 은교교는 짧은 외마디 비명 소리와 함께 저만치 나가떨어지며 뱃전에 머리를 크게 부딪쳤고, 충격으로 그 길로 정신을 잃었다.

텅!

은교교의 손에 들려 있던 검이 갑판 위에 떨어졌다. 순간 곡완주의 눈이 검을 향했다.

"앗!"

심검이었다. 은교교가 그것을 가지고 있는 이유 따위는 알고 싶지도 않았고, 그저 반가운 마음만 있었다. 심검이 있는 이상 반드시 그 사람을 살릴 수 있을 것 같았다. 자신도 모르게 '됐어' 하는 소리가 입에서 절로 터져 나왔다. 그녀는 얼른 심검을 주워 들고는 고개를 돌렸다.

'어이쿠!'

삐걱! 삐걱! 삐걱!

좁은 배 안에서 또 무슨 일이 벌어질까 눈치를 보며 가슴을 졸이던 사공들이었다. 그들은 상대가 고개를 돌리자 갑자기 가슴이 뜨끔해지는지라 정신없이 노를 저어댔고, 선장도 물길을 살피는 체하며 공연히 키를 이리저리 돌려댔다.

곡완주는 배 주변을 장식하고 있던 만장이며 조화(弔花) 등을 모두 떼어내 강물에 던져 버렸다. 어차피 관이 부서진 마당에 오가는 배들의 주의를 끌 필요는 없었다.

'아차!'

곡완주는 관으로 다가가 무영을 살폈다. 행여 이번 소동에 조금이라도 충격을 받지 않았을까 걱정되었기 때문이다. 다행인지 불행인지 아무런 변화도 보이지 않고 그저 가는 숨만 이어가고 있었다. 그녀는 무영을 안아 들고 선실로 옮겨 눕혔다.

'당신은 내가 지켜줄 거예요. 깨어나실 때까지 아무 염려 말고 편히 몸조리하세요. 흑!'

그저 눈물밖에 나오지 않았다.

'헉!'

정신을 잃은 지 두 시진이나 지난 후에 겨우 깨어난 은교교는 혈도가 짚인 채 눈알만 돌리다가 곁에 누워 있는 사내를 발견하고는 깜짝 놀랐다. 자세히 보니 바로 무영이 아닌가?

그녀는 그제야 모든 상황을 짐작했다. 기억을 더듬어보니 관 안에 복면여인과 함께 있던 사람은 바로 무영이었다. 관이 부서지자 그 계집이 무영을 이리로 옮겨놓은 것이 분명했다. 은교교는 복면여인의 정체를 짐작해 보려 머리를 굴렸다.

'남녀가 유별한데 그토록 붙어 있을 사이라면…….'

며칠 보지 않은 사이 관 속에서까지 붙어 지낼 만한 새 여자가 생겼을 리는 만무했다. 그녀는 무영에게 들은 얘기를 토대로 그의 주변 여인들에 대해 떠올려 보았다. 남궁화가 유력하기는 했지만 복면여인의 무공 수위로 보아 결코 그녀는 아니었다.

'혹시!'

곡완주의 무공에 대한 소문은 그녀도 들어 알고 있었다.

'하지만 전당괴조에 휩쓸려 죽었다고 들었는데…….'

문득 관 안에서도 복면을 하고 있었다는 점을 생각했다. 사랑하는 사람과 단둘이 있는 상황에서도 여자가 복면을 벗지 못할 경우라면…….

'맞아! 그때 사고를 당해 얼굴에 큰 흉터가 생긴 게야.'

자신의 대단한 발견에 혈도만 짚이지 않았다면 무릎이라도 치고 싶은 심정이었다.

'조심하자. 내가 찾고 있는 남편이 바로 장무영이라는 것을 알면 대번에 죽이려 들걸.'

그런 생각에 미치자 등골이 서늘해졌다. 모가지를 지키려면 적어도 무영이 깨어나기 전까지는 입을 닫고 있어야 했다.

"만장이나 관도 보이지 않는데, 저 배가 틀림없다는 말이냐?"

쾌속선을 타고 있던 척교의는 고개도 돌리지 않고 뒤에 서 있는 수하에게 물었다.

"도중에 모두 치워 버리는 것을 보았다고 합니다."

"영악한 것들. 흐흐흐, 우리 하오문을 너무 우습게 보는군."

그의 뒤에는 다섯 척의 쾌속선이 따랐다. 모두들 도검은 물론이고 활이며 구겸창(鉤鎌槍:낫 형태의 긴 창. 상대의 배를 끌거나 하는 용도로 쓰임)까지 들고 있었다.

"대형을 벌려라!"

척교의가 의기양양한 목소리로 크게 소리 지르자 뒤를 따르던 배들에서 연이어 호응하는 고함 소리가 나더니, 쾌속선들은 한일(一) 자로 장강을 가로막아 방어 대열을 이루었다.

"닻을 내리고 대기한다!"

척교의는 멀리 힘겹게 물살을 헤치며 올라오는 배를 보며 기다리기로 했다. 어차피 지금 방향을 튼다고 해도 달아날 수 있는 상황은 아니었다.

곡완주는 그들의 행동을 낱낱이 살피고 있었다.

'쓰레기들!'

쾌속선 위를 오가는 인물들은 언뜻 보기에도 그리 대단한 자들이라는 생각은 들지 않았지만 활을 보니 선실 안에 있는 무영이 걱정되었다. 혈도를 제압해 놓은 은교교야 어찌 되든 상관할 바가 아니지만, 무영은 지금 조금만 충격을 받아도 어찌 될지 알 수 없는 상태였다.

복면을 했기에 상대에게 경각심을 줄 수도 있다고 생각한 곡완주는 선실 안으로 몸을 숨겼다. 그러자 불안해진 선장을 비롯한 사공들은 연신 선실 쪽으로 눈길을 보내 그녀의 눈치를 살폈다.

"그대로 몰아라!"

곡완주의 말에 사공들은 서로 눈짓을 교환하며 불안한 기색을 감추지 못하면서도 억지로 노를 저었다.

"선장, 사공들의 동전을 있는 대로 모아 가져와라."

그녀는 품속에서 선장에게 은자 한 냥을 던져 주며 말했다. 선장은 쭈뼛거리며 은자를 주워 들더니 이내 한 움큼의 동전을 모아 곡완주에게 갖다 주었다.

어느새 그녀가 탄 배는 하오문 쾌속선들과 오류 장의 간격으로 가까워졌다.

"멈추어라!"

모르는 척 쾌속선 사이를 지나칠 듯 다가가자 무리들의 대장인 듯한 중년 사내가 거드름을 피우며 소리쳤다. 겁에 질린 선장은 어찌할 바를 몰라 하며 곡완주가 있는 선실 쪽을 바라보았다.

"멈춰라."

곡완주는 정선을 명하고는 동전을 움켜쥐고 상대를 살폈다. 대개는 도검이고, 활을 준비한 녀석들은 몇 되지 않아 보였다.

피잉!

선실에 몸을 숨긴 곡완주가 손을 내젓자 십여 개의 동전들이 허공을 날았다.

"으악!"

"커억!"

곳곳에서 활을 든 사내들이 비명을 지르며 거꾸러졌다.

"전속으로!"

곡완주는 다급한 목소리로 소리치며 동전들을 잇달아 쳐냈다.

피잉! 핑!

"크악!"

"억!"

이번에는 그녀가 탄 배에 구겸창을 걸어 끌어당기려던 사내 둘이 목을 감싸 쥐고 쓰러지더니 물로 떨어졌다.

"이런, 이런!"

척교의는 당황해 어쩔 줄을 몰랐다. 상대가 던진 암기에 벌써 십여 명의 수하들이 목숨을 잃은 것이다. 이쪽에서도 단검이며 철질려에 창까지 던져 대응하는 놈들이 있기는 했지만, 다들 제 목숨 아까운 것을 알기에 날아오는 동전을 피하느라 제대로 목표를 향하고 있지도 않았다.

하지만 그런 시원찮은 공격에도 곡완주가 탄 배의 사공들은 겁에 질려 노를 팽개치고 뱃전에 바싹 엎드려 피하기에 바빴다. 그러자 배는 앞으로 나가던 탄력을 잃고 물살에 떠밀려 내려갔다.

"배를 붙여 공격해라!"

척교의의 명령에 쾌속선들은 일제히 닻을 걷어 올리며 곡완주의 배를 향해 돌진했다.

풍덩! 풍덩! 풍덩!

그러는 중에 분수자(分水刺)를 든 몇 놈이 재빨리 물속으로 뛰어들었다. 배에 구멍을 뚫어 격침시키려는 것이었다.

동전을 다 날려 버린 곡완주는 다른 던질 무기를 찾아 주변을 두리번거렸다. 마침 배 난간 구석에 만장을 떼어낸 깃대들을 모아놓은 것이 눈에 들어왔다. 재빨리 검으로 두세 토막으로 자른 그녀는 이번에는 그 토막들을 던졌다.

핑!

"컥!"

핑!

"크윽!"

깃대 토막은 한 번 던져질 때마다 정확히 상대의 목숨을 거두어갔다.

"돌격!"

열이 받친 척교의는 전의를 잃은 부하들을 독려하기 위해 소리를 질렀다. 하지만 누구도 감히 나서지 못하고 몸을 숨기기에 바빴다. 척교의 자신도 날아오는 암기를 의식해 잠깐씩 고개를 들어 상황을 살필 뿐, 하나뿐인 목숨을 아껴 배 난간을 방패 삼아 숨어 있기는 마찬가지였다.

쿵!

한 척의 쾌속선이 그녀의 배에 부딪치자 몇 명의 무리들이 곡완주가 있는 반대 편으로 뛰어올라 닥치는 대로 사공들을 베어왔다.

"으악!"

미처 피하지 못한 사공 하나가 등에 칼을 맞고 쓰러지자 겁에 질린 다른 사공들은 너나 할 것 없이 모두 물속으로 뛰어들었다.

"이놈들이!"

곡완주는 화가 머리끝까지 나서 재빨리 달려가 검으로 쓸어버렸다.

앞장서서 난간을 넘었던 세 명은 단말마의 비명을 지르며 그대로 물속으로 떨어졌다. 곡완주는 잇따라 몇 명을 더 베어버리고는 접근하는 다른 배로 몸을 돌렸다. 그녀의 무공에 겁을 먹었는지 접근하려던 다른 배들은 황급히 방향을 틀어 멀리 떨어지려 했다. 이미 분수자를 들고 물속으로 뛰어든 동료 몇이 있기에 굳이 목숨을 걸고 싸울 필요가 없다는 계산도 있었다.

'이런!'

배에 남은 곡완주는 사공들이 모두 헤엄쳐 뭍으로 달아나는 것을 보고 적잖이 당황했다. 주인 없는 배는 강한 물살에 떠밀려 계속 하류로 내려가는 중이었고 쾌속선들과의 거리도 멀어지고 있었다.

빠직!

갑자기 이상한 소리가 들리더니 배가 심하게 흔들렸다. 놀란 곡완주가 황급히 소리나는 곳을 찾아보니 배 밑에 구멍이 뚫려 있었고 그곳을 통해 물이 콸콸거리며 솟구치고 있었다.

"이놈들이!"

다급해졌다. 곡완주의 눈이 무영을 눕힌 곳을 향했다.

'어떡해!'

그녀는 마음속으로 발을 굴렀다.

"제, 제 혈도를 풀어주세요."

물이 올라오는 것을 본 은교교도 크게 놀라 눈을 동그랗게 뜨고 곡완주를 올려다보며 사정하듯 말했다.

"흥!"

가볍게 콧방귀를 뀐 그녀는 재빨리 선실 밖으로 달려나갔다. 쾌속선들은 그녀의 배에서 칠팔 장쯤 떨어져 따라오며 이쪽의 동정을 살피고 있었다.

"하앗!"

허공으로 몸을 날린 곡완주는 길게 신형을 뽑았다.

"헛!"

"으앗!"

설마 여기는 이상이 없겠지 하며 넋 놓고 보고 있던 하오문도들은 허공에서 발을 구르며 날아오는 그녀를 보고 경악했다. 너무 놀란 나머지 어떻게 손을 써야 할지도 모르고 허둥댈 뿐이었다.

"죽기 싫은 놈들은 모두 노를 저어 저 배에 붙여라!"

가볍게 쾌속선 위에 안착한 곡완주가 살기가 넘쳐 나는 목소리로 말했다. 그 말이 미처 끝나기도 전에 한 놈이 물로 뛰어들려 몸을 날렸다.

번쩍!

"으악!"

그자는 몸을 난간에 걸친 채 피를 흘리며 쓰러졌다. 그러자 뒤이어 몸을 날리려던 자들은 아예 몸이 굳어버렸다.

"또 달아나고 싶은 놈이 있느냐? 그게 아니라면 어서 노를 저어 저 배에 붙여라."

곡완주는 무영이 누워 있는 배를 가리키며 싸늘한 어조로 말하고는 죽은 자의 옆구리를 발로 차 물속으로 빠뜨렸다.

풍덩!

밑바닥 생활만 하는 그들이었기에 웬만한 것쯤에야 눈도 깜짝하지 않았다. 하지만 살아 있던 동료를 금방 시체로 만들고 깔끔한 뒤처리까지 하는 곡완주를 보며 모두 겁을 집어먹었다.

'조신하자!'

평소 닦은 대로 눈치있게 상황을 파악한 그들은 잡생각은 모두 끊어버리고 힘차게 노를 젓기 시작했다.

삐걱! 삐걱! 삐걱!

곡완주는 그들의 무기를 모두 주워 들었다.

쐐액!

곡완주가 다른 쾌속선을 향해 도검을 암기 삼아 집어 던지자 쾌속선들은 모두 멀리 떨어지려고 허둥댔다. 가장 재수없는 자는 곡완주가 탄 쾌속선 옆으로 머리를 내밀었던 놈이었다.

"푸우! 푸!"

물 밖으로 머리를 내밀고 참았던 숨을 크게 내쉬던 그의 목덜미 부근으로 번쩍 하며 섬광이 지났다.

싸악!

비명 소리도 없었다. 붉은 피가 순식간에 근처 강물을 적시자 그 광경에 놀란 하오문도들은 구령까지 맞춰가며 더욱 힘차게 노를 저었다.

"웃샤! 웃샤! 웃샤!"

삐걱! 삐걱! 삐걱! 삐걱!

배는 놀라운 속도로 달렸다. 쾌속선이 무영이 있는 배에 붙자 재빨리 건너간 곡완주가 살며시 그를 안아 옮겼다.

"나, 나도 데려가 줘요. 흑흑!"

혼자 남겨둘 것만 같아 놀란 은교교는 울음까지 터뜨리며 애걸했다.

'그래, 너도 남편을 찾아다닌다지.'

마치 자신의 지난 처지를 생각나게 했기에 마음이 약해진 곡완주는 그녀의 혈도를 풀어주었다.

"딴 짓은 하지 않는 것이 좋아."

은교교는 그녀의 싸늘한 경고는 듣는 둥 마는 둥, 그저 생사의 고비를 넘겼다는 생각에 눈물만 찔끔거리며 배를 건너갔다. 쾌속선은 방향을 틀어 다시 동정호를 향해 거슬러 올라갔다.

곡완주는 가는 도중에 다른 쾌속선 한 척을 더 나포해 사람들을 옮겨 태운 후에 몇 명이 죽어 나가 부족했던 쾌속선의 사공으로 부렸다.

'잘한다.'

척교의는 복면인의 잔혹한 수에 수하들이 죽어 나갈 때마다 마음속으로 진심 어린 응원을 보냈다. 보통 때라면 수족 같은 수하들이 죽는다는 것은 진정 가슴 아픈 일일 것이지만 지금은 아니었다.

이번 일을 실패했으니 질책이 따를 것은 뻔했다. 하지만 상대의 무공이 그가 상대할 수 없을 정도로 고절하다면 얘기는 달라진다. 무림에 떠도는 '하오문 잡배'라는 말처럼 무공보다는 몸으로 때우는 그들인지라, 제대로 된 고수를 만나면 된통 당하는, 그야말로 '잡배'에 불과했다.

"복면을 한 계집의 무공은 상상을 초월할 정도라 일검이 번쩍이면 수하들의 목이 서넛씩 떨어졌습니다……. 용맹하게 싸웠던 많은 수하들마저 포로로 잡혀… 저는 죽음을 무릅쓰고 앞장서서 부하들을 독려했지만……."

보고서의 밑그림이 그랬기에 하나라도 더 죽어 자빠질수록 자신의 실패는 더 정당화될 수 있었다. 태어난 이상, 삶이란 애초부터 남의 희생을 밟고 일어서야 하는 경쟁이었다.

'너희들 못지않은 똘똘한 후임들을 뽑을 테니 일 걱정일랑은 말고 부디 극락왕생하거라.'

척교의는 수하들의 마지막 길을 그렇게 빌어주는 것으로 그동안 쌓아왔던 의리를 굳게 지켰다. 하기는 극락은커녕 죄다 지옥으로 모일 놈들이니 죽어서도 그리 심심할 일은 없을 터였다. 평소 습관으로 보아 한꺼번에 갔으니 삼삼오오 무리 지어 골패라도 칠 놈들이었다.

곡완주는 동정호 일대를 최대한 빠른 속도로 지났다. 하오문의 추격 속에서도 그것이 가능할 수 있었던 것에는 은교교의 역할이 컸다. 그녀는 인근 수채에 들러 노꾼들과 필요한 식수며 식량 등을 충분히 공급받았고, 물길에 익숙한 수채의 수적들을 데려와 나는 듯이 배를 몰았다.

은교교가 떠나고 양기의 고갈로 병이 깊어진 총채주 부조립이 누워 있는 수로채는 무주공산이나 다름없었기에, 역무군이 수로채를 급히 장악하지 않고 방치했던 것도 행운이었다. 일단 동정호 안으로 들어서면 하오문의 눈과 귀가 마비되어 버리기에 무림맹의 추적을 따돌리는 일은 그리 어렵지 않았다. 그들은 큰 방해를 받지 않고 이내 장강 삼협(三峽)을 지나 사천(四川)으로 접어들 수 있었다.

곡완주 일행을 기다리는 것은 험산과 늪지를 돌아 흘러내리는 거친 강물이었다. 그녀는 노를 젓느라 힘이 떨어진 동정호 수적들을 돌려보내고 새로 사공들을 모아 속도를 더했다. 혹시라도 무영이 배의 요동에 흔들리다 구를까 염려되어, 그를 보호하기 위해 낮에는 관 안에 넣어 뚜껑을 덮어놓았다가 밤이 되면 꺼내서 곁에 뉘었다.

두 여자는 배의 움직임을 감독하는 것을 제외하고는 하루 종일 무영 주변을 떠나려 하지 않았다.

'이번에는 힘들 거야.'

무영은 그렇게 생각했다.

그는 두 여자의 대화를 가끔 듣고 있었다. 언제부터였는지는 정확히 몰랐다. 하지만 어느 한순간부터 자신이 바깥 세상의 이야기를 듣고 있다는 것을 알았다. 그동안 너무나 힘들게 관을 운반해 가는 두 여자 때문에 가슴이 찡했던 적이 한두 번이 아니었다. 말을 할 수 있다면 차라리 말리고 싶었다. 당연히 눈물이 나올 법도 하련만 흐르지 않았다. 몸에 단단히 이상이 생긴 것이 틀림없었다.

어제는 급류에서 배를 끌어 올리기 위해 사공들이 모두 내려 배를 끈으로 묶고 끌고 가는 것 같았다. 지친 몸으로 자신이 들어 있는 관을 배에서 내리던 은교교는 힘이 들었는지 방귀까지 뀌었다. 자신이 그 소리를 듣고 있다는 것을 안다면 어떤 반응을 보일지 궁금했다.

피곤했다. 잠시 깨어 있다가도 저도 모르게 깊은 잠에 빠져 버리는 것이 그의 하루 일과였다.

"커어, 좋다!"

풍진악은 입 안으로 퍼붓듯 거칠게 술을 들이켰다.

이미 술이 제법 되었는지 눈동자의 맥이 풀렸고 안면도 불그스레한 상태였다. 요즘 그는 집에 들어가는 날보다 금양객잔 위층 별실에서 술로 날밤을 지새우는 경우가 더 많았다. 원래는 일층 주루에서 마셨지만 막혜가 주위 이목이 신경 쓰인다며 이곳으로 데려왔고, 주인에게 말해 기지정실로 만들어 버렸다. 오늘은 막혜가 찾아와 그의 술벗이 되어주었다.

"세상이 다 그런 것이 아닌가요? 옛말에 모난 돌이 정에 맞는다는 소리가 있지요. 사실 어떤 일이든 기득권을 무시할 수는 없어요. 한데 장 공자는 그걸 너무 무시했지요. 전들 우리 섬서 상방을 다시 일으켜 준 그분을 돕고 싶지 않았겠어요?"

막혜는 안타깝다는 표정으로 그를 보며 말했다.

"흥, 사람의 탈을 쓰고 은혜를 원수로 갚은 격이니 내 어찌 하늘을 보고 살 수 있겠소? 이러지도 못하고 저러지도 못하는 신세니 그저 술 이나 퍼마실 밖에."

풍진악의 손이 다시 술병으로 향하자 막혜는 빼앗듯 술병을 채가서 그의 잔을 채워주었다.

"상공, 제가 그 일을 화우 상방에 사전에 알렸다고 하면 우리 섬서 상방은 다시 문을 닫아야 했을 거예요. 어쩔 수 없는 선택이라는 것을 알아주시고 이제 그만 마음을 열고 바깥 활동을 하세요."

"어차피 문을 닫았던 상방인데 더 잃을 것이 무어란 말이오? 눈물로 세월을 보낸다는 청해 삼호 호법님들과 마주칠까 겁이 나 밖으로 돌아 다니고 싶은 마음도 없소. 큭큭."

풍진악은 몸을 낮춰 헤벌쭉이 웃으며 다시 술잔을 들었다.

벌컥, 벌컥!

넘쳐 난 술이 턱을 지나 목줄기를 타고 흘러 옷을 적셨다.

"그럼 묻지요. 만약 상공께서 그런 선택을 강요당했다면 어떻게 행 동하시겠어요?"

막혜가 무표정한 얼굴로 그를 보며 말했다.

'나라면……!'

풍진악은 갑자기 대답할 말을 찾지 못했다.

"대답이 궁하신가 보군요. 이미 끝난 일이에요. 이 마당에 과거의 잘잘못을 따지는 것 또한 옳은 행동이라 할 수 없지요. 지금 상방 내에서 상공의 행실을 두고 말이 많습니다."

막혜의 목소리가 더욱 냉정해졌다.

"어차피 죽으면 빈손으로 가는 것이 인생입니다. 얼굴을 잃어가면서까지 지킬 것이 뭐가 있고, 또 재산은 불려 무엇을 한다는 것이오?"

"취하셨군요. 상공께서 그런 말씀을 다 하시다니."

"부인 눈에는 내가 취한 것으로 보이오? 마셔도 마셔도 취하지 않기에 취한 척이라도 하고 있는 것이오. 끊임없이 술이 들어가도 그 일이 내 머리를 떠나지 않기에 더 더욱 힘이 든 게요."

"어쩔 수 없는 결정이었어요, 내가 살아남기 위해서는."

"부인은 회색인간이로군요. 아니면 팔색조(八色鳥)던가."

풍진악은 비꼬듯 말했다.

"그런가요? 아마 상공의 말이 맞을 거예요. 하지만 그렇지 않고는 살아갈 수 없는 것이 현실이지요. 하지만 저는 홀몸이 아니고 섬서 상방을 책임져야 할 사람이에요. 상공과는 입장이 같지 않지요."

"흥, 그런다고 은혜를 원수로 갚소?"

"모른 척한 것뿐이지 원수로 갚은 것은 아니에요. 묻고 싶군요. 상공께서는 살면서 그런 경우가 없었나요? 만약 상공께서 여태껏 그런 선택을 강요받지 않고 살아왔다면 정말 복받은 인생을 산 것이겠지요. 정말 상공이 부럽군요."

쿵!

술병으로 향하던 풍진악의 손길이 도중에서 멈추었다.

막혜는 자리에서 일어서며 덧붙였다.

"더 이상 이곳을 찾지는 않을 거예요. 상공께서 집으로 돌아오시든 돌아오시지 않든 상관하지 않겠어요. 하지만 당신이 제 남편이라는 점은 잊지 않도록 하지요."

풍진악은 자리를 뜨는 막혜를 보면서도 아무런 말을 하지 못했다.

며칠 전 우연히 집무실을 찾았다가 막혜와 위열이 무영에 대해 말하는 것을 듣게 되었는데, 그녀가 화우 상방이 기습당할 것을 미리 알고 있었다는 놀라운 사실을 알게 되었다. 깜짝 놀라 위열이 동석한 자리라는 것도 잊고 막혜에게 그 일을 따졌다.

"화우 상방의 상대는 무림과 상계 전체예요. 제게도 당당하게 미리 통보를 했더군요, 같이 동참하라고. 행두들과 회의한 끝에 동참은 할 수 없다고 했지만 그렇다고 석가장에 알려줄 상황도 아니었지요."

막혜의 그 말을 듣고 얼마나 놀랐던가?

"제게 통보했다는 것은 저들이 우리가 알렸을 경우에도 충분히 상황을 제어할 만한 힘을 가졌다는 말이지요. 또한 그랬을 경우 무림과 상계 전체의 보복이 뒤따를 것이라는 무언의 암시이기도 하고요. 장 총행두가 우리를 도와준 은혜는 마음 깊이 새기고 있어요. 하지만 그렇다고 겨우 일어선 우리 섬서 상방을 다시 구렁텅이에 처박을 수는 없는 노릇이 아니겠어요?"

그렇게 말한 막혜는 눈물을 보였다. 그 눈물이 진실한 것인지조차도 알 수 없었지만, 현실을 있는 그대로 말했다는 것은 확실했다.

"화우 상방은 너무 급속하게 컸어요. 세운 지 몇 달 되지도 않아 중원 상계의 알짜라고 할 수 있는 곳을 거의 삼 분지 일 이상 잠식했지요. 화우 상방의 본거지는 천하의 허리춤에 해당하는 곳이지요. 기존 상계(商界)나 표국, 그들의 후견인 노릇을 하는 무림 각파는 물론 청방까지 위기의식을 갖게 만들었어요. 특히 표국이나 마방, 청방은 영업에 큰 타격을 받았어요."

"그렇다고 비겁하게 모두 뭉쳐 암수로 상대한단 말이오? 그리고 그 사람에게 큰 도움을 받았던 당신은 알고도 모른 체하고!"

"언제 세상일이 그렇지 않은 적이 있었던가요? 섬서 상방이 문을 닫았던 것도 암수를 당했기 때문이지요. 그뿐인가요? 그 이전으로 가면 산서 상방 역시 우리 상방의 우군이었어요. 곤륜파가 백여 년 전에 멸문을 당했던 것이, 마교의 기습과 그걸 사전에 알았으면서도 묵인한 무림맹 탓이라고 말씀하지 않으셨나요?"

"아무튼 그 사람은 당신이나 나 모두에게 크나큰 은인이오. 비약해서 말할 필요는 없소. 듣고 싶지도 않고."

"그것 때문에 저도 힘들었어요. 하지만 결국 우리가 살아남기 위해서는 선택할 길이 이미 정해져 있다는 것을 알았지요. 저들도 그것을 알기에 오만하게도 제게 미리 알린 것이지요. 아마 나중에라도 함부로 나서지 말라는 경고겠지요. 상공은 그럼 제가 그 일을 석가장에 알리고 우리 섬서 상방까지 공적으로 만들어 상방 문을 닫게 만들었어야 옳다고 생각하시나요?"

그때의 막혜는 미안해하기는 했지만 당당했었다.

그런 대화가 오간 후에 장원을 나와 버린 풍진악은 금용객잔에 머무르며 며칠째 술독에 빠져 살고 있었다.

“정말 상공이 부럽군요.”

막혜가 떠난 자리였지만 폐부를 송곳처럼 찌르는 그녀의 말은 여전히 그곳에 남아 있었다. 목이 쩍쩍 갈라지는 듯한 극한의 갈증에 풍진악은 술병을 들어 입 안에 쏟아 부었다.
벌컥! 벌컥! 벌컥!
‘제기랄!’
술이 목을 적시고 식도를 타고 넘었지만 여전히 잠재울 수 없는 타는 듯한 목마름이 그를 더욱더 고통스럽게 했다.

“정말 상공이 부럽군요.”

풀지 못할 화두가 되어 귓전을 떠나지 않고 뱅뱅 돌던 그 말은 결국 날카로운 비수로 바뀌어 가슴 깊이 박혀 버렸다. 밖으로 향하던 그녀의 뒷모습이 떠올랐다. 작달막한 체구였건만 방을 나서는 그녀의 등이 거인을 연상하게 하는 것은 무슨 까닭이던가?
문득 너무나 왜소해진 자신이 보였다.
목이 탔다.

 # 청룡궁(靑龍宮)

청해(靑海).

하늘과 땅이 맞닿은 곳, 무시무종(無始無終)의 하늘은 이곳에서 그 끝을 보이고 무변광대(無邊廣大)의 땅도 그 시작을 보여준다.

하늘의 법을 구(救)하는 구도자나 정토를 찾는 순례자들의 발길만이 간간이 이어지는, 죽음을 두려워 않는 자만이 용감하게 걸음을 뗄 수 있는 인고(忍苦)의 땅. 주변의 산들 모두 하늘의 순결한 축복을 받았기에, 하늘의 전령사인 오가는 바람은 그런 수도자와 순례자들에게 간간이 싸늘한 눈발을 날려주어 하늘의 법을 일깨운다.

통천하(通天河).

하늘을 녹아내린 물이 흐르기에 그 이름마저도 통천하다.

하늘의 법(法)과 땅의 경(經)을 구하기 위한 구법자(求法者)라면 목숨을 걸고라도 넘어야 할 경외의 강이기에 통천하다.

이곳을 흘러내린 물만이 하늘의 뜻을 깨달아 새 생명을 피우고 세상을 일깨울 수 있다. 때로는 협곡을 휘감고, 때로는 늪을 지나며, 때로는 쩍쩍 갈라진 바닥에 자갈만 남은 황량한 강 위를 또다시 뒤덮어가는 통천하를 보며, 구도자들은 하늘과 땅의 조화를 체득한다.

통천하의 구름은 하늘과 땅을 잇는 성산(聖山)들의 허리를 감고 돌아, 지나가는 순례자와 구법승들의, 혹은 약초를 캐거나 양과 소에게 풀을 먹이는 인근 마을 사람들의 숱한 사연들을 들으며 떠다닌다.

오늘도 구름은 새로운 사연에 귀를 기울인다.

휘이잉!

쏴아아아!

살을 찢을 듯한 매서운 바람이 끝없이 이어진 황량한 계곡을 따라 뽀얀 흙먼지를 일으키며 한바탕 소동을 피우고 지나갔다. 건조한 흙내음을 잔뜩 머금은 바람이다. 통천하의 구름은 그런 대자연의 사연들마저도 놓치는 법이 없다.

삐걱, 삐걱.

계곡 어느 곳을 보아도 인적을 찾을 수 없는 이곳에 한 마리의 말이 끄는 조그만 외발수레 앞뒤로 두 명이 따르고 있었다. 한 명은 말고삐를, 다른 한 명은 뒤에서 수레를 잡고 가고 있었는데, 그 위에는 길쭉한 관(棺)과 큰 보따리 두 개, 그리고 물을 담은 가죽 주머니 몇 개가 매어 있었다.

흙먼지를 피하려는 듯 두 사람 모두 두건으로 온통 머리를 감싸고 두 눈만 내놓았다. 몸 전체를 가린 긴 옷이 강한 바람에 뒤로 펄럭이자 두 사람이 여자임을 알리듯 봉긋한 앞가슴이 그 윤곽을 드러냈다.

푸르르! 푸르르······.

힘겨운 걸음의 두 여인은 물론 수레를 끄는 말도 무척이나 지친 듯 연신 투레질을 해댔다.

"동생, 오늘은 저기 바위 밑에서 쉬었다 가지."

그 소리에 수레 앞에서 고삐를 잡던 여자가 뒤를 돌아보며 말했다. 멀지 않은 곳에 사람 키 두 배는 됨 직한 커다란 바위가 비스듬히 서 있었다.

"그러지요."

지친 기색이 완연한 목소리였다.

청해 일대는 지대가 높은 하늘의 땅이다. 일반 사람들은 숨을 제대로 쉴 수 없어 괴로워하다가 심장이 터져 죽는 경우까지 있을 정도기에, 무공이 상당한 두 사람에게도 무척이나 힘든 고행의 길이었다.

수레를 바위 밑으로 끌고 간 두 여인이 두건을 벗어 흙먼지를 털었다. 앞서 가던 여인은 은교교였고, 뒤에서 수레를 잡았던 여인은 두건 안으로도 복면을 한 곡완주였다. 마차를 끌어 바람을 피하게 하고 나서 적당히 자리를 잡은 두 여인은 관 뚜껑을 열어 무영의 입가에 가죽 포대의 물을 흘려 넣어주고는 자리에 앉아 건량을 씹었다.

"더 이상은 없겠지?"

은교교가 말했다. 추적자들을 말하는 것이다.

"옥수(玉樹)를 지나며 주력을 부쉈으니 놈들도 끝장이 났을 거예요."

옥수는 사천과 청해를 이어주는 험난한 관문이다. 장강 일대에서는 이곳을 지나지 않고 청해에 이르는 길은 없다. 중원에서 올라오는 다른 길이라면 황하를 거슬러 서안 쪽을 거치는 길뿐이다.

역무군은 신경 쓰지 않는 모양이었지만, 파풍신검 행오의 원수를 갚으려는 파풍장 무리들은 끝까지 추격해 왔었다. 몇 차례의 암습을 해 왔던 그들이 완전히 자취를 감춘 것은 청해로 들어서는 길목이라 할 수 있는 옥수 계곡에서의 싸움 이후였다. 오십여 명에 이르는 파풍장 무사들이 길목을 지키고 공격해 왔지만 곡완주와 은교교의 상대가 되지 못하고 모두 무릎을 꿇었다. 중원의 삼 분지 일이나 됨 직한 거리를 따라오며 끈질기게 괴롭혔던 길고 긴 추격전은 그렇게 끝났다.

하지만 정작 두 사람을 힘들게 했던 것은 그런 허접한 추적자들이 아닌, 낯선 이방의 나그네들에게 길을 내주지 않으려는 험난한 미지의 땅이었다.

사천에서 청해로 이어지는 서북의 길은 수많은 협곡과 급류들로 이어져 있다. 한 걸음만 잘못 디뎌도 수백 장 아래로 굴러 떨어지거나 급류에 휘말려 목숨을 잃는 일이 다반사인 그런 곳으로 무영의 관을 운반해야 했다. 머리 위는 밤낮 없는 짙은 운무(雲霧)에 잠겨 있고, 발 아래로는 끝없이 이어지는 늪지대도 지나야 했다. 독무(毒霧)가 피어나는 늪도 있었고, 종류도 헤아리기 어려운 기이한 독충들이 수시로 공격을 해대는 곳도 있었다.

무영이 아니라면 설사 천만금을 준다고 해도 절대 지나지 않았을, 서로가 흘린 땀과 피눈물을 밟고 지나온 그런 길이었다.

곡완주는 품속에서 비도(秘圖)를 꺼내 살폈다. 은교교가 가지고 있는 심검의 손잡이에서 꺼낸 것으로, 여러 개의 선들이 복잡하게 얽혀 있어 이곳 지리를 모르는 사람이라면 아무리 살펴보아도 알 수 없는 비도였다.

"아무튼 힘들기는 했지만 거의 다 왔어요."

곡완주는 멀리 보이는 흰 눈에 덮인 산을 보며 말했다.

청해의 밤은 한여름에도 견디기 어려울 정도의 추위를 몰고 왔기에 두 사람은 일찌감치 천막을 치고 침구를 깔아 추위에 대비했다.

"동생은 내가 우습지?"

옆 자리에 누운 은교교가 물었다.

"나도 이 나이에 사랑하는 사내가 생길 줄은 생각도 못했어. 아무튼 동생이 나를 받아들여 줘서 정말 고마워."

대답이 없자 은교교는 그렇게 말을 이었다. 곡완주가 대답을 하지 않는 것은 벌써 여러 차례 반복해서 들은 질문이었기 때문이다.

은근히 열불이 났다. 나이가 많으니 나더러 어쩌라는 말인가? 당사자 간에 서로 좋아하면 그뿐이 아닌가? 따지고 보면 자신도 남궁화와 아라 공주의 사이로 끼어든 처지였다.

'당신은 언제나 나를 힘들게 하는군요.'

끊임없이 강요되는 힘든 조건들이 그녀를 무척이나 지치게 했지만 결코 불평이나 원망하는 마음은 조금도 없었다. 그저 그렇게 되었구나 하는 것이 전부였다.

어려운 마당에 새로운 식구까지 받아들여야 했던 곡완주도 마음이 편치는 않았다. 하지만 그간 파풍장의 무리들과 여러 차례 격전을 겪으면서, 은교교의 도움이 없었더라면 벗어나기 힘들었을 위험한 상황이 여러 차례 있었다. 아무리 무공이 차이가 난다고 해도 두 손으로 열 손을 감당하기는 어려운 법이다. 그것 때문에 은교교를 받아들인 것은 아니었지만 생사를 놓고 벌인 숱한 싸움들은 두 사람 사이에 끈끈한 연대감을 만들어주었고, 그런 감정을 바탕으로 은교교는 자신과 무영의 관계를 털어놓았다. 그때 그 허탈감이란……

하지만 곡완주는 애써 그런 마음을 다독여 잠재우고 은교교를 이해하려 애썼다. 만약 은교교가 중원의 번듯한 가문의 여식이었다면 절대 그러지 못했을 것이다.

힘겹게 언덕에 오르니 또 다루쪽(타루쵸, 달초. 경번(經幡), 혹은 풍마기(風馬旗), 티벳, 청해 일대에 불교 법문을 써서 내걸은 오색의 깃발)이 보였다.

다루쪽.

이곳 사람들은 오색 깃발에 깨알 같은 법문을 가득 담아 산정(山頂)에도, 들판의 돌무덤 위에도, 호수 옆에도, 그리고 지붕과 돌담에도 건다. 사람과 사람은 금은보석으로 인사를 하지만, 이곳에서는 하늘도 사람도 진실이 가득 담긴 마음을 주고받는 것으로 인사를 대신한다. 하늘을 경배하는 인간의 마음을 담은 것이 바로 다루쪽이다. 진실한 기원을 담아 바람의 전령사를 통해 신에게 보내는 것으로 마음을 전하는 것이다.

곡완주와 은교교는 각각 돌 하나씩을 주워 다루쪽을 걸어놓은 돌탑에 올려놓았다. 오늘 쌓은 돌에도 두 여자의 한결같은 기원이 담겨 있다.

'저 관 안에 하릴없이 누워 하늘의 심판을 기다리는 죄 많은 중생을 구원해 주세요.'

벌써 수백 개의 다루쪽을 지나며 한 번도 빼지 않고 해왔던 일이었다. 다루쪽이 길에서 비켜나 있으면 그리로 마차를 몰아가 했고, 마차가 가기 힘든 곳에서는 세워놓고 걸어가서라도 했다. 다루쪽 앞에 쌓은 돌에 소원을 담아 빌었고, 하늘의 축복을 받은 모든 신령한 것들에 대해 하나도 빼지 않고 경배를 했다. 하늘 아래 사소한 것은 없다.

돌을 올려두고 눈을 마주친 두 여자는 서로 빙그레 웃었다. 다루쪽

옆에 돌 조각을 쌓을 때마다 관 속의 무영이 반드시 살아나리라는 믿음이 더해지는 까닭이었다. 두 여자는 다시 길을 재촉했다.

"심검과 묵환이 합의족 것이라면 그자들이 지키고 있지 않을까?"

은교교가 문득 생각난 듯 말했다.

"누구의 것이라도 상관없어요. 상공의 목숨을 살릴 수 있는 것이라면 설사 황제의 물건일지라도 반드시 훔쳐 낼 거예요."

비도에 표시된 청룡궁에 무엇이 있을지는 아무도 몰랐다. 하지만 황제(皇帝)가 아니라 상제(上帝)나 서왕모(西王母)가 지키고 있다 해도 결코 포기할 수는 없다.

'만일 내 눈앞에서 당신을 떠나보내야 한다면, 그때는 저도 같이 데려가 주세요.'

곡완주의 눈빛이 잠깐 흔들렸다. 언뜻 눈이 관을 향했다. 겉보기에 무영의 상처는 모두 아물었다. 하지만 아직 의식을 찾지 못하니 묵환의 도움을 받아볼 방법이 없었다. 몇 차례 명문혈을 통해 진기를 불어넣어 보았지만 그저 망망대해에 강물을 흘려보내는 듯한 느낌뿐, 끝내는 포기해야 했다.

휘이잉! 타타타탁!

바람이 천막을 스치고 갈 때마다 바람에 실려온 작은 모래며 흙덩이들이 시끄럽게 천막을 때리는 소리를 들으며, 두 사람은 무영이 누워 있는 관을 사이에 두고 잠을 청했다.

밤을 알리는 추위가 스멀거리며 다시 찾아왔다. 날마다 찾아오는 살을 에일 듯한 매서운 추위는 오늘도 예외가 아니었다. 털이 빽빽한 양가죽으로 관을 둘러쌌지만 이런 추위를 맞을 때면 두 여자는 언제나 마음이 편치 않았다.

'상공…….'

곡완주는 날마다 꿈을 꾸었다. 양털 침낭으로 몸을 감싼 그녀는 오늘도 무영과 함께했던 백무도의 그날들을 꿈꾸었다. 영원히 간직할 소중한 그 꿈을.

날이 밝자 말 먹이를 주고 대충 건량으로 아침을 때운 두 사람은 무영이 누워 있는 관을 열어 이상이 없나 살피고는 다시 길을 나섰다.

목적지가 가까워지고 있었다. 다시 한나절을 걸은 두 사람은 나무들의 수가 점차 많아지고 물이 흐르는 작은 강줄기를 발견했다. 근처에 사람들이 사는 곳이 있을 만한 그런 곳이었다. 수레를 바위틈에 숨긴 그들은 작은 언덕 위로 올라갔다.

"아!"

언덕 아래를 본 두 사람은 나직한 탄성을 내뱉었다. 흙벽돌로 지은 백여 채의 집들이 줄을 지어 서 있었고, 수십 명의 사람들이 마을 안을 바쁘게 오가는 것이 보였다. 오랜만에 보는 큰 마을이었기에 절로 탄성이 나온 것이다.

"어떻게 하지?"

"일단 궁전이 있을 만한 곳을 찾아두었다가 밤이 되기를 기다려 들러보도록 하지요."

곡완주는 그렇게 대답하고는 지세를 살폈다. 멀리 마을 뒤쪽에 흰눈에 덮인 커다란 산이 눈에 들어왔다. 이곳으로 오는 동안 방향을 잡아왔던 산이었다. 마을에서 산으로 향하는 길은 곳곳이 돌계단으로 되어 있었고, 갖가지 색의 깃발이 길을 따라 길게 걸려 있었다.

"저 산이 이상하지?"

"그런 것 같아요. 달리 의심 갈 만한 곳은 없군요. 잠시 상공을 지켜주세요."

곡완주는 그렇게 말하고는 언덕에서 내려와 신형을 날려 마을을 크게 돌아 산 측면으로 다가갔다. 산은 깎아지른 듯 가파른 경사를 보여 사람이 올라갈 만한 길이 보이지 않았다. 산을 크게 돌아보고 싶었지만 엄두도 내지 못할 정도로 컸기에 단념하고 마을 쪽으로 향한 계단으로 접근했다. 의외로 계단 근처에는 오가는 사람이 전혀 없었다.

비록 낮이지만 용기를 낸 곡완주는 살금살금 계단 가까이로 접근했다. 동물의 흉상을 새긴 것으로 보이는 석상들이 계단을 따라 십여 개 늘어서 있어 그것들을 따라 교대로 몸을 숨겨가며 입구 가까이 갈 수 있었다.

계단 끝은 밖에서 안을 볼 수 없도록 흙벽돌로 쌓은 장벽 좌우의 두 갈래로 갈라져 있었다. 입구 위쪽에 정교하게 조각을 한 불상들이 새겨져 있는 석실이었다. 석상 뒤에 숨어서 한참을 기다려도 인기척이 없는 것을 확인한 그녀는 조심스레 안으로 들어갔다.

'헉!'

입구 바로 앞에 법의를 입은 라마승이 무릎을 꿇고 있는 것이 아닌가? 그녀의 출현에도 전혀 반응을 보이지 않기에 자세히 살펴보니 산 사람 같지 않았다.

'시체!'

흰색 법의를 걸친 라마승은 합장을 하는 자세로 죽은 채 굳어 있었는데 보기 드물게 흑색 모자를 쓰고 있었다. 이 일대는 거의 비가 오지 않는 건조한 기후라 적당한 조건만 맞으면 죽은 지 오래된 시체라도 짐승에게 뜯기지만 않으면 상당 기간 그대로 보존될 수 있었다. 아마도 오래전에 좌화한 고승으로 보였다. 벽에는 여러 개의 손을 가진 금박의 부처상이 새겨져 있었다.

'아!'

곡완주는 속으로 탄성을 질렀다. 천하를 굽어보는 눈매 하며 마치 인간의 죄를 추궁해 벌을 주고야 말 것 같은 느낌이 들게 하는, 너무나 사실적인 그림이었다. 그림에서 눈을 떼고 한참을 살폈지만 다른 곳은 모두 매끈한 벽면으로 되어 있어 조금도 이상한 점을 발견할 수 없었다.

'이상하다? 분명 이곳이 맞는데……'

아무리 생각을 해도 청룡궁의 위치를 나타낸 비도가 이곳을 향한 것은 확실했다. 이 일대는 그녀가 잘 아는 곳으로, 인근에는 비도상의 지형이 있을 만한 곳이 없었다.

그녀는 포기하지 않고 벽면 주위에 출입구가 나 있을 만한 곳을 다시 살폈지만 조금의 틈새도 찾을 수 없었다. 밖을 보니 서서히 날이 저물어오는 것 같아 조바심을 내며 기다리고 있을 은교교를 생각하니 더이상 시간을 보낼 수도 없었다. 곡완주는 조심스레 밖을 살핀 후에 다시 은교교가 있는 장소로 되돌아갔다.

"뭔가 발견했어?"

"불전의 위치를 찾기는 했는데 도저히 그곳이 청룡궁이라고 보기에는……"

곡완주는 자신이 본 것을 자세히 설명해 주었다.

"일단 장 상공을 그리로 옮겨놓고 다시 생각을 해보기로 해. 힘들게 여기까지 와서 그냥 돌아갈 것도 아니잖아?"

그렇게 말하는 은교교도 맥이 풀린 표정이었다. 두 여자는 수레에서

관을 들어내 앞뒤에서 각각 받쳐 들고는 마을을 크게 돌아 신전 입구로 갔다. 시간이 적지 않게 걸렸기에, 입구에 도착했을 때는 산 아래 마을에서 하나둘 불이 꺼지며 마을 전체가 어둠에 잠기고 있었다. 이곳 사람들이 일찍 잠자리에 드는 것은 저녁만 되어도 매서운 추위가 찾아들기 때문이다.

보름달은 아니었지만 그런대로 달빛이 환하게 사방을 비추어 사람을 분간할 정도였기에 마을 사람들에게 들킬 것을 염려한 두 여자는 재빨리 불전 안으로 관과 보퉁이들을 들였다.

불전 안은 그리 크지 않은 정방형의 석실이었는데 천장에는 작은 야명주 한 알이 박혀 있어 희미하게나마 안을 밝혀주고 있었다. 두 여자는 불전 안을 샅샅이 살폈다. 하지만 어디에도 청룡궁에 대한 단서가 될 만한 것은 찾을 수가 없었다. 천장의 야명주를 돌려보거나 눌러보아도 아무런 반응이 없었다.

"휴우, 아무래도 우리가 잘못 생각하고 있는 것 같아요."

넓지도 않은 불전에서 벌써 몇 시진째 계속된 일이라 지친 곡완주가 그렇게 말하며 자리에 털썩 주저앉았다.

"그런가 봐. 어쩌면 너무 오래전 일이라 이젠 상황이 바뀌었는지도 몰라. 우리가 폐지나 다름없는 쓸모없는 헌 지도 한 장에 매달려 있는지도 모른다는 말이지. 휴우……."

은교교는 그렇게 말하며 뒤로 벌렁 드러누웠다. 모든 것을 포기해야 한다고 생각하니 차라리 편안했다. 무영이 아니었다면 수로채를 떠나 이렇게 고생할 일이 없었으리라. 설사 그곳을 떠났다 하더라도 채주들에게서 긁어모은 재물을 가지고 역무군을 피해 멀리 떠나 편안하게 살 수도 있었다.

‘휴…….’

딸 같은 곡완주 앞에서 비굴한 모습을 보이면서까지 붙어 있어야 하는 자신이 한없이 초라하게만 느껴졌다. 하지만…….

은교교의 눈이 관을 향했다.

아직도 정신을 잃고 누워만 있는 무영을 생각하면 다른 생각은커녕 그저 눈물만 어른거렸다. 답답한 마음을 이기지 못한 눈이 절로 밖을 향했다. 눈물에 어린 흐릿한 월광이 불전 안을 비추었다.

‘응?’

한동안 아무런 생각 없이 멍하니 달빛을 구경하던 은교교는 뭔가 이상한 점을 발견하고는 소매로 눈물을 씻어냈다. 세 개의 불상 사이로 비쳐 드는 달빛을 받은 금박의 부처가 번쩍거리고 있었다. 하기는 금박을 입혔으니 달빛에 번쩍이는 것은 지극히 당연했다.

‘내가 너무 민감해졌나?’

하지만 이대로 포기하기에는 너무 억울해 다시 한 번 자세히 살피던 그녀는 바닥을 가리키는 손가락이 뭔가를 말하려는 듯하다는 느낌을 받았다.

‘혹시?’

벌떡 몸을 일으킨 그녀는 불상 앞을 살폈다. 그곳에 작은 구멍이 파져 있는 것은 이미 알고 있었지만 특별한 점을 발견하진 못했었는데… 심검?

스릉!

“뭐죠?”

검을 뽑아 드는 소리에 곡완주가 몸을 벌떡 일으키며 물었다. 은교교는 아무런 대꾸도 하지 않고 심검을 바닥의 구멍에 꽂았다.

탁!

검은 마치 제 집을 찾은 듯 알맞게 들어갔다. 달빛이 검신을 비추었다.

번쩍!

순간 불상의 두 손이 모아진 부분에 둥근 구멍 모양이 생기며 진한 금빛 광채가 서리는 것이 보였다.

"앗!"

두 여자가 서로 눈길을 마주했다. 조심스레 광채를 살피던 곡완주는 살며시 손을 가져가 그 부분을 눌러보았다.

쿠르르릉! 쿠쿵!

요란한 소리와 함께 별안간 석실 입구로 거대한 석문이 내려앉았다. 이어 석실 전체가 흔들리더니 아래로 주저앉기 시작했다.

"어맛!"

곡완주는 무영이 있는 관으로 몸을 날려 감쌌고, 겁에 질린 은교교도 얼른 그녀의 곁으로 다가와 팔목을 꼭 붙들었다.

콰르르릉!

진동의 충격으로 천장에서 작은 돌덩이들과 부스러기가 한참 동안 우수수 떨어져 내렸다. 너무 놀란 나머지 두 여자는 한동안 아무 말도 하지 못하고 숨을 죽였다.

쿵!

얼마가 지났을까. 내려앉던 석실이 바닥에 닿은 듯 심한 충격과 함께 석실의 움직임이 멎으며 고요한 침묵 속으로 빠져들었다. 그제야 두 여자는 정신을 차렸다.

"괜찮아요?"

관이 이상이 없다는 것을 확인한 곡완주가 은교교를 향해 물었다.

"나는 괜찮아."

두 여자는 먼지를 뽀얗게 쓰고 서로 마주 보며 미소를 지었다.

석실 안은 대낮처럼 환했다. 아니, 이제 더 이상 석실이라는 표현이 어울리지 않았다. 그들이 있는 곳은 전면이 탁 터진 공간이었다. 사방 벽면은 석실의 움직임을 따라 아래로 내려오지 않고 아래로 뻗은 석관처럼 되어 있었는데, 그것으로 보아 내려앉은 것은 바닥뿐이라는 말이었다. 위를 쳐다보니 자신들이 있던 방의 윗면으로 보이는 천장이 보였다.

"아!"

은교교가 탄성을 질렀다. 전면에 수평으로 난 긴 동굴이 그들을 기다리고 있었고 천장에는 오륙 장 간격으로 박혀 있는 야명주가 길을 밝혀주었다. 두 여자는 앞뒤로 관을 들고 긴 동굴을 따라갔다. 동굴은 앞으로 갈수록 밝아지며 점점 넓어졌다. 동굴 끝에 다다른 그들은 눈앞에 펼쳐지는 광경에 제자리에 우뚝 섰다.

"우와!"

은교교는 다시 경탄성을 터뜨렸다. 사방이 깎아지른 듯한 절벽에 둘러싸인 사방 삼십 장이 넘지 않는 작은 분지가 눈앞에 펼쳐져 있었는데, 중앙에는 돌로 지은 건물 한 채가 우뚝 서 있었던 것이다.

두 여자는 서로 눈짓을 교환한 후에 건물 가까이로 다가갔다.

청룡별궁(靑龍別宮).

전면은 용이 날아갈 듯한 필체의 부조(浮彫)였다. 두 사람은 안을 들여다보았다. 석실 안에는 흑색 법모(法帽)를 쓴 세 명의 라마승들이 가부좌를 틀고 입구를 향해 합장하는 자세로 죽어 있었는데 그들의 앞에는 용이 부조된 사람의 머리통만한 녹색의 옥함이 하나 놓여 있었다.

두 여자는 관을 내려놓고 조심스레 무영을 안아 석실 안으로 옮기고 나서 옥함을 열었다. 안에는 세 권의 무공 비급과 두루마리 양피지가 있었다. 무공을 남긴 사연을 적은 것으로 보이는 양피지의 글은 의외로 길지 않았다.

그대가 이곳으로 들어올 수 있었다는 것은 심검과 묵환의 기를 받아들이는 데 성공했음이니 이는 곧 본승들의 진원지기를 받아들일 준비가 되었음이다. 묵환을 낀 손을 제단 아래의 두 구멍으로 밀어 넣고 수미신공(須彌神功)을 운용해 본승들이 남긴 진기를 아낌없이 취하도록 하라. 부디 대공을 이루어 성불(聖佛)의 호법신장으로서의 임무를 다해주기를 바란다.

수미신공이 있어야 진기를 받아들일 수 있다는 말이었다. 곡완주는 품속에서 심검에서 꺼낸 무공심법이 적힌 양피지를 꺼냈다. 예전에 백무도에서 무영과 함께 발견한 것이었지만, 무공에 큰 관심이 없던 무영은 이 심법을 연마하지는 않았었다.

"무슨 문제가 있어?"

곡완주의 표정이 어두워지자 은교교가 물었다.

"휴, 상공께서는 수미신공을 배우지 않았어요. 지금 저리 정신을 잃고 계시니 어떻게 수미신공을 배워 운용할 수 있겠어요?"

은교교는 그제야 곡완주의 표정이 변한 이유를 알았다.

"동생이 수미신공을 배운 후에 장 상공의 몸속으로 진기를 불어넣어주며 운영하면 되지 않을까?"

잠시 생각하던 은교교가 말했다. 진기를 불어넣는다는 것이 위험하기는 했지만 곡완주가 생각하기에도 지금으로서는 그 방법밖에 없었다.

　무영은 깨어나 두 여자의 얘기를 듣고 있었다.
　이곳까지 오는 동안 험난한 숱한 어려움을 겪었다는 것을 간헐적으로나마 들어 알기에 감사한 마음이라도 전하고 싶었지만 말 한마디 건넬 수 없는 처지라 너무 안타까웠다. 상세가 호전되지 않아 여전히 감각을 느끼지 못하고 있는 상태였다. 할 수 있는 일이라고는 숨을 쉬는 일과 그저 옛일을 회상하며 때로는 즐거워하고 때로는 가슴 아파하는 것이 고작이었다.
　짙은 땀 냄새가 코를 스쳤다. 근래에 들어서 자주 맡던 두 여자의 친근한 냄새였다.
　'그렇게 애쓸 필요 없어. 어차피 언젠가는 죽는 것이 인생이야. 다들 특별한 것 같지만 죽을 때 보면 그저 그렇게 평범하게 산 거야. 나도 이젠 쉬고 싶어.'
　지쳤다. 자신을 살리기 위해 모든 것을 걸고 처절하게 노력하는 두 여자에게 그렇게 말해 주고 싶었다. 생을 포기했다고 질책할지 몰라도 그것이 지금 무영이 느끼는 솔직한 심정이었다. 몇 번 죽음의 고비를 넘겨가며 힘겹게 버텨온 길이었기에 이제 그만 편히 눕고 싶었다.
　"모든 것은 시초부터 열반이라 덧없는 것이 천지를 사르나니 그 있고 없음마저 잊는다면……."
　무언가 나직이 읊조리는 소리가 들리는 것이, 그의 곁에 앉은 곡완주가 열심히 수미신공을 익히고 있는 모양이었다. 사실 무영도 틈나는 대로 익히려 했지만 귀찮아서 그만둔 것이기도 했다. 무영은 그 소리에 귀를 기울였다.

하지만 지금 그가 듣는 것은 수미신공의 구결이 아니라 곡완주의 목소리였다. 항상 가슴 한구석에 담아두었던 그 목소리…….

남해대왕은 잠시 고뇌에 빠졌다.

"놈은 이제 풍비박산이 났소. 중원에서 폭삭 망했다는 말이오. 지금 실종 중이기는 하지만 만약 다시 나타난다 해도 채권자들이 벌 떼처럼 달려들어 손을 내밀 것이오. 절대 놈을 도와줘서는 안 될 것이오. 하지만 화근을 언제까지 두고 볼 수는 없지 않소? 이번에 우리 상방에서는 전 함선을 동원해 태주도를 치기로 했소. 대왕도 모든 병력을 동원해 힘을 합쳐 주기를 바라오. 만약 같이 나서지 않는다면 중원의 모든 상방들이 대왕을 그와 한패로 여길 것이오. 그게 무슨 뜻인지는 잘 아시리라 믿소."

며칠 전에 다녀갔던 사내의 말이 그의 귀를 맴돌며 아직까지 갈피를 잡지 못하게 하고 있었다.

상선들이 숱하게 오가는 바다이기에 영업을 하다 보면 중원 소식은 심심치 않게 들을 수 있었고, 무영이란 놈이 화우 상방인가 뭔가를 차려 잔뜩 재미를 보고 있다는 말도 놓치지 않고 들었었다.

한데 신분을 밝히기 거북하다며 금은보화를 한 상자 가득 갖다 바치고는 무영이 곧 폭삭 망할 것이라는 말을 늘어놓고 같이 태주도를 치자고 떠들고 간 중년 사내의 정체는 차치하고라도, 그새 놈이 망한다는 얘기는 또 무어란 말인가? 대충 들어보니 너무 독불장군처럼 까불다가 남들로부터 미움을 받아 쫄딱 망하는 모양이었다. 하긴 겪어보니 좀

잘난 체하는 놈이기는 했다.

'제기랄!'

그놈을 절대 돕지 말라니…… 언제는 돕고 싶어 도운 줄 아는 모양이었다. 미친놈.

이미 그가 무영에게 무자비하게 터졌다는 얘기는 '비밀인데 너만 알고 있어' 하는 식으로 입과 귀를 건너 섬 전체에 퍼져 대사도의 괴담이 되어 번졌기에 수습을 포기한 지경이었다. 그 덕분에 섬사람들에게 잔뜩 체면을 구겼지만, 그래도 한동안 놈의 낯짝을 보지 않으니 몸의 살도 제법 붙어 그런대로 살맛이 나는 요즘이었다.

'어이구, 골치야.'

같이 태주도를 공격하자는 말에 남해대왕의 두통이 또 도졌다. 예전의 경험으로 보면, 두통 이후에는 복통, 그리고 치통 순으로 합병증이 되어 나타날 것이 틀림없었다. 놈이 다녀가면 근 한 달은 여러 가지 합병증이 생겨 고생을 하곤 했었다. 뇌물까지 한 상자 바치고 간 사내의 성의가 괘씸해서라도 단단히 협조할 생각은 있지만, 언제 세상만사가 뜻대로 되던가?

"어쨌으면 좋겠느냐?"

사대천왕을 소집한 남해대왕은 사내가 다녀간 일을 털어놓고 의견을 구했다. 멍청한 놈들이기는 해도 드물게 쓸모있는 말을 하기도 했다. 그 '드물게'가 오늘일지도 모른다는 막연한 기대를 갖고 그는 신중한 표정을 지으며 사대천왕의 의견에 귀를 기울였다.

"그게 사실이라면 굳이 우리가 망설일 필요가 있습니까? 그대로 함께 공격해서 박살 내버리면 그만이지요."

지국천왕이 당연하다는 표정으로 말했다.

"나중에 우리 섬을 공격하면?"

다문천왕이 한심하다는 표정으로 지국천왕을 보며 되물었다.

"뭘?"

"무영이란 놈이 돌아와 나중에 이리로 쳐들어오면 어쩔 거냐고? 자네가 나서서 막을 거냐고?"

지국천왕은 입을 닫았다.

"에잉, 새 대가리 같은 놈. 넌 차라리 지작(地雀)천왕으로 개명(改名)을 해라."

전에는 무공이 제법 높은 것으로 알고 후대했지만, 무영 일행에 비해 많이 뒤떨어진다는 것을 안 후로는 사대천왕 모두가 시원찮게 보여 요즘은 그들에게 말도 함부로 하는 편이었다.

'참새'라는 말에 불쾌해진 지국천왕의 고개가 창밖을 향해 획 돌아갔다.

'쯧쯧, 주제에 성질은 있어가지고.'

얼핏 반항하는 것으로 보여 심기가 불편해진 남해대왕이었지만, 그나마 이곳에서는 더 나은 놈들을 구하기도 쉽지 않기에 꾹 참기로 했다.

"모른 척하지요?"

다문천왕이 말했다.

"못 들었냐? 그랬다가는 놈들이 한패로 여기겠다는 말 아니냐?"

남해대왕이 생각해 볼 것도 없다는 듯이 말을 받았다. '너도 이름을 석문(石門)천왕으로 바꿔라'는 말이 입 안에서 맴돌았지만, 녀석도 지국천왕 놈처럼 반항하는 기색이라도 보이면 공연히 기분만 상할 것 같아 겨우 참았다.

남은 두 놈은 입을 싸매고 있는 것이 그나마 할 말도 없는 듯했다. 누구 하나 그럴듯한 대답을 하는 놈이 없어 '역시나' 하며 사대천왕을 쫓아 보내고 혼자 끙끙거리던 그의 머리 속에, 문득 조그만 섬의 도주로 귀양 삼아 보내 버린 아들놈이 떠올랐다.

'맞아! 그놈이 잔머리 하나는 기가 막혔지.'

그러고 보니 조그만 섬에 가서 도주 노릇이나 하라며 아들을 쫓아 보낸 지도 꽤 되기는 했다.

며칠 지나지 않아 진동이 불려왔다.

'휴, 이제야 용서해 주실 모양이군.'

너무 서둘러 왕위를 노렸다는 생각에 한동안 진심으로 반성을 하기도 했던 그였다.

"기실 이 문제는 간에 붙을 것이냐 쓸개에 붙을 것이냐의 문제라고 할 수 있습니다. 간과 붙을라치면 쓸개에 미리 알리고 상황에 따라 대처하면 되지 않습니까?"

아버지 남해대왕의 말을 들은 진동의 말이었다.

"어떻게 하라는 말이냐?"

"태주도를 공격하는 것은 대세이니, 내키지 않지만 우리도 살아남으려면 어쩔 수 없으니 양해를 해라. 옛정을 생각해 귀띔해 주는 것이다. 당신들은 근거지가 어산도에도 있으니 그리로 가서 살아라… 뭐, 대충 이거지요."

"흠, 그래도 싫다고 하면?"

그래도 걱정이 된 남해대왕이 다시 물었다.

"당연히 설득해야지요. 설사 싫다 하더라도 미리 알려준 셈이니 나중에라도 크게 당하지는 않겠지요. 그게 대세라면 놈들도 당연히 어산도로 도망칠 겁니다.”

“안 가면?”

“대세가 아닐 확률이 높으니 그저 알았다고 하면 그만이지요. 그리고 그런 설득을 할 재주도 없다면 자리를 포기해야지요.”

진동은 당연한 질문을 한다는 듯이 그렇게 말했다.

‘이놈이 걸핏하면 왕위를 포기하라고 입버릇처럼 떠드는군. 안 되겠어, 아직 멀었어.’

그래도 하나뿐인 아들이라고, 이번 일에 좋은 의견을 내놓으면 적당히 훈계한 후에 대사도에 주저앉혀 후계자 수업이라도 쌓아주려고 했었다. 하지만 말투를 보니 여차하면 일을 꾸며 왕위를 노릴 것만 같아 그런 생각이 싹 달아났다. 아무리 조그만 섬 구석에 처박혀 왕 노릇을 하고 살지만, 중원에서는 왕위를 두고 부자간에, 또는 형제 간에 칼부림까지 난다는 말은 그도 심심찮게 들은 바가 있었다.

“험, 알았다. 그만 돌아가도록 해라.”

“예?”

미처 말뜻을 알아듣지 못한 진동은 아버지의 얼굴을 보며 반문했다.

“못 들었냐? 네가 다스리는 섬 주민들이 있는 곳으로 돌아가라는 말이다. 통치자는 잠시라도 자신의 영토를 비워서는 안 되는 법이다. 사실 너를 부르지 않으려 했지만 워낙 남사도 전체의 운명이 걸린 사안이라 네 의견이나 들어보려는 것이었다. 자고로 도주가 장기간 자리를 비우면 반란을 일으켜 자리를 차지하려는 놈들이 꼭 있게 마련이지. 어서 서둘러 돌아가도록 해라.”

남해대왕은 짐짓 실눈을 뜨고 그를 노려보며 말했다.

진동의 안색이 확 바뀌었다. 그가 다스리는 섬은 크기가 꽁깍지만했기에 웬만한 배는 댈 수도 없을 정도라, 섬에 상륙하려면 큰 배에서 내려 소선으로 갈아타야 할 정도였다. 섬 주민이라고 해야 기껏 백여 명이 넘지 않았고, 그나마 노인과 여자, 아이들을 빼면 힘을 쓸 만한 장정은 삼십여 명이 전부라 도주는커녕 촌장도 필요없었다. 잠깐 자리를 비웠다고 누가 감히 남해대왕의 아들이라는 자신의 자리를 노린단 말인가? 자신이 알기로 그 섬에는 그런 고상한 직함에 관심을 가질 놈은 아무도 없었다. 그곳 사람들은 남해대왕이 누군지도 몰랐다.

'빌어먹을.'

진동의 안면 근육이 심하게 일그러졌다. '자리 포기'라는 대목이 아버지의 신경을 건드린 것이 틀림없었다.

'입이 방정이지.'

진동의 힘없는 발걸음이 포구를 향했다.

무적 호송단 제이(第二)의 해상 기지였던 태주도는 그렇게 손쉽게 위진해에게 넘어갔다.

남궁화와 아라 공주는 날이면 날마다 눈물로 세월을 보내야 했다. 중원으로 돌아가 무영의 행방을 찾고 싶었지만 조씨 형제며 호소가와, 중대도, 남우선 등 모든 사람들이 지금은 때가 아니라며 그들을 말렸기에 꼼짝도 할 수 없었다. 조씨 형제들은 지금은 주모들을 지키는 것이 자신들의 의무라고 굳게 믿고 있었기에 아무리 그녀들이 눈물로 호소를 해도 요지부동이었다.

애써 구축했던 새로운 기지인 태주도를 손도 쓰지 못하고 위진해 등에게 넘겨 버린 것이 아쉬웠지만 어쩔 수 없었다. 하기는 위진해의 본

거지라 할 수 있는 광동의 코앞에 설치되었으니 어지간히 신경이 쓰였을 것은 이해할 수 있었지만, 목숨을 구해준 사람의 위기를 틈타는 놈들이 괘씸할 따름이었다.

단 한 척 남아 있던 보선도 남해대왕에게 넘겼다. 무영이 빌려간 것이니 돌려달라는 말에 어쩔 수 없었다. 아니, 그런 이유보다는 지켜낼 힘이 없었을 따름이었다. 놈은 그 보선을 다시 위진해에게 팔아넘겼다나? 아마 놈도 마지못해 팔았을 터였다.

"후후후, 이게 바로 세상 인심이지."

호소가와는 자조하듯 그렇게 혼잣말을 했다. 대신 그가 위진해와 남해대왕에게서 구걸하듯 얻은 것은 어산도와 백무도의 안전이었다.

제4장 **혈랑단(血狼團)**

어느덧 칠 주야가 지났다.

식수는 구할 수 있었지만 준비했던 건량도 거의 떨어져 가고 있어 더 이상 버티기 어려운 실정이었다.

곡완주도 이제는 모험을 해야 할 때가 왔다는 것을 알았다. 그동안 마음속 불안감 때문에 감히 시행하지 못하고 조금만 더 조금만 더 하며 신공의 구결에 따라 숱하게 진기를 운용하며 연습에 몰두해 왔다. 단 한 번의 실수도 용납되지 않았다. 두 사람의 생사가 걸린 일이었다.

은교교도 석실 안을 깨끗이 치우고 자신도 운공하는 등, 만일의 경우를 대비했다. 곡완주는 묵환을 낀 무영의 두 팔을 석실 제단 사이의 구멍에 끼운 후 등에 장심을 대고 진기를 불어넣어 가며 수미신공을 운용하기 시작했다. 그러자 구멍 사이에 낀 묵환에서 희미한 붉은 기운이 돌며 석실 안을 붉게 비추었다. 그런데 돌연 이미 죽어 시체로 굳어버린 세 법승의 머리 위에서 옅은 홍색의 연기가 피어올랐다.

'아!'

은교교는 믿을 수 없는 사실에 입을 벌렸지만 두 사람의 운공에 지장이 있을까 감히 소리도 내지 못하고 그저 놀랄 뿐이었다. 다음 순간 갑자기 거대한 무형의 경력이 그녀를 강하게 후려쳤다.

쿵!

미처 대비를 하지 못했던 그녀는 그대로 밀려나며 석실 입구에 머리를 부딪치고는 그 충격으로 쓰러져 정신을 잃었다.

곡완주는 더욱 크게 놀라고 있었다.

쿠르르릉!

엄청난 내력이 묵환을 타고 무영의 몸 안으로 밀려갔는데, 진기는 노도와 같아 감히 대항할 수 없을 정도의 기세로 혈맥을 타고 돌았다.

'안 돼!'

모든 내력을 끌어올려 수미신공의 구결에 따라 진기를 인도하려 했지만 힘에 부친 곡완주는 과도한 내력 소모로 정신이 희미해져 가고 있었다. 하지만 이대로 정신을 잃으면 만사가 끝장이라는 생각에 이를 악물고 신공을 운용했다.

갑자기 무영의 단전에서 뜨거운 기운이 폭발하듯 치고 올라왔다. 그 기운은 묵환을 타고 올라온 진기와 맞부딪치며 거대한 회오리를 만들어 무영의 몸 안에서 엉키고 있었다. 수미신공으로도 제어할 수 없었기에 곡완주는 혼신의 힘을 다해 묵환의 기를 이끌어 단전의 기운을 누르려 했다. 하지만 역부족이었다. 한순간 두 갈래의 진기는 멋대로 엉클어지더니 그녀의 통제를 완전히 벗어나 날뛰었다.

더 이상은 그녀도 어쩔 수 없었다.

‘아!’

마지막 진원지기까지 끌어올린 그녀는 정신이 아득해지는 것을 느꼈다. 문득 무영 곁에 나란히 누워 영원히 잠들어 버린 자신의 모습을 상상했다. 쓰러지는 곡완주의 입가로 희미한 미소가 번졌다.

무영도 정신은 차리고 있었다.

‘이런 바보.’

그때라도 자신의 몸에서 손을 뗐어야 했다. 몸이 말을 듣지 않을 뿐, 몸속에서 일어나는 모든 상황이나 곡완주의 몸을 아끼지 않는 노력은 알고 있었다.

‘그래, 이렇게 같이 죽자.’

곡완주는 무영 앞에 쓰러져 있었다. 더 이상 살기를 바랄 수도 없었고 살고 싶지도 않았다. 그저 모든 것이 귀찮을 따름이었다. 지금 무영의 몸속에서 으르렁거리며 맞부딪치는 두 갈래 진기의 정체는 묵환을 타고 내려온 삼정의 것과 만년설삼의 잔재였다.

무영도 모든 것을 놓았다. 최근에 와서는 잡고 있었던 것이 없었으니 새삼 놓을 것도 없겠지만, 지금은 곡완주를 안타까이 지켜보던 그 마음조차도 놓아버렸다.

쿠르르릉!

두 가닥의 진기가 서로를 쓰러뜨리고 자리를 차지하려는 듯 그의 전신 곳곳 혈맥을 타고 맹렬하게 돌았다.

꿈이었다.

오색 수실과 각종 장식물이 화려하게 걸린 금색 가마 하나를 두고 라마승들끼리 벌이는 혈전이었다.

“으아악!”

“커억!”

거대한 궁전 앞에서 붉은 가사를 걸친 법승 백여 명이 수효가 훨씬 많아 보이는 흰옷에 검은 법모를 쓴 한 무리의 법승들을 잔혹하게 주살하고 있었다. 붉은 가사를 걸친 법승들은 수도 셀 수 없을 정도로 많은 몽고병들의 도움까지 받고 있었다. 그들은 수도 적고 무공도 열세를 면치 못해 연신 몽고병들의 창칼에 맞아 쓰러지고 있었다.

동발이나 법륜, 그리고 항마저 등으로 공격을 하는 붉은 가사의 법승들은 모두 무공이 뛰어나 그들이 손을 한 번 휘두를 때마다 여러 명이 피를 토하며 쓰러졌다. 하지만 죽임을 당하고 있는 백의법승들은 죽어가면서도 가마를 향해 달려드는 몽고병들을 몸을 던져 가며 막아서고 있었다.

“궁주님을 모셔라!”

그 말이 떨어지자 몇 명의 승려들이 가마를 메고 달렸고 그 앞뒤를 세 명의 법승들이 가마를 호위하며 내달았다. 그 뒤를 수십 명의 법승들이 따랐다. 이미 심한 격전을 치렀는지 많은 상처를 입어 그들이 걸치고 있는 백의 가사에는 온통 핏자국이 낭자했다. 가마는 격전장을 뒤로하고 나는 듯이 멀리 달아났다.

한참을 달렸을까. 저만치 뒤로 그들이 떠나왔던 건물이 불길에 타오르는 것이 보였다.

한순간 모든 광경이 연기처럼 사라졌다.

“범천(梵天)의 힘을 굴리는 왕을 지키는 수호삼정(守護三鼎)의 이름으로 말하노니, 부디 성불(聖佛)을 수호하는 일에 그대의 모든 것을 걸고 노력하기 바라노라.”

어디서 말하는지 방향조차 가늠할 수 없었지만 창노한 목소리는 마치 바로 곁에서 말하는 듯 크고 선명하게 들렸다.

번쩍!

무영이 눈을 뜬 것은 바로 그때였다. 몸 안의 모든 혈맥들이 힘차게 뛰고 있는 것이 느껴져 몸은 날아갈 듯이 가벼웠다. 그의 눈앞에 세 명의 법승들이 합장을 한 채 죽어 있는 모습이 들어왔다. 어디선가 많이 보던 낯익은 얼굴이었다.

'맞아! 가마를 호위하던 법승들이구나.'

무영은 그제야 그들의 정체를 알았다. 아마 수호삼정이 예전에 벌어졌던 상황을 후인들에게 경각심을 주기 위해 환영으로 남긴 것 같았다. 몸을 일으키니 복면여인 하나가 그의 곁에 쓰러져 있는 것이 보였다.

'곡완주!'

이미 은교교와 그녀가 하는 말은 빠짐없이 들었기에 얼굴을 보지 않아도 그녀가 누구라는 것을 알 수 있었다. 석실 입구에 은교교 또한 입가에 피를 흘리며 정신을 잃고 쓰러져 있었는데, 아마도 가까이서 지켜주다 수미신공으로 인도된 엄청난 힘에 밀려나며 그 충격으로 쓰러진 것으로 보였다. 무영은 곡완주가 쓴 복면을 조심스레 들추어보았다.

'헉!'

곡완주의 얼굴은 깊게 패인 상처 곳곳에 새살까지 돋아 울퉁불퉁하게 바뀌어 버린, 도저히 사람의 안면이라고 할 수 없는 괴이한 형상이었다.

'그랬었니?'

그제야 곡완주가 얼굴을 드러내지 않은 이유를 알았다.

무영은 복면 안으로 손을 넣어 얼굴을 매만졌다.

‘뭐 하러 나 같은 놈에게 그렇게 매달리니. 왜 자꾸 내게 빚을 지우는 거야. 네가 그럴수록 나도 더 힘들어져.’

몸과 마음을 다 바쳐 자신에게 헌신하고 끝내는 쓰러져 버린 그녀를 보니 애처롭기도 하고 죄스럽기도 했지만 그 우직함에 화가 나는 것 또한 어쩔 수 없었다. 다행이 그녀의 맥박은 고르게 느껴졌다.

‘엇!

갑자기 혈맥이 요동 치는 것을 느낀 그는 즉시 가부좌를 틀고 자리에 앉아 운기를 하며 천천히 진기의 흐름을 유도했다. 그러나 혈맥의 요동은 좀체 가라앉지 않고 오히려 운공을 할수록 그 도를 더해갔다.

‘혁!

운공을 하던 무영이 순간적으로 깜짝 놀랐다. 갑자기 진기가 단전 아래로 내려가 양물로 모이고 있는 것이 아닌가? 깜짝 놀란 무영이 즉시 진기를 안정시키고 운공을 끝냈다. 하지만 이번에는 정욕이 불길처럼 일어나며 그를 괴롭혔다. 이미 그의 남성은 번쩍 고개를 치켜들고 먹이를 찾고 있었다. 당황한 무영은 급히 정신을 다잡고 열기를 식히려 노력했지만 정념의 불길은 파도처럼 번져 전신을 달구었다.

“으…….”

무영의 눈이 붉게 충혈되었다. 이마에서는 땀이 비 오는 듯 흘렀다. 이미 부부의 연을 맺은 곡완주나 수십 차례 관계를 한 은교교를 안지 못할 이유는 없지만, 두 여자는 지금 정신을 잃고 쓰러져 있는 상태로 자칫 실수하면 생명이 위태로울지도 몰랐다.

“으아아!”

한동안 진저리를 치며 버티던 무영은 끝내 참지 못하고 짐승 같은 소리를 내며 정신을 잃고 쓰러진 곡완주를 덮쳐 갔다.

찌지직!

그는 곡완주가 입고 있는 옷을 사정없이 찢어버리고는 거친 손길로 그녀의 육봉을 움켜쥐었다. 드러난 수밀도를 난폭하게 주무르던 그는 더 이상 참지 못하겠는지 그대로 그녀의 위에 몸을 실었다.

정신을 잃은 곡완주도 고통을 느꼈는지 살짝 눈을 찌푸렸지만 더 이상 반응을 보이진 않았다. 무영의 거친 율동과 뜨거운 숨결은 이내 석실 안을 후끈 달아오르게 했다.

곡완주는 악몽을 꾸었다.

'아악!'

집채만한 괴물이 자신을 누르고 능욕하고 있었다. 하체의 고통은 참을 수 없을 정도였다. 그녀를 더 놀라게 하는 것은 괴물의 얼굴이 거울로 보았던 자신의 얼굴과 같다는 것으로 마치 두꺼비의 등과 같은 울퉁불퉁한 얼굴이었다. 괴물은 징그럽게 웃어가며 그녀를 마음껏 유린했지만 손가락 하나 까딱할 수 없었다. 그런데 그녀를 더 괴롭게 만드는 것은 하체의 고통이 점차 쾌감으로 바뀌고 있다는 사실이었다. 짜릿한 감각이 신경을 통해 전신으로 퍼져 나갔고, 그럴 때마다 그녀는 희열에 몸을 떨었다.

"으흥!"

흥분을 주체하지 못한 그녀의 입가에서 묘한 비음이 흘러나왔다.

'응?'

한순간 곡완주는 정신이 들었다. 육중하게 몸을 눌러오는 사내의 무게를 느끼고는 깜짝 놀라 눈을 떴는데…

"아!"

무영이었다. 정신없이 몸을 탐하는 남자는 꿈에도 잊을 수 없는 영원한 자신의 사내 무영이었다.

'살아났어. 다 같이 산 거야!'

곡완주는 두 손을 무영의 등으로 돌려 꼭 껴안았다. 감격에 젖어 눈물이 주체할 수 없을 정도로 흘렀지만 그녀의 기쁨을 나타내기에는 역부족이었다. 섭혼지기의 음기가 아직 남아 있었던 무영은 곡완주 하나로 만족하지 못하고 다시 은교교를 상대로 한차례 더 관계를 가졌다.

"섭혼지기를 모두 흡수해요. 더 이상 공자를 더러운 사술에 매이지 않게 하라는 말이에요."

한창 무영과 뜨거운 시간을 보내고 있던 은교교의 귀로 곡완주의 싸늘한 전음이 들려왔다.

"걱정 마, 동생. 나도 이제 그럴 마음은 없어."

곡완주의 당부가 아니더라도 그럴 생각이었다. 정신을 잃은 무영을 옮겨오며 그녀가 가장 걱정했던 점은 혹시 그의 몸속에 남겨둔 섭혼지기가 발작해 자신도 모르는 사이에 심맥이 터져 죽지나 않을까 하는 점이었다. 그저 그의 몸속에 섭혼지기가 조금 남아 있다는 정도로만 말했을 뿐, 위험할지도 모른다는 사실은 감히 곡완주에게 털어놓지도 못했었다. 얼마나 마음을 졸였던지…… 그녀는 그런 생각을 하며 무영의 남성 속에 남아 있는 섭혼지기를 남김없이 빨아들였다.

"달라진 곳이 없나요?"

곡완주가 물었다. 찢어진 옷은 갈아입었지만 아직도 방금 전의 일을 기억하는 듯 부끄러움에 감히 눈을 마주치지 못하고 말했다.

"몸이 정상으로 돌아온 것과 공력이 좀 더 불어났다는 느낌 외에는 별로……."

"공력을 쌓기가 가장 힘든 것인데 그 정도면 대단하지, 욕심은……."

은교교가 참견하며 나섰다. 그녀도 무영이 살아난 것 이상으로 기쁜 일이 없었다. 말을 하면서도 얼굴을 붉혔다. 무영이 자신도 모르게 펼치는 미혼술은 그녀의 가슴을 뛰게 하기에 충분했기 때문이었다.

"어떻게 하실 셈인가요?"

곡완주가 물었다.

"일단 역무군에게 빚을 갚은 후에 손해 본 상인들에게 변상해 주어야겠지."

"그럴 필요가 있을까요? 지금 중원에서 역무군에게 맞설 만한 힘을 가진 사람은 없어요. 상공께서 이번에 손해를 조금 보기는 했지만 제가 가진 재물이 충분하니, 차라리 이번 기회에 섬이나 다른 조용한 곳으로 가서 사는 것이 어떻겠어요?"

역무군에 대한 은근한 두려움도 있었고, 이제 나이도 들었다는 생각에 무영과 조용히 지내고 싶었던 은교교는 그렇게 말했다.

"동생 생각은 어때?"

무영도 그녀의 말에 고개를 끄덕이며 곡완주를 돌아보았다.

"일단 이곳을 벗어난 후에 다시 생각해 보는 것이 좋겠어요."

그녀는 그렇게 말하며 직접적인 대답을 피했다. 무영과 함께한다면 사부님의 복수나 걸개방 따위는 언제라도 포기할 수도 있지만, 남궁화나 아라 공주 같은 엄청난 가문의 배경을 가진 미녀들 틈에 끼어서 같이 살아갈 자신은 없었다.

아라 공주 또한 오랑캐 왕족 출신이라는 면에서는 같다고 볼 수도

있지만, 그녀에게서 느껴지는 왕녀다운 고고한 품격이나 외모 등은 도
저히 자신이 따라갈 수 없을 정도였기에, 아라 공주와 자신을 동일 선
상에 올려놓고 보는 사람은 아무도 없었다.

은교교에 대해 깊은 연민을 느끼는 것도 고아 출신에 나이도 많고
여러 남자들과 음란한 관계를 가졌던 그녀의 비참한 과거사 등에서, 어
려서부터 이역(異域)에서 홀로 생활한 자신과 어떤 동질감을 느끼고 있
었기 때문인지도 몰랐다.

곡완주의 말에 따라 세 사람은 삼정의 시신을 향해 절을 올린 후 들
어왔던 입구 쪽으로 향했다. 불상이 있는 곳으로 다가갔지만 밖으로
나가는 통로는 찾을 수가 없었다.

"내려올 때도 이 불상의 장치로 내려왔으니 아무래도 여기에 나가는
길과 관련된 뭔가가 있을 것 같아요."

불상을 유심히 살피던 은교교가 말했다. 그녀의 말을 들은 곡완주는
들어올 때 만졌던 손이 모아진 부분을 눌러보았다.

쿠르르르릉!

별안간 석판이 요란한 소리를 내더니 천장 쪽을 향해 서서히 움직이
기 시작했다.

"이거 기관 장치가 너무 오래돼서 사고나는 것 아니야?"

무영이 걱정스런 표정으로 말했다. 두 여자도 내심 불안하기는 마찬
가지였는지 아무런 대꾸도 하지 않고 움직임을 지켜보기만 했다.

쿵!

잠시 후에 요란한 충격음과 함께 석실의 움직임이 멎었다.

석실은 들어왔던 당시의 원래 그 모습 같았다. 다른 점이라면 입구
에 커다란 석판이 내려져 입구가 차단되어 있다는 점이었다.

“석판을 부숴야 할 것 같은데요.”

곡완주가 그렇게 말하며 장심에 내력을 모으려 할 때였다.

쿠르르르…….

돌연 석판이 옆으로 밀려나기 시작했다.

“불상이 올라오면 석문이 열리게 되어 있나보네.”

석판의 움직임을 본 은교교가 기쁨에 찬 목소리로 말했다. 사람이 지날 정도의 충분한 공간이 생기자 또 다른 변화가 생길까 염려한 세 사람은 서둘러 밖으로 나왔다.

“아니!”

세 사람은 입을 딱 벌렸다. 마을에서 불전으로 이르는 길에는 거의 수백여 명의 마을 사람들이 무릎을 꿇고 있었다. 불전에서 세 사람이 나오는 것을 목격한 그들은 연신 고개를 조아리며 절했다.

“수호신이시여!”

“수호신이시여!”

자세히 들어보니 그들은 그렇게 말하며 절을 하고 있었다. 무영이나 곡완주는 그들의 말을 알아들을 수 있었다.

“뭐라고 하는 거야?”

무슨 말인지 알아들을 수 없었던 은교교가 물었다.

“우리더러 수호신이라고 하는 거예요. 아마 우리를 그 삼정인가 하는 노인네들의 후인으로 여기는 것 같아요.”

“틀린 얘기는 아니군.”

무영이 씁쓸한 미소를 지으며 그렇게 말했다.

모여 있던 마을 사람들 중 원로로 보이는 한 노인이 일어나 그들에게 다가왔다.

"수호삼정의 후인께서 저희 대에 나타날 줄은 몰랐습니다. 부디 신력을 발휘하시어 수백 년 동안 빼앗겼던 우리 합외족의 터전인 청룡궁을 되찾을 수 있도록 해주십시오."

이곳에선 드문 유창한 한어였다. 수백 명의 마을 사람들은 그의 말이 끝나자 연신 땅에 머리를 찧어가며 절을 계속했다.

세 사람은 서로 얼굴을 마주 보았다.

"여러 귀인들께서는 어서 마을로 가시지요."

촌장으로 보이는 노인이 세 사람을 공손히 안내해 마을 안으로 데려갔다. 이미 그들이 나타날 것을 알고 있었는지 마을에는 성대한 잔치가 준비되어 있었다.

아직 자세한 사연은 알 수 없지만 환대하는 마을 사람들의 기대를 저버릴 수 없었던 세 사람은 그들과 어울려 실컷 먹고 마셨다. 한 무리의 호희(胡姬:오랑캐 무희)들이 작은 북을 비롯해 여러 생소한 악기를 연주하는 악사들의 음악에 따라 춤을 추며 흥을 돋우었다.

저녁이 되어 찬바람이 불어올 무렵이 되자 촌장은 세 사람을 자신의 집으로 안내했다.

"사실 저희들은 우연치 않게 수호삼정의 내력을 얻게 된 사람들일 뿐입니다."

성대한 잔치까지 열어주며 열렬히 환대하는 그들에게 부담감을 느낀 무영이 그렇게 말했다.

"모든 것은 부처님의 뜻대로 되는 것일 뿐, 어찌 사람이 안배한다고 해서 되는 일이겠습니까? 아마 수호삼정께서도 이렇게 될 것을 어느 정도 알고 계셨을 것입니다. 보아하니 중원인 같은데 제가 우리 부족에 얽힌 모든 사연을 말씀드리겠습니다."

촌장은 그렇게 말하며 주위 사람들을 모두 물렸다.

"저희 부족민 중 가륵이란 자가 청룡궁의 신물이라 할 수 있는 묵환과 심검을 가지고 달아났지요. 원래 그 신물들은 부족민들 중에서 비무를 거쳐 무공이 가장 높은 사람이 취할 수 있는 것인데, 가륵은 두 번째로 지명되자 몰래 금지(禁地) 안으로 들어가 신물을 훔쳐 달아났지요."

"그럼!"

무영은 탄성을 질렀다. 그제야 신물이 중원을 떠돌았던 사연을 짐작할 수 있었다.

"궁주님께서는 그동안 사방에 사람을 풀어 신물의 행방을 찾다가 끝내는 포기하고 오늘에 이르게 된 것이지요."

"그럼 지금 궁주님은 어느 분이십니까?"

무영이 물었다.

"지금 궁주 자리는 공석으로 되어 있습니다."

자신의 이름이 뇌합(雷哈)이라고 밝힌 촌장은 그렇게 말하며 부족의 과거사를 말해 주었다.

원래 합와족은 천축국에 살았던 부족이었다.

그런데 수백 년 전 회회족들이 천축을 침범해 불교를 믿던 그들에게 회회교로 개종할 것을 강요하자 설산을 넘어 토번으로 들어와 자리를 잡고 살아왔다. 그들만의 부처님을 모시고 오랫동안 살아왔던 그들의 평화를 깬 것은 몽고병을 앞세운 황모파(黃帽派) 밀교(密敎)였다. 그들 역시 힘을 앞세워 개종을 강요하자 대를 이어온 수호삼정과 부족민들은 온 힘을 다해 그들에 맞섰지만, 결국 터전을 버리고 이곳으로 피신

할 수밖에 없었다. 게다가 그동안 호교신장으로 궁주의 호법 역할을 했던 수호삼정까지 몽고병들과의 싸움에서 큰 부상을 당해 끝내 회복하지 못하고 죽음을 맞게 되었다.

죽음을 앞둔 삼정은 그들 공력의 일부를 묵환과 심검에 주입해 후인들 중 자신의 뒤를 이을 만한 능력을 지닌 후계자가 나타나면 그것의 도움을 받을 수 있기를 기대했었다. 하지만 몽고병들의 계속되는 추적으로 충분히 무공을 닦을 만한 여유도 없었고, 무공을 지닌 사람들 또한 줄어드는 바람에 대부분의 무공이 후대로 이어지지 않고 실전되어 묵환과 심검에 숨겨진 삼정의 내력을 이겨낼 만한 인재가 나타나지 않았다.

몇 대에 걸쳐 몇몇 후인들이 죽음을 무릅쓰고 도전했지만 모두 목숨을 잃거나 주화입마에 빠져 폐인이 되었다.

뇌합은 설명을 마쳤다.

"우리가 돌아가야 하는 이유는 그곳이 바로 우리 부족의 성지(聖地)이기 때문입니다."

그는 무영이 합와족의 호교신장이 되어 자신들이 살던 곳을 되찾아 주기를 원했다.

"저희는 이곳에 계속 머물 수가 없습니다. 대신 안에서 얻은 무공 비급을 돌려 드리지요."

무영은 자신들이 처한 입장을 장황하게 설명한 후에 품속에서 비급을 꺼내 뇌합에게 건네주며 그렇게 말했다.

"이 비급이 그곳에 있었습니까?"

뇌합은 깜짝 놀라며 비급을 받아 들었다. 하지만 그의 표정이 이내 실망으로 바뀌었다.

"언제 우리가 여기 비급에 적힌 무공을 배워 성지를 되찾겠습니까? 아마도 수십 년이 다시 지나야 가능할 것 같군요."

"이미 원나라가 망한 지 오래되었으니 그들도 세력이 많이 약해졌을 것이 아닙니까?"

"그렇지가 않습니다. 중원에서 밀려난 몽고병들의 일부가 아예 이곳에 자리를 잡고 살고 있기에 그들을 상대한다는 것이 말처럼 그렇게 쉽지가 않습니다. 그동안 몰래 사람을 보내 염탐해 보니 그쪽은 부족 사람들만 해도 수천 명은 족히 될 것 같다고 하더군요. 우리와는 상대가 되지 않지요."

뇌합이 힘없는 목소리로 말했다.

그 말을 들으니 합와족의 후인에게 갈 공력을 가로챈 무영도 마음이 편치 않았다.

"그럼 제가 어떻게 해드리면 되겠습니까?"

"협사께서 우리 성지를 되찾아주시고 떠나신다면 더 이상 바랄 것이 없겠습니다."

뇌합은 마치 기다렸다는 듯이 그렇게 말했다.

무영이 곡완주와 은교교를 보았다. 그러자 은교교는 고개를 돌려 먼 산을 바라보았다. 무엇 때문에 불필요한 일에 끼어들어 고생하느냐는 불만의 표현이었다. 하지만 곡완주는 달랐다.

"우리가 은혜를 받았으니 되갚는 것이 당연해요. 쉽지는 않겠지만 그것이 도리라고 생각되는군요."

그녀 말에 고개를 끄덕인 무영이 촌장을 향해 말했다.

"좋습니다. 상대가 어느 정도인지 모르지만 도움을 받았으니 그 정도는 해드려야 될 것 같군요."

"감사합니다. 정말 감사합니다."

뇌합은 연신 머리를 조아리며 감사를 표했다. 아직 세 남녀의 무공은 몰랐지만 수호삼정의 공력을 얻은 것에 대해 막연한 기대감은 있었다.

합와족의 성지는 색포사(色布寺)라는 절이 있는 마을이었다. 다음날 오후 무영 일행은 백여 명의 마을 청년들과 함께 길을 떠났다. 그들은 마을에서 제법 무공을 익힌 축에 속하는 자들로, 무영 일행을 돕기 위해 나섰다.

사흘 동안 말을 달리니 멀리 흰 눈을 덮어쓰고 있는 산들이 보였다. 주변에는 수십 개의 눈 덮인 산들이 줄을 지어 서 있었는데 그중 중앙의 산은 마치 하늘을 찌를 듯 올라가 구름에 가려져 있었다.

"저곳입니다."

마을 청년들을 인솔하며 안내를 맡았던 밀극(密克)이라는 장년의 사내가 말했다. 한어를 유창하게 하는 그는 합와족 중에서 무공이 가장 고강하다는 고수였는데, 무영이 보기에 중원에서도 일류고수로 대접받을 수 있을 정도의 무공으로 짐작됐다.

"어차피 여기 있는 사람들이 다 함께 간다고 해도 큰 도움이 될 것 같지는 않으니 저기 언덕까지만 따라오도록 하시오. 일단 우리가 먼저 들어가 저들의 동태를 살피겠소."

무시하는 듯한 말에 밀극은 불쾌한 표정을 지었지만 고개를 끄덕여 그의 말에 따르겠다는 표시를 했다. 언덕에 도착한 세 사람은 산 아래로 길게 펼쳐진 평원을 따라 자리 잡은 큰 마을을 발견했다.

"성지가 어느 곳입니까?"

무영이 밀극에게 물었다.

"저 산입니다."

밀극이 가리키는 산은 마을에서 제법 멀찍이 떨어진 곳의 가장 높은 산줄기 부근이었다.

"그렇다면 저 마을과도 상당히 거리가 있는데 서로 간섭하지 않고 사이좋게 지내면 되지 않습니까?"

"우리도 그러고 싶지만 저들이 세력을 믿고 우리 마을 사람들을 밀어내니 어쩔 수 없습니다. 저들은 다른 종파의 사람들이 주변에 있는 것을 좋아하지 않습니다."

"하지만 우리가 설령 저들을 밀어낸다고 해도 저 많은 사람들을 어디로 쫓아낸단 말입니까? 이미 이곳에 정착한 지 몇백 년이 흘러 저들에게도 이곳이 고향이나 다름없지 않습니까? 우리가 떠난다면 다시 이곳을 찾겠다고 오겠지요."

"그렇다 해도 성지를 포기할 순 없습니다. 그동안 저들의 눈을 피해 몰래 성지를 순례하고 돌아가곤 했습니다. 가끔 저들의 눈에 띄어 죽은 사람들도 수십 명은 되지요."

"그렇다면 더욱 사람들에게 성지 순례만이라도 할 수 있게 허락을 받으면 되겠군요."

"우리 부족도 그렇게 하려고 몇 차례 사람을 보내 교섭하려 했지만 모두 목이 잘려진 채 돌아왔습니다. 아주 흉악한 무리들입니다."

무영은 그제야 그간의 사정을 짐작할 수 있었다.

세 사람은 밀극 일행을 언덕 아래에 대기하게 하고 마을로 향했다.

마을에 가까워질수록 그들의 움직임을 지켜보는 사람들의 수가 늘어났다. 여기저기에서 수십, 혹은 수백의 양 떼를 몰고 풀을 찾아 오가는 사람들이 눈에 띄었는데, 하나같이 이방인인 무영 일행을 경계하는 기색이 역력했다. 곡완주는 복면까지 했기에 더욱 그들의 의심을 사고 있었다. 일행이 계속 마을의 중심을 향해 다가가자 창검으로 무장하고 말을 탄 수십 명의 사내들이 달려왔다.

"당신들은 누구시오?"

선두에 선 장년의 사내가 세 사람을 이리저리 살피며 몽골어로 물었다. 검게 그은 피부에 매서운 눈매를 가진 사내였다.

"우리들은 합외족의 일로 당신들과 성지 순례에 관한 문제를 교섭하러 왔소."

곡완주가 나서서 몽골어로 말했다.

"핫핫핫! 누군가 했더니 합외족의 잔당들이로구나. 그동안 그토록 교훈을 주어 보냈거늘 또 죽으러 왔다는 말이냐?"

말이 끝나기가 무섭게 장한은 다짜고짜 말 안장에 꽂힌 창을 빼 들더니 길게 원을 그리며 곡완주를 베어왔다.

휘익!

"흥!"

가볍게 코웃음을 친 곡완주가 맨손으로 장한의 창을 잡아갔다.

"엇!"

맨손으로 잡아가는 곡완주의 기세에 놀란 장한이 재빨리 창끝을 틀어 목을 쓸어왔다. 장한의 창술이 놀랍기는 했지만 상대를 잘못 골랐다. 곡완주의 손은 마치 거머리처럼 매끄럽게 움직여 창끝을 피해 정확하게 창을 움켜쥐고 당겼다.

"으헛!"

장한의 몸이 끌려오려는 순간, 그는 재빨리 창을 놓고는 등에 멘 검을 뽑아 들었다. 그러자 곡완주의 신기에 가까운 손놀림에 얼떨떨해하던 수십 명의 무사들이 모두 창검을 빼 들고 세 명을 향해 달려들었다. 빼앗은 창을 바로잡은 곡완주가 창을 휘둘러 상대를 쓸어가려는 순간 무영이 재빨리 전음을 날렸다.

"살상은 하지 말고 기절만 시켜."

마음에 드는 방법은 아니었지만 무영의 말을 거스르고 싶지는 않았던 그녀는 다시 창을 거꾸로 들고 적들을 후려쳐 갔다.

퍽!

곡완주는 창날을 앞세우고 말을 달려 찔러오던 적병의 창을 가볍게 당겨 중심을 당긴 후에 사정없이 등짝을 후려쳤다. 수십의 적병들이라고는 하지만 어차피 반경 안에서 공격할 수 있는 자는 서넛뿐이다. 곡완주의 창이 가볍게 바람을 가르며 날 때마다 적병들은 차례로 말에서 떨어졌다. 적병들은 무영과 은교교에게도 달려들었지만, 순식간에 서넛이 당해 쓰러지자 그들은 더 이상 함부로 접근하지 못하고 주위를 빙빙 돌며 기회만 엿보았다.

두두두두!

돌연 요란한 말발굽 소리가 나며 마을 안에서 백여 명도 넘는 무장한 장한들이 달려나왔다. 그들은 모두 붉은색의 피풍의를 걸쳤는데, 뜻을 알아들을 수 없는 괴상한 소리를 내고 있었다.

선두에 선 몽고풍의 모자에 염소수염을 한 장한의 신호에 따라 다가오던 그들은 칠팔 장 전면에서 말을 세우고 대치했다.

"웬 놈이기에 남의 땅에 와서 행패를 부리느냐?"

사내는 땅 위에 나뒹구는 십수 명의 사내들을 보자 화가 치밀었는지 씩씩대며 고함을 쳤다.

"우리는 합와족을 대표해 협상하러 온 것인데 저자가 말도 듣지 않고 먼저 공격한 것이다. 몸을 지킨 것이 무슨 행패란 말이냐."

곡완주도 지지 않고 싸늘한 음성으로 맞받았다. 무영과 은교교는 몽골어를 하지 못하기에 약간 떨어져 사태를 관망하고 있었다. 하지만 붉은 피풍의를 걸친 그들을 보니 문득 몇 년 전 사막에서 막청을 죽게 했던 혈랑단이 떠올랐다.

"합와족?"

염소수염의 사내가 말을 받았다.

"그렇다."

"그래서 우리 부족 사람들을 저리 죽였느냐? 복면까지 쓴 것을 보니 협상하러 온 것이 아니라 그동안 우리에게 당한 복수를 하겠다는 것이 아니냐?"

"모두 기절한 것뿐, 죽은 사람은 아무도 없다."

염소수염의 사내는 그 말에 흠칫하더니 쓰러진 수하들을 자세히 살폈다. 그러고 보니 코피가 터지거나 입 주위에 피를 흘리는 몇 놈이 있기는 했지만 죽은 것은 아니었다.

"흐흐흐, 제법 한 수 있는 놈들이군. 하지만 감히 혈랑단을 상대로 겁없이 덤비다니 상대를 잘못 골랐다."

"혈랑단!"

곡완주가 놀라며 소리쳤다.

"흐흐흐, 혈랑단을 아는 것을 보니 우리가 어떤 사람들이라는 것도 알고 있겠구나."

그들의 말을 알아듣기는 했지만 말을 할 줄은 몰라 잠자코 있던 무영은 혈랑단이라는 말에 안색이 굳었다.

‘그렇군.’

붉은 피풍의를 걸친 무리들! 바로 자신의 생명을 구해주고 상인의 길로 인도했던, 섬서 상방의 행두 막청을 죽인 무리들이었다. 이곳에 근거지를 두고 대막으로 나가 활동을 해왔던 것이 틀림없었다.

‘놈!’

무영은 말을 몰아 앞으로 나섰다.

“네가 혈랑단의 우두머리냐?”

“흐흐흐, 혈랑단의 이름을 함부로 올리는 것을 보니 견문이 부족하거나 겁을 모르는 놈이로구나.”

장한은 유창한 한어로 대답했다. 이미 십수 명의 수하들이 나자빠진 것을 보았기에 무영 일행에 대해 경계심을 품고 있어 말은 함부로 하면서도 섣부른 행동만은 삼가고 있었다.

“그래서 네놈이 누구라는 말이냐?”

무영은 짜증난다는 투로 다시 물었다.

“나는 혈랑단 부단주 격목파(格木把) 어른이시다. 어린 놈의 주둥이가 위아래를 구별하지 못하니, 흐흐흐, 아무래도 제대로 된 교훈을 내려야 할 것 같군. 여봐라! 사정 볼 것 없다. 쳐라!”

그동안 상대의 무공을 의식해 겨우 참고 있던 격목파도 더 이상은 인내하지 못했다. 그의 지시에 따라 백여 명의 수하들이 서서히 세 사람의 앞에 도열했다. 포위 공격이 아니라 단숨에 밀어붙여 끝장을 보겠다는 심산이었다.

곡완주와 은교교도 무영의 표정에서 이는 강한 살기를 느끼고 싸움을 준비했다.

두두두두!

장창을 꼬나 든 십여 명의 혈랑이 세 사람의 전면에서 말을 달려 공격해 왔다.

"이럇!"

무영이 미처 대응을 하기도 전에 곡완주가 먼저 달려나갔다. 그녀는 빼앗은 장창을 휘두르며 마주쳐 갔다.

쐐애애액!

곡완주의 장창이 청룡도처럼 둔중한 파공음을 내며 허공을 갈랐다.

파파팍!

파공음에 겁을 먹었는지 정면으로 달려나가던 혈랑 몇이 주춤거리는 사이 곡완주의 장창이 그들을 쓸어버렸다. 혈랑들은 창을 마주하며 쳐내려 했지만 그녀의 창날은 그들의 모든 것을 쓸어 분리시켰다.

"크악!"

"으악!"

세 명의 혈랑이 장창에 몸뚱이가 분리되며 죽음을 맞았다. 하지만 그것으로 끝이 아니었다.

번쩍!

뒤이어 현란한 마상 창술을 자랑하며 달려들던 두 명의 혈랑은 그녀의 장창에 쓸려 말과 함께 그 자리에서 목이 떨어졌다. 비명도 없었다.

이어 무영과 은교교도 가세했다. 한 떼의 기마로 쓸어버리려던 혈랑들은 한번 대오가 엉클어지자 갈팡질팡했다. 숱한 전투를 치렀기에 근접전이나 위기 시의 임기응변에는 익숙한 그들이었지만 무영 일행과 같은 절정고수를 그것도 세 사람이나 경험해 본 경우는 없었다.

번뜩이는 창검에 말까지 함께 목이 떨어지는 판이니 마상에서의 잔재주도 통하지 않았다. 그저 힘과 힘의 대결만이 유일한 방책인데 말

과 사람이 엉키는 판국이니 상대에게 공격을 가할 수 있는 혈랑의 수
도 한정되어 있어 절정의 고수에게는 타격을 줄 수 없었다.

"으악!"

"크억!"

히히힝!

사방에서 말과 사람이 뒤엉켜 비명을 질렀고 그럴 때마다 몇 명의
혈랑들이 말과 함께 나뒹굴었다. 순식간에 삼사십 명에 이르는 혈랑들
이 불귀의 객이 되자 격목파의 안색이 크게 변했다.

"퇴각하라!"

그는 더 이상 싸움을 하는 것은 희생만 늘리는 것이라 생각하곤 명
령을 내렸다. 하지만 잊은 것이 있었다. 이곳은 바로 그들의 근거지로
더 달아날 곳이 없다는 사실이다. 급한 김에 일단 마을 안쪽으로 말머
리를 돌렸지만 수천 명이 사는 마을 안에도 그들을 지켜줄 막강한 지
원 부대나 고수는 없었기에 다만 심리적인 도피일 뿐이었다.

"으아악!"

"으악!"

무영과 곡완주의 창검에는 한 가닥의 자비도 없었다. 그들은 달아나
는 혈랑들을 쫓아 사정없이 창검을 휘둘렀다.

"그만 해요!"

뒤쫓아가던 은교교는 무공이 약한 사람들을 상대로 너무 끔찍한 살
육을 벌인다는 생각에 그렇게 소리쳤다. 이미 절반 이상의 혈랑들 시
체가 사방에 널려 있는 상황이었다. 그녀의 고함에 추격해 가던 무영
과 곡완주가 말을 멈추었다.

"다 죽일 셈인가요?"

은교교는 마치 책망하듯 무영을 보고 말했다.

"내가 좀 흥분한 것 같아요."

붉게 상기된 얼굴로 무영이 말했다.

"어차피 쓰레기들이에요. 살려둬 봤자 죄없는 사막의 길손들이나 상인들만 죽일 놈들이지요."

곡완주는 아직 성이 차지 않았는지 열을 올리며 혈랑단의 씨를 말려야 한다는 투로 말했다. 은교교는 그녀의 말에 동의하지는 않았지만 부딪치는 일이 껄끄러워 화제를 돌렸다.

"이제 어떻게 하지요?"

세 사람은 서로 얼굴을 번갈아 마주 보았다. 수천이나 되는 마을 사람들을 쫓아버릴 수도 없고 상대가 악명이 자자한 혈랑단이니 적당히 합외족과 타협을 바라는 것도 무리였고, 그렇다고 모른 척 이대로 떠나버릴 수도 없었다.

"혈랑단이 무슨 짓을 하든 그것까지 우리가 상관할 필요는 없다고 봐요. 합외족의 일이나 해결해 주고 가지요."

은교교가 말했다.

"하지만 단주란 놈이 마을에 없다니 교섭 상대도 없지 않습니까?"

무영이 답답하다는 표정을 지으며 말했다.

"어차피 급히 중원으로 돌아갈 필요도 없으니 이곳에서 머물면서 합외족 일이나 해결해 주는 것이 좋을 것 같아요. 어쨌든 합외족에게 가야 할 공력으로 상공이 다시 살아났으니 그 정도는 해주어야 되지 않겠어요?"

역무군이 버티고 있는 중원으로 돌아간다는 것이 못내 마음에 걸렸던 은교교가 그럴듯한 명분을 내세워 가며 말했다. 그녀가 그런 명분에 연연할 여자가 아니라는 것쯤은 두 사람 모두 알고 있었지만 중원으로 돌아가기 싫어하는 마음 또한 이해하기에 반박하지는 않았다.

세 사람은 마을 안으로 들어가기로 했다. 혈랑단의 본거지는 수백 채의 돌로 지은 가옥이 줄을 지어 세워져 있는, 이곳에서는 보기 드문 큰 마을이었다. 얼기설기 엮은 허름한 나무 방책은 마을을 따라 산등성이까지 길게 이어져 있었다. 방책 뒤에는 달아난 혈랑단은 물론 수백 명의 마을 사람들이 병장기를 들고 나와 이쪽의 움직임을 주시하고 있었다. 잔뜩 움츠린 것이 세 사람의 무공 수위에 겁을 집어먹은 것이 분명했다. 일행은 방책에서 십여 장 정도의 거리를 두고 섰다.

"우리는 합와족을 대표해 협상하러 온 사람들이다. 더 이상의 살상이나 싸움은 싫다. 누구든 앞으로 나와 협상에 응해라!"

바로 그때 다른 사람들과 확연히 구분되는 점잖은 옷을 입은 땅딸막한 노인이 십여 명 혈랑들의 호위를 받으며 방책의 문을 열고 나섰다. 키는 작았지만 다부진 체구와 형형한 안광은 그가 숱한 격전을 치른 백전노장임을 말해 주었다. 검게 그을린 피부에 얼굴 여기저기에 난 도검의 흉터는 노인을 더욱 강인한 사람으로 보이게 해 웬만한 사람은 절로 고개를 숙이게 만들 정도였다.

"젊은이, 합와족의 대표로 왔다고 들었네. 요구 사항이 뭔가?"

유창한 한어였다. 하기야 이곳 역시 중원의 변방이니 부족의 윗사람이 한어를 잘한다고 해서 특별한 일은 아니었다. 초면에 다짜고짜 반말을 했지만 상대와 나이 차가 많이 나서 그런지 그리 거슬리게 들리지는 않았다.

"애초부터 피를 볼 생각은 없었습니다. 그렇기에 처음에는 살수를 쓰지 않았소. 우리 요구는 대단한 것이 아닙니다. 합와족이 성지를 순례할 수 있도록 해달라는 것입니다. 그동안 순례를 위해 저 산을 찾았던 많은 사람들이 당신들 손에 죽지 않았습니까? 그건 그렇고, 노인장께서 부족을 대표해 협상할 자격이 있나 묻고 싶군요."

노인은 조금도 압도되지 않고 당당하게 자신을 대하는 눈앞의 젊은 이를 다시 보았다.

"허허허, 그랬나? 나는 합달마(合達碼)라고 하지. 우리 부족 사람들은 나를 대왕 전하라고 부르네. 작은 부족에 어울리지 않는 듣기에 민망한 호칭이지만, 일일이 간섭하기도 귀찮아 그냥 내버려 두고 있네."

대왕으로 불러달라는 겸손한 말이었다. 무영도 노인을 다시 보았다. 이런 호전적이 부족의 장이라면 피비린내가 물씬 풍기는 무례한 사람을 예상했는데 의외였다.

"그럼 혈랑단의 단주와는……?"

"내 아들일세. 나 또한 전대 혈랑단주였지. 지금은 말에 오르기도 힘들어하는 쓸모없는 노구가 되었지만."

"무영이라 합니다. 우연치 않게 합와족에게 큰 신세를 지게 되어 그 사람들의 협상 대표로 오게 되었지요."

"흠, 그런가? 외모를 보고 중원인일 것이라는 생각은 했네. 하지만 자네들 세 사람만 와서 합와족의 대표라고 하며 협상을 요구하니 그 또한 믿을 수 있을는지 모르겠군."

그 말에 무영이 저 멀리 뒤쪽 언덕을 향해 손짓했다.

두두두두!

그것이 신호인 양 마치 기다리고 있었다는 듯이 밀극이 부족들을 이끌고 말을 달려왔다. 합달마의 입 주위에 미소가 걸렸다. 적어도 이곳을 찾아오는 일에 세 사람만 달랑 오지는 않았을 것이라는 생각이 들었기에 백전노장답게 말을 돌려 떠본 것인데 손쉽게 상대의 숨겨진 전력을 본 격이었다.

'제기랄.'

그의 미소를 본 무영은 그제야 상대의 의도를 깨달았다. 기분이 좋지는 않았지만 큰 보탬이 되리라는 생각에 끌고 온 병력이 아니니 대수로운 일은 아니었다.

"이제 믿을 수 있습니까?"

"흠, 그런 것 같군. 무영이라고 했는가? 그럼 이제 본론으로 들어가도록 하지. 합와족의 요구는 수락하겠네. 앞으로 그들이 성지 순례를 하는 것을 방해하지 않도록 하지. 그리고 죽은 우리 부족민의 일도 먼저 공격하다가 그렇게 되었다니 묻어두기로 하지. 이만하면 되었는가?"

"……."

너무 황당한 결말이었다. 세 사람은 제안을 수락해 버리는 합달마의 태도에 오히려 당황해 잠깐 동안 말을 잃었다. 뒤따라왔던 밀극 또한 놀라기는 마찬가지였다.

"결론이 났으니 그만 돌아가지요."

곡완주가 무영에게 전음을 건넸다. 쓸데없는 일에 깊이 말려들기가 싫었던 까닭이었다.

"믿어도 좋겠습니까?"

"적어도 한 번 뱉은 말을 타당한 이유 없이 거둔 적은 없었네. 그리고 합와족이 성지 순례를 하는 것이 눈에 거슬리는 정도였지 우리에게 별다른 위협이나 불편이 있었던 것은 아니었네. 조건이라면 우리 부족을 멀리 돌아 반대 편으로 가달라는 정도네."

“어떻습니까?”

무영이 밀극에게 물었다.

“그렇게만 해준다면 바랄 것이 없겠습니다.”

밀극이 기쁜 표정을 지으며 대답했다. 그로서도 한바탕 격전을 예상하고 왔기에 일이 이토록 쉽게 풀리리라고는 생각지 못했었다.

“그럼 대왕님의 말씀을 믿고 돌아가도록 하겠습니다. 이렇게 되고 보니 방금 전의 싸움으로 죽은 사람들에게 죄스런 마음이 드는군요.”

“지은 죄가 크지 않다면 다시 인계(人界)로 돌아오겠지. 싸움 중에 죽고 다치는 것은 사내로 태어난 당연한 업보일세.”

합달마는 전혀 개의치 않는다는 듯이 말했다.

“이만 물러가겠습니다.”

무영은 상대를 향해 포권하고는 일행을 이끌고 오던 길로 돌아갔다. 합달마는 가볍게 답례를 한 후 그들이 물러나는 것을 말없이 지켜보았다. 그들이 멀리 한 점이 되어 구릉 저편으로 사라질 무렵 격목파가 물었다.

“어째서 그냥 살려 보내고 그자가 내건 조건까지 쉽게 수락하셨는지 모르겠군요.”

“허허허, 방금 전 싸움에서 이곳에 남아 있는 혈랑들의 절반을 잃었네. 녀석을 죽이겠다고 작정하면야 우리 부족이 모두 나선다면 안 될 일도 아니지. 하지만 그래서 남는 것이 무엇인가? 우리는 오십여 명이 죽었고 놈을 죽이려면 수백은 더 죽어야 하겠지. 사실 결과도 확실하지 않지. 혈랑단이 모두 이곳에 남아 있었더라면 다른 결정을 내렸겠지만…… 그리고 그들이 내건 조건은 그리 대수로운 것은 아니네. 땅을 돌려달라는 것도 아니고 성지를 순례하겠다는데 굳이 못 들어줄 것은 없지 않는가? 공연히 부족민들을 희생시킬 필요는 없지."

"제가 예상했던 결과와는 많이 다르는군요."

그는 끔찍한 싸움을 기대했었다. 죽음의 향연이 벌어지는 그런 상황을.

"사람은 나이가 들수록 타협을 먼저 생각하게 되네. 설령 불의와 타협하는 것일지라도 서로가 이기는 상승(相乘)의 길이라면 언제라도 주저하지 않을 걸세."

제5장 욕망의 땅

황제는 정말 성군이 되고 싶었다.

정사(政事)에는 별 관심이 없고 오로지 정사(情事)만 밝혔던 할아버지의 뒤를 이어 황위를 계승한 부황은 황위에 오르기 전부터 정사(情事)를 너무 밝혀 비실대더니, 겨우 한 달을 채우고 설사약으로 먹은 붉은 환약에 독이 들어 있었는지 그 길로 생을 마감했다. 그 덕에 자신은 졸지에 황제가 되는 행운을 잡기는 했다. 부모도 없고 형제도 없다는 황위를 머리빡 터지는 치열한 싸움도 없이 그렇게 손쉽게 거머쥘 줄은 몰랐었다.

부황이 붕어(崩御)하셨던 그날 눈물을 펑펑 쏟아내는 자신을 보고 신하들은 이구동성으로 '어서 슬픔을 딛고 일어나 보위에 오르시어 국사에 전념하시옵소서' 하며 심심한 위로의 충언까지 건넸다. 그러나 사실을 말하자면, 그 눈물은 곧 천하를 굽어보는 황제가 될 것이라는 생각에 벅차오르는 마음을 어쩌지 못해 밖으로 내보낸 진한 감동의 결정체일 뿐이었다.

하지만 일단 보위에 오르고 나니 역시 황위라는 것이 만만한 자리가 아님을 알았다. 중원천하에 억울한 놈들과 불만이 가득한 놈들이 왜 그리도 많은지, 숱한 사연을 담은 상소문이며 탄원서는 제목만 읽기에도 벅찰 지경이었다.

그뿐인가?

날마다 세 번씩이나 열리는 어전회의에 참석해 보면, 관복이라고 입고 나선 놈들은 죄다 골치 아픈 일을 한 건씩 들고 나오는 것은 기본으로, 게나 고둥이나 강 건너 가재까지 나선다는 말이 딱 들어맞았다.

도대체 자기 스스로 알아서 하려는 생각은 조금도 없는 놈들로, 말로는 폐하의 성지를 존중하네 어쩌네 했지만, 사실은 혹시라도 일이 잘못되면 책임도 같이 나누자는 것임은 말할 필요도 없다.

저녁은 또 어떠한가?

밤이면 천하에서 가리고 가려서 뽑았다는 미녀들이 줄을 지어 자신과의 밤을 기다렸고, 서로 잘 보이려고 아우성이니 그 맛 또한 어지간히 쏠쏠하다 하지 않을 수 없다. 하지만 멀리 오가며 은근히 꼬리치는 후궁들에다 그것들을 견제하려는 황후와 귀비들의 피 튀기는 신경전은 기본이었다. 내명부의 주도권을 놓고 태후전까지 가세한 치열한 치마 싸움에도 휘둘려야 하는 형편이니, 도무지 편할 날이라고는 하루도 없어 정신을 차리지 못할 정도였다.

잠자리에 누웠다고 다 끝난 것이 아니었다.

비단금침 안에서 벌어지는 사연 또한 그에 못지않게 치열해, 세간에 떠돈다는 '이불 밑 송사'라는 말의 진정한 의미를 새삼 일깨워 주었다. 말로는 폐하를 사모하는 마음에 어쩌고 하면서, 끝까지 들어보면 다들 제 일가친척 중에 똑똑한 자가 있는데 운이 없어 관직에 들지 못했느니, 인사권을 쥔 관리들이 붕당(朋黨)을 만들고 편견을 가져 인재를 뽑으려 하지 않는다느니 하다가, 결국은 제 피붙이에게 한자리 시켜달라는 얘기가 그 결론이었다.

하지만 세상만사 중에 일장일단이 있는 일은 많지만, 황제의 자리처럼 만장일단(萬長一短)이 있는 자리는 무척이나 드물었기에 약간의 단점에도 불구하고 골치 아픈 용상에서 물러나고 싶다거나 하는 마음은 조금도 없었다.

그게 전부는 아니었다.

날마다 입을 모아 황은(皇恩)이 어쩌고 혜안(慧眼)이 어쩌고 하는 아부성 발언에, 걸핏하면 이마에 핏줄까지 세워가며 질러대는 '만만세' 소리는 정말이지 귀가 달콤할 정도로 듣기가 좋았다. 아무리 사서(史書)를 뒤져 보아도 신하들이 그런 인사를 받은 경우는 없었다. '만세(萬歲)'란 만수무강을 해야 할 천자만이 들을 수 있는 말이다.

"이렇게 살아서는 안 돼!"

어느날 문득 황제는 정신을 차리기로 했다.

이렇듯 충신을 멀리하고 주색잡기에 연연하다 보면, 죽은 후에 말 많은 사관(史官) 놈들이 자신을 어떻게 평하고 휘갈겨 써놓을지는 보지 않아도 뻔했다. 사람은 항상 뒤가 깨끗해야 하는 법이다.

부황이 병석에서 골골거리다가 한 달 만에 붕어한 것도 따지고 보면 황태자 시절 주색잡기에 골몰했기 때문이라는 것은, 눈과 귀가 제대로 붙어 있는 사람들이라면 다 알고 있는 사실이었다.

이제는 황권을 바로 세우고 백성들을 보살필 때였다. 정사를 소홀히

했다가는 신하들에게 개망신을 당할 수도 있었다.

선대 황제 중에는 '천하의 모든 사람들이 폐하를 쓸모없는 사람으로 생각한 지 오래되었습니다' 하는 정말 낯 뜨거운 상소문을 받은 황제도 있었다. 그걸 받아 들고는 끓어오르는 화를 삭이지 못해 애꿎은 궁녀들에게만 몇 날 며칠을 두고 화풀이를 했다던가? 하지만 신하와 백성들의 눈이 두려웠던 까닭에 차마 그 상소문을 올린 신하의 목을 베지는 못했다. 어쩌지도 못하고 속만 끓였을 생각을 하면 공연히 웃음이 나왔다.

"큭큭큭!"

툭하면 궁녀들을 매질하고 목을 베었던 선대의 어떤 황제는 결국 밤중에 궁녀들에게 목이 졸려 죽을 뻔했던 망신스런 사건까지 있었다. 신하들은 지렁이도 밟으면 꿈틀한다는 가장 본보기가 되는 좋은 사례라고 뒤에서 주절거렸다나. 그 무슨 개망신인가!

이제 이런저런 재미도 시들해졌다는 이유가 아니더라도 황제의 새로운 관심사인 성군이 될 필요는 있었다.

"충신을 가까이해야 나라가 바로 서는 법이지!"

황제는 공신록을 뒤졌다.

원래 뭐든지 씨가 좋아야 과실도 제대로 열리는 법. 충신 밑에 충신 나고 간신 밑에 간신 난다는 것은 천고의 진리 중 진리였다. 자신도 황실의 씨를 받았기에 황제가 되었으니 충신의 씨를 받은 놈은 충신이 될 것이라는 당연한 진리에 그는 공신록을 읽고 또 읽었다.

'음!'

불현듯 그의 눈에 마음에 드는 이름 하나가 들어왔다.

장자맹!

자신도 예전부터 수백 번 들어 잘 알고 있는 이름이었다. 얼마나 청렴결백하고 나라를 위했던지 그 집 하인배까지도 문밖을 나서면 세인들의 존경을 받았다는 소문을 들은 기억도 났다.

"아들이 하나 있었을 것인데……."

황제는 혼잣말처럼 중얼거렸다. 똥지게 사건의 주범으로, 당시 자신도 자금성 담장을 넘어오는 괴이한 냄새에 코를 싸쥐고 다녔었다.

"장무영이라고, 거용관 대장군이라고 불렸던 나라를 구한 호걸 중의 호걸이었습지요."

눈치를 읽은 대전태감이 얼른 나서서 내력을 읊었다. 치열한 자리 싸움에서도 세 분 황제를 대를 이어 모실 정도로 신임을 받으며 대전태감 자리를 내놓지 않을 수 있는 것은 바로 이렇게 가려운 곳을 제때 놓치지 않고 긁어주는 재주를 가졌기 때문이다.

"흠, 그렇지. 바로 그자야. 대체 요새 뭘 하고 있지?"

"장사를 하다가 망했다는 얘기를 들었습니다. 그런데 사실 그는 전전대 황제께서 임명하신 밀행어사라는 지위를 받고 있습니다."

'밀행어사라?'

처음 듣는 소리였다.

"허, 그랬던가? 그래, 그동안 충성스러운 행적을 보였던가?"

밀행어사가 하찮은 장사꾼 노릇을 했다니 아무래도 믿기 어려웠다.

'혹시 신분을 숨기려는……?'

콩 심은 데 콩 난다는 종자론(種子論)을 신봉하는 황제는 충신의 아들이라는 말에 나름대로 그런 상상을 해가며 좋은 방향으로 생각하려 애썼다. 하기는 본인이 밀행어사라는 사실이 썩을 대로 썩었다는 부패한 지방 관리들에게 알려지면 지엄한 황명을 원칙대로 수행하기가 그리 쉽지는 않았을 터였다.

"그게⋯⋯."

"무슨 문제라도 있는가?"

충신의 아들인 장무영이 자칫 종자론의 예외라도 되나 싶어 궁금해진 황제가 얼른 물었다.

"그가 올린 몇 건의 보고서와 상소문이 올라오기는 했지만 선대 황제들께서는 읽지 않으신 것으로 알고 있습니다. 전전대(前前代) 황제께서는 건망증이 심해 그 일을 잊으셨고, 전대 황제께서는 지병으로 자리만 지키시다가 한 달 만에 붕어하셨기에 정사를 돌볼 시간이 없었던 것으로 알고 있습니다."

충신의 아들이 보낸 상소문이 아직 읽혀지지도 않았다니! 황제의 얼굴에 노기가 서렸다.

"저런! 조정의 그 많은 밥버러지들은 뭘 하고 있었다는 것인가?"

"선대 황제들께서는 사방에서 올라오는 상소문에 관심이 없으셨습니다. 신하들도 행여 폐하의 심기를 어지럽힐까 감히 올리지 못했다고 들었습니다."

'핑계로군.'

신하들이 황제의 심기를 염려하는 경우란 자신들이 아쉬울 때뿐이라는 것을 누가 모르는가!

"그 보고서며 상소문들을 즉시 대령하라!"

황제는 그런 경우가 어디 있냐는 듯 펄쩍 뛰며 말했다.

태감이 뒷걸음으로 나가 나는 듯이 서류를 가져오자, 황제는 장무영이 올린 각종 보고서와 상소문을 읽었다.

마교의 무리들이 남이(南夷:남쪽 오랑캐)들을 선동해 수만에 이르는 병력을 배로 실어 날라 무엄하게도 황도를 공략하려고 했습니다. 신은 인근 해적들을 찾아가 폐하의 성지를 알리며 회유해 병력을 모은 후에 귀계를 써서 함께 공격해 모두 바다에 수장시켰사옵니다. 그 수효가 무려 사만에 달했고…….

황제의 눈이 화등잔만해졌다.
"아니, 이런! 이런 충신이……!"
수만의 남이들이 배를 타고 올라와 황도를 공격했다면 모르기는 몰라도 천하가 큰 혼란에 빠져들었을 것은 자명했다. 그 일은 조정에 조금도 알려지지 않았던 엄청난 사건이었다. 그뿐이 아니었다. 보고서의 내용들 중에는 엄청난 것들이 한둘이 아니었다.

반군에 동조하는 적당 수백 명이 서안부 상인들의 창고를 기습해 화탄이며 쇠붙이, 유황 등을 강탈해 양산박 반군들에게 조달하려는 것을 정주 부근의 관청과 군영의 병사들을 동원해 모두 섬멸해…….

보고서를 읽는 황제의 얼굴에 핏줄이 섰다.
"허어! 진정 몸 바쳐 충성을 다하는 신하가 아니더냐! 대체 이런 충신이 지금까지 알려지지 않은 이유가 뭐란 말이냐! 즉시 조정으로 불러들여 요직에 앉혀야 옳지 않느냐!"
황제는 불같이 노했다. 아마도 새로운 경쟁자를 싫어하는 대신들이 상소문이며 보고서들을 깔아뭉갠 것이 분명했다. 그렇지 않고서야 이런 경천동지할 엄청난 사건이 황제에게 알려지지 않았을 까닭이 없었다.

　게다가 장무영이 누군가? 대쪽대학사로 불렸던 게거품 장자맹의 아들이니 혹시라도 조정에 들어오면 자신들이 귀찮아질 것을 염려한 것이 틀림없었다. 그런데 장무영이 장사를 했다는 이유가 궁금했다. 한참을 생각하던 황제는 명석한 두뇌를 굴려 마침내 적당한 답을 찾았다. 신분을 노출시키지 않으려는 위장이었다.

　'역시 그랬을 거야. 가문의 체면도 뒤로하고……. 쯧쯧쯧!'

　문득 가슴이 저며왔다. 황제는 장무영이 장사꾼으로 신분까지 위장해 가며 충심을 다해 황실과 나라를 위했음을 확신했다. 대학사의 아들로서, 오로지 충성을 다하기 위해 사농공상(士農工商)의 가장 말석에 있는 비천한 상인으로까지 위장하고 몰래 지방관들을 감찰하는 황명을 수행했을 그 심정을 생각하니…….

　"으음!"

　감격한 황제가 눈물을 찔끔거리자 곁눈질로 보던 태감이 바람같이 비단 수건을 대령해 황제의 옥루(玉淚)를 닦았다.

　'내가 보답을 해주지!'

　황제는 두 주먹을 불끈 쥐었다. 장무영을 당장 황도로 불러 올리라는 황제의 밀명은 즉각 하달되었다.

　'음, 뜨는 별이로군. 신성(新星)이야!'

　계절이 가고 또 오듯 조정의 실권도 바뀌게 마련. 계절이 바뀌면 당연히 그에 맞게 옷을 갈아입어야 하는 것은 대자연에 순응하며 사는 인간이 지켜야 할 기본적인 자세다. 대전태감도 그런 섭리를 모르지 않았다.

　그날 깊은 밤 자신의 처소로 돌아온 대전태감은 자신이 가장 소중히 여기고 있는 조정의 지기 명단에 장무영을 추가했다. 그것도 제일 윗자리에.

"니미럴!"

변대길은 빈털터리가 되었다. 그동안 무영에게 수당이라고 받아왔던 일 할의 선문학관 수입을 한 푼도 쓰지 않고 먹고 싶은 것 입고 싶은 것 다 참아가며 모아왔던, 정말 피 같은 은자였다.

"장 공자께서 다시 돌아오셔서 자네가 협조하지 않았다는 것을 아시면 어찌 나오시겠는가? 화우 상방이 아주 망한 것은 아닐세. 이미 상인들이 본 피해는 대부분 갚았네. 지금은 다만 재기할 자금이 조금 부족할 따름이지. 이럴 때 자네가 나서서 돕지 않는다면 누가 돕겠는가?"

뿌드득! 뿌득!

달뢰는 손가락 관절을 꺾어가며 옛일을 회상시켜 주었고,

"그동안 하오문주 모르게 음으로 양으로 자네를 도와준 사람이 바로 총행두 어른이 아닌가?"

추명은 그렇게 인정에 호소했다. '하오문주 모르게'라는 대목을 강조해 가며. 둘이 교대로 협박 반 사정 반 떠들며 내미는 손을 마냥 거절할 수 없었던 변대길이었다.

'내가 미쳤지.'

어쩌다 술자리에서 그동안 모아온 수만 냥의 재산을 자랑하듯 떠벌린 것이 화근이라 빼도 박도 못하고 죄다 털리는 수밖에 없었다.

'모진 놈들.'

놈들은 천 냥 정도는 남겨 자신이 쓰게 해달라는 마지막 눈물 어린 애원마저 거절한 놈들이었다. 그 돈에 의지해 밤마다 행복한 미래를 그렸던 그는 이제 더 이상 꿈을 꾸지 못했다.

"분타주님께 급히 아뢸 말이 있습니다."

변수길이었다. 동생이라고는 하지만 대학사댁을 털었던 그때, 분타로 돌아와 자신에게 모질게 맞은 후로는 제법 군기가 쏙 들었는지 한 번도 형님이라는 호칭을 사용하지 않는, 정말 착실한 인간이 된 놈이었다.

"황제 폐하께서 장무영을 찾는다는 은밀한 소문이 돌고 있습니다."

"그게 무슨 소리냐?"

"황제 폐하께서 은밀히 사람을 보내 장 공자를 찾는다는 소문을 들었습니다. 나쁜 일은 아닌 것 같다고 하더군요. 현재 정보 분석실에서 그 소문의 진위 여부를 판독 중입니다."

원래 비밀스런 일일수록 더 빨리, 그리고 급하게 퍼지는 것이 이 바닥의 생리다. 하물며 그것이 황제의 밀명이라는 데야.

"갑자기 장 공자를 찾는다니 믿기가 어렵군. 이유를 잘 알아보게. 그나저나 대체 장 공자는 하늘로 솟았는지 땅으로 꺼졌는지 몇 달째 행방불명이니…… 그 일로 새로 들어온 소식은 없느냐?"

문득 보고 싶다는 생각이 들었다. 첫 대면에서 모진 봉변을 당했을 때는 그 집 앞에 몰래 침까지 뱉고 왔지만 세월이 지나며 미운 정 고운 정이 쌓인 놈이었다.

"지난번에 드린 보고가 전부입니다. 역무군에게 당했을 가능성이 있다는……."

수길이 녀석 역시 씁쓸한 표정을 지으며 말했다. 저놈도 그런가?

역무군이 무영을 죽였다는 소문이 있기는 했지만 확인할 수는 없었다. 그가 은교교와 함께 달아났다는 둥 얼핏 들어도 이해할 수 없는 얘기까지 곁들여진 허무맹랑한 소문이었다. 은교교가 죽은 무영을 관에 넣어 달아났다는 말 같지 않은 얘기도 돌았다. 하지만 혼자 달아나기도 바빴을 색녀 은교교가 무슨 정절이나 미련이 있어 이미 죽어 하등 쓸모없는 물건을 달고 있는 장무영을 관에 넣어가지고 갔겠는가? 화우상방을 만들어 중원을 시끄럽게 했던 것만큼이나 소문도 많았지만 다 말뿐이지 '그럴지도?' 하게 만드는 정보는 하나도 없었다.

"알았다. 그만 가봐라. 나도 오늘 일과 끝이다."

술시(戌時:밤 8시 전후) 무렵이니 하오문 사람들에게는 초저녁이라 할 수 있었지만, 은자를 몽땅 털린 그로서는 더 일할 기분도 나지 않아 그렇게 말하고는 자리에서 일어섰다. 그가 분타 구석진 곳에 마련된 거처로 돌아가 막 침상에 누우려는 순간이었다. 문밖에서 졸개 하나가 찾아와 전통을 건네고 갔다.

"헛!"

내용을 읽으려던 그는 숨을 들이켰다. 편지의 서두에는 무영이 자신과 교신할 때 썼던 암호가 표시되어 있었다.

'살아 있구나!'

그는 급히 암호로 된 편지를 읽어갔다.

'휴우, 하긴 그토록 모진 녀석이 그리 쉽게 뒈질 리가 없지.'

변대길의 얼굴에 웃음꽃이 피어났다. 그래도 오늘 밤만은 편안한 잠을 이룰 수 있을 것 같았다.

교가장에 중요한 손님이 찾아왔다.

중원 상계의 양대 산맥이라 할 수 있는 산서 상방 총행두 교본성과 광동 상방의 총행두 위진해였다. 긴 장방형 탁자를 마주하고 각각 네 명씩의 행두를 대동한 오늘의 모임은 위진해의 제의로 이루어졌는데, 두 상방의 위치로 보아 실로 중원 상계의 앞날을 좌우하는 자리라 해도 과언이 아니었다.

"지난번 제 안사람의 생명을 구해준 은혜는 절대 잊지 않겠습니다."

교본성은 그를 향해 진심이 담긴 목소리로 말했다.

"헛헛헛, 그거야 하늘이 허락했으니 가능한 일이었지 어찌 제가 구했다 할 수 있겠소이까. 그저 조그만 정성을 보였을 따름이지요."

위진해는 짐짓 예의를 표하며 말을 받았다. 고루신마 백소무에게 당한 하경의 소식을 들은 자신이 거독환을 구해준 일을 말한 것이었다. 사실 당문에 은밀히 줄을 대고 있는 위진해로서는 그리 어려운 일이 아니었다. 자신이 고루장에 당해본 경험이 있기에 하경에 대한 정보를 입수한 즉시 당문에 기별해 충분한 대가를 약속하고 거독환을 받아 염방에 건넨 것이 전부였다.

"아닙니다. 제가 어찌 그 은혜를 잊을 수 있겠습니다. 이 교 모가 은혜를 모르는 사람은 아닙니다."

교본성은 그 일로 하경과 급속도로 가까워져 마침내 혼인식까지 올리게 되었기에 진정으로 고맙게 생각하고 있었다.

"허허, 별말씀을 다 하시는군요."

"상방의 원로들과도 그 일에 관해서 논의를 했습니다. 마침 지난번 사천 땅의 정염(井鹽)에 대한 일을 서신으로 언급하셨기에 저희 산서 상방은 그 일에 일체 간여하지 않는 것으로 결정했습니다. 또한 그동안 해상 교역을 위한 교두보 역할을 했던 영파 공소의 기능을 대폭 축소해 앞으로 일체 해상 교역에 나서지 않을 것을 약속드리지요.”

영파 공소는 아버지 교평천 시절 대규모 교역선까지 건조하며 해상 진출을 위한 전초기지의 역할을 하던 곳이었다. 해상 교역이 중심인 광동 상방이 가장 신경을 곤두세우고 지켜보고 있는 곳이기도 했다.

“헛헛헛, 그렇게까지야…….”

위진해의 입이 크게 찢어졌다. 이미 방문에 앞서 오늘의 회담에 대해 두 상방의 행두들 간의 사전 접촉으로 어느 정도 의견 접근은 끝난 상태였다. 예상은 하고 있었지만 산서 상방 총행두의 입에서 확실한 언질을 받고 나니 그는 기쁨을 참지 못했다.

“산서 상방에서 그렇게 양보해 주시니 저 또한 그만한 배려를 해드리지 못한다면 세상 사람들이 이 위 모를 졸장부라 할 것입니다. 해서… 우리 광동 상방도 복건 이북으로는 공소를 세우지 않기로 했습니다. 절강 지역은 군소 상방이 난립하는 중립 지대로 남겨두자는 것이지요. 그리고 한 가지 더 말씀을 드리자면, 우리는 동정호 일대에도 진출하지 않을 것입니다.”

그 말에 교본성을 비롯한 산서 상방의 원로들이 얼굴을 펴며 크게 기뻐했다. 매년 동정 상방으로부터 막대한 양곡을 구입해 하북 일대에 판매하는 산서 상방으로서는 광동 상방의 동정호 일대 진출이 가장 큰 근심거리였다. 만약 동정 상방과 광동 상방이 손을 잡는다면 앞으로 양곡 사업은 포기해야 할 판이었다.

“하하하, 이거 제가 은혜를 갚는다 했는데 도리어 더 큰 것을 얻었으니 세상 사람들이 욕할까 겁이 나는군요.”

교본성이 들뜬 목소리로 말했다.

“헛헛헛! 제가 할 소립니다.”

분위기는 화기애애했다. 다른 여러 가지 이야기가 오갔지만 대부분 사소한 일이거나 겉도는 말뿐이라 회담은 오래지 않아 끝이 났고, 위진해는 의례적인 인사말을 남기고는 교가장에서 물러갔다.

위진해가 물러가자 교본성과 상방의 두 원로인 만하동, 남안이 함께 자리를 했다.

"동정호 상권에 대해서는 사전에 언급이 없었는데 위진해가 너무 인심을 쓰는 것이 이상합니다."

만하동이 말했다.

"동정 상방이 동의하지 않았던 모양이지요. 그것보다는 위진해가 이곳 북경까지 직접 온 이유를 모르겠군요. 설마 실무를 맡은 행두들끼리 합의 본 사항을 앵무새처럼 반복하려고 온 것은 아닐 테고……."

교본성이 침중한 어조로 말했다.

"그는 결코 가볍게 움직일 자가 아닙니다. 위진해의 한 걸음은 천금과도 같다는 말까지 있습니다. 큰돈이 생기는 곳이 아니면 절대 움직이지 않는 사람이지요."

남안이 신중한 얼굴로 말했다.

"북경은 우리 상방의 본거지나 다름없는데 이곳에서 무얼 하겠다는 것이지요?"

교본성이 물었다.

"돈을 주고 관직을 사려는 것이 아닐까요?"

만하동이 고개를 기웃하며 말했다. 제법 재산을 불린 상인들이 오사모(烏紗冒:검은색의 관모, 관직을 상징)와 홍수혜(紅綉鞋:붉은 수를 놓은 관리의 신발. 관직을 상징)에 큰 관심을 가지고 있다는 것은 어제오늘의 일이 아니었다. 나라에 큰돈을 바치고 관직을 사서 다시 그 관직을 이용해 더 큰돈을 버는 것은 축재를 위한 하나의 과정이라 할 수 있었다.

"아닐 거요. 재상 자리를 준다면 몰라도 광동 상방의 총행두인 위진해가 그 정도를 위해 북경까지 움직이지는 않았을 것이외다. 돈을 주고 살 수 있는 자리 중에 그가 만족할 만한 관직은 아마 없을 것이오."

남안이 만하동을 보며 말했다.

"그렇다면 놈이 또 다른 큰일을 모색하려는 것이 아니겠습니까?"

교본성의 말에 남안이 고개를 끄덕였다.

"그렇습니다. 이번에 두 상방이 합의를 보기는 했지만 그로서는 사천의 정염을 얻고 잃은 것은 전혀 없지요. 하지만 절대 그것으로 만족할 놈이 아닙니다. 우리 산서 상방을 상대로 장기적으로 포석을 깔려는 것이 아닐까 생각합니다."

"광동 상방의 북경 회관에 사람을 풀어두어야 하는 것이 아닙니까?"

교본성이 그렇게 말하자 남안이 고개를 끄덕였다.

회관으로 돌아온 위진해는 퍽이나 흡족해했다. 군이 바쁜 일정을 쪼개 교가장을 방문한 것은 교본성을 비롯한 산서 상방 수뇌부의 반응을 떠보고 허실을 탐지하기 위한 목적이었다.

'껍데기야.'

짐작이 맞았다. 산서 상방의 정보 선은 막혀 있었다. 그렇지 않다면 동정호 일대로는 진출하지 않겠다는 자신의 말에 그렇게 기뻐할 이유가 없었다. 동정 상방이 최근 무림맹의 은밀한 비호를 받고 있다는 것은 동정호 일대에서는 그리 대단한 정보도 아니었다. 그 사실을 알고 있다면 광동 상방이 그리 진출하지 못할 것은 당연지사인데 그 말에 그토록 기뻐하다니······.

‘곽수민과의 갈등도 사실일 가능성이 높군.’

동정호의 길목에 가까운 양주 염방의 곽수민은 알고 있을 정보였다. 교본성을 중심으로 뭉친 원로파들은 날로 커가는 곽수민의 힘을 견제하기 위해 양주 염방의 병력까지 흩어버렸다. 곽수민이 상방의 젖줄이라 할 수 있는 염방을 지키기 위해 애써 모았던 병력이었다. 그간 염방을 노렸던 마교가 몰락한 마당에 막대한 비용을 들여 그런 대규모 병력을 유지할 필요가 없다는 것이 명분이었다.

당연히 염방주 곽수민 일파의 반발이 있었지만, 원숙한 정치력을 앞세운 상방 원로들이 이미 상방 내의 여러 행두들을 설득해 대세를 장악한 후였기에 어쩔 수 없었다. 일은 그렇게 수습되었지만 산서 상방의 총방과 염방 사이에는 미묘한 기류가 흘렀고 그런 정보는 빠짐없이 위진해의 귀에 들어왔다.

‘후후후, 마지막 숨통을 조이는 일만 남았나?’

위진해의 입가에 회심의 미소가 흘렀다.

이미 일이 산서 상방을 상대로 시작된 지는 오래였다.

예부상서 용호금은 자신에게 배달된 상자를 열었다.

“음.”

그리 크지 않은 상자 안에는 두루마리 십여 개가 전부였기에 용호금의 안색이 찌푸려졌다. 자신도 모르게 주름이 잡힌 이마를 하고 탁자 위로 두루마리를 펼치던 그의 눈이 크게 떠졌다. 그림이었다.

“훗!”

단순한 그림이 아니라 천금을 주고도 구하기가 어렵다는 원말사대가(元末四大家) 중의 한 사람인 황공망(黃公望)이 그린 부춘산거도(富春

山居圖)였다. 그는 황급히 다른 두루마리를 펼쳤다.

"마원(馬遠)!"

남송(南宋) 산수화의 대가인 마원의 작품. 그야말로 만금을 주고도 구경하지 못한다는 말이 떠돌 정도였다. 오죽하면 황제도 무척이나 원했지만 누구의 손에 있는지 몰라 구할 수 없었다던 바로 그 그림이었다.

"으어어어……!"

용호금의 손이 부들거렸다. 잠시 멍하니 있던 그는 얼른 다른 두루마리들도 펼쳤다.

"오진(吳鎭)! 왕진붕(王振鵬)! 조자앙(趙子昂)!"

한번 벌어진 그의 입은 다물어질 줄을 몰랐다. 중원 희대의 명화들은 모두 자신의 손에 있었다. 그 기쁨이란…… 너무 황홀했던 나머지 그는 혹시 그것들이 모작(模作)은 아닐까 하여 탁자에 펼쳐 놓은 그림들을 살피고 또 살폈다. 하지만 모작으로 보이는 것은 하나도 없었다.

"흠, 그러면 그렇지. 위진해가 누군가? 그렇게 배포가 작은 인물은 아니라고 들었었지."

용호금이 고개를 끄덕였다. 놈은 자신의 취미까지 알고 배려해 주고 있었다. 신경만 좀 쓴다면 그의 요구를 들어주는 것이 불가능한 일도 아니었다. 아니, 오히려 자신이 바라던 일이라고 해야 맞을지도 몰랐다.

'적 대감은 그자에게 무얼 받았을꼬?'

문득 그런 궁금증이 들었다. 이부상서 적인철도 자신이 받은 물건에 버금가는 대가를 받았을 것이 틀림없었다.

'후후후, 역시 계집일까?'

적인철이 여색을 밝힌다는 것은 알 만한 사람은 다 알고 있었다.

두 사람은 그간 산서 상방에 줄을 대고 투자까지 해가며 공생 관계를 유지했었는데, 산서 상방은 지금 배당은커녕 원금마저도 거의 바닥이 난 상태라고 들었다. 어떻게 해야 할지 속만 끓이고 있었는데 그 사이를 뚫고 들어온 사람이 바로 광동 상방의 총행두 위진해였다. 쉬운 부탁은 아니지만 사람의 탈을 쓰고서야 막대한 선물까지 보낸 위진해의 성의를 무시할 수는 없었다.

'약간의 모험은 해야겠지. 하긴 산서 상방 놈들도 보통이 아니니 알아서 처신하겠지만.'

용호금의 머리 속으로 갖가지 생각이 오갔다.

어전회의장이 술렁였다.

오늘 안건은 이부상서 적인철과 예부상서 용호금이 연명으로 올린 상소문에 관한 것이었다. 이번에 올라온 상소가 한두 건이 아니었지만 그들이 올린 상소는 그 내용이 너무도 위중했다.

영리(榮利)에 눈이 어두운 일부 상인들이 동북의 오랑캐에게 양곡과 무기를 팔고 있다고 합니다. 상인들은 그들로부터 모피를 들여와 시중에 비싼 값으로 팔아 막대한 이문을 챙기고……

"이런 죽일 놈들이!"

상소문을 읽은 황제는 불같이 노했다.

대역(大逆)이나 진배없었기에 상소문을 읽은 자리에서 즉시 어전회의 소집을 명했다. 아무것도 모르고 있던 대부분의 대신들은 허겁지겁 달려와 겨우 참석해 진땀을 흘리고 있는 처지였다.

'호호호.'

느긋한 자세로 미리 어전에 도착해 곁눈질까지 해가며 허둥거리는 다른 대신들을 구경하는 있는 두 사람이 있었다. 그들은 바로 오늘 상소를 올리고 이런 사태를 예견해 황궁 근처를 얼쩡거렸던 적인철과 용호금이었다.

"나라의 대신들은 대체 무엇을 하고 있었기에 수십 년간 벌어졌다는 이런 중대한 반역 행위를 모르고 있었느냐?"

용상의 팔걸이를 움켜쥔 황제의 손이 부들거렸다.

"황공하옵다, 폐하."

대신들은 수천 년을 이어져 온 관례에 따라 모두 고개를 처박고 늘 해왔던 익숙한 말을 순서대로 해가며 황제의 노여움을 달래고자 했다.

"이 모든 것이 신들의 불찰이옵니다."

관복을 입은 이래 어디 이런 사건을 한두 번 겪었던가? 그들은 이제 목소리마저 모두 닮아 마치 한 사람이 크게 대답하는 것 같은 착각마저 들게 할 정도였다.

"관외(關外)로 통하는 각 관문에 연락해 변방을 철저히 지켜 이런 일이 재발하지 않도록 하고, 그간 양곡이 빠져나간 사실이 있는지를 확인해 그 뿌리를 뽑아야 할 것입니다."

용호금은 얼른 나서서 미리 준비해 두었던 대책을 읊었다.

"시중의 모피상들이 가지고 있는 모피의 출처를 역(逆)으로 철저히 조사한다면 그간 오랑캐들에게 양곡을 팔았던 대역무도한 상인들을 색출해 낼 수 있을 것입니다."

적인철도 지지 않겠다는 듯이 나서서 아뢰었다.

사실 두 사람이 차례로 나선 것은 사전 각본에 따른 것으로 그 대책을 모범 답안으로 만들어 미리 순서까지 정해놓고 하는 말이었다.

‘알아서들 하시게나.’

다른 대신들은 모두 입을 닫았다. 이럴 때 그럴듯한 대책이라도 말해 튀어보고 싶은 마음이 없는 것도 아니었지만, 워낙 갑작스럽게 올려진 안건이라 미처 검토할 겨를도 없었기에 감히 입을 열지 못했다.

‘이럴 때는 그저 가만히 있으면 중간이…….’

그들은 오늘도 성현(聖賢)의 가르침에 따라 조용히 중용(中庸)의 도를 지켰다. 깊은 생각 없이 시원찮은 대책을 들고 나섰다가 다른 사람들에게 면박을 당하기는 싫었고, 후일 일이 잘못되어 책임을 져야 하는 사태가 생기는 것은 더 더욱 싫었다.

‘그래, 오늘은 너희 두 사람 세상이다.’

대신들은 내심 그렇게 두 사람을 인정해 주었지만 바쁘게 고뇌도 했다. 이미 그들 둘이 상소문에 이어 떠드는 자세가 단단히 준비한 모양새라는 것을 한눈에 알아본 노련한 대신들은 언제 겸양의 미덕을 발휘해야 하는지도 잘 알고 있었다. 게다가 이런 경우 올바른 대책이라고 내놓았다가는 오늘의 주빈(主賓) 격인 두 사람과 평생 허물지 못할 담을 쌓는 수가 있었다. 그런 상황은 언젠가 비수가 되어 돌아오게 마련이었다. 정말이지 황제의 녹봉을 받는 일은 그리 쉬운 일이 아니었다.

“신이 동북 변방의 각 군영을 순회해 직접 사태를 파악해 보고자 하오니 윤허하여 주십시오.”

멍청한 놈은 꼭 있었다. 신임 병부시랑이었다. 한때 황제의 사랑을 받았던 모 후궁의 먼 친척뻘이 된다는 오라비라던가? 어쩌다 줄을 잡아 운 좋게 이 자리에 선 그는 만용을 부리고 있었다.

‘헉!’

‘쯧쯧!’

대신들은 경악했고 곧 다가올 그의 불행을 가슴 아파했다. 곁눈질로 보니 적인철과 용호금의 안색은 방금 전 충성을 다짐했던 결의에 찬 모습이 아니라 공동의 적을 향해 맹렬한 적의를 불태우는 전사의 그것으로 변해 있었다.

"호, 원로에 고생이 적지 않을 터인데 그렇게까지?"

황제는 직접 고행을 자처하는 그의 행동이 가상했다. 아직 조정 곳곳에 충신들이 살아 있었다.

"폐하를 향한 충정을 바치는 일인데 신하 된 자로서 어찌 육신의 작은 고통을 거론할 수 있겠사옵니까. 윤허하여 주시옵소서!"

내친걸음이라 그런지 병부시랑은 말에 막힘이 없었다.

"흠, 그렇다면야… 그리하도록 하라."

황제는 흡족한 표정을 지으며 고개를 끄덕였다.

"신에게는 도성 안 상인들의 그간 행적을 조사할 수 있도록 하여주옵소서."

용호금이 다시 나섰다. 두 사람의 진정한 충심을 내보일 수 있는 기회가 엉뚱한 놈의 출현으로 흐려지고 있었다. 그야말로 애써 상을 차려놓으니 엉뚱한 놈이 먼저 처먹겠다고 수저를 드는 격이었다.

'놈, 두고 보자!'

당연히 저런 놈들의 출현을 예상하고 조치도 세워두었다.

'관직을 오르는 것은 능력이지만 그것을 지키는 것은 경험이다' 라는 것은 조정 내 모든 충신들의 지론이었다.

제6장

자금성(紫禁城)에서 도(道)를 행하다

교본성의 얼굴이 어두워졌다.

용호금이 은밀히 사람을 보내 어전회의에서 결정된 사항을 알려왔기 때문이다.

"어떻게 했으면 좋겠습니까?"

"일단 꼬리를 잘라내는 수밖에 없습니다."

북경회관 행두 만하동이 먼저 나서며 의견을 제시했다.

"그렇습니다. 이럴 때를 대비해 이름뿐인 중간상들을 만들어두었으니 그들에게 덮어씌우고라도 상방을 지키는 방법밖에 없습니다. 어차피 누군가 희생을 치러야 덮어질 일입니다."

남안도 그 의견에 동조하는지 고개를 끄덕이며 말했다.

"하지만 그들도 우리 상방 사람들이 아닙니까?"

교본성이 안타까운 듯이 말했다.

"상방의 운명이 달린 일입니다. 그들도 납득하겠지요. 그보다는 불똥이 상방으로 튈까 그게 더 걱정입니다."

만하동의 노안에는 수심이 가득했다.

"용호금이 미리 알려왔다는 것은 우리더러 미리 대비를 하라는 뜻입니다. 뒷돈을 바란다는 뜻이기도 하지요. 게다가 그자는 예전부터 우리 상방과 깊은 인연을 맺어왔던 자니 일이 더 커지는 것은 원하지 않을 겁니다. 적당한 선에서 매듭을 짓자는 말입니다. 그보다는 이런 일이라면 동창(東廠)과 금의위(錦衣衛)도 나설 터인데, 그들이 더 걱정입니다."

창위(廠衛)의 간부 놈들이라면 큰 재산을 긁을 수 있는 이런 사건을 학수고대하고 있었을 것이 틀림없다. 아마도 이 일과는 아무런 관련이 없는 죄없는 숱한 상인들 역시 그들에게 상당한 은자를 뜯길 것이 확실했다. 세칭 대목인 것이다.

"손을 쓸 곳의 명단을 작성해 빨리 조치를 취하시오. 특히 후금국에 직접 양곡을 제공해 온 중간상들이 혹시라도 입을 열지 못하도록 그들을 철저히 단속하는 것을 잊지 마세요."

교본성은 그렇게 마무리를 지었다. 어쨌거나 자신은 총행두였다. 서류상 중간상으로 되어 있는 상방 식구들에게는 미안한 일이지만 상방을 살리는 일보다 우선해 그들을 보살필 수는 없었다. 자신에게 목을 매고 있는 수만에 이르는 상방 식구들의 안위와 생존이 먼저였다.

"그런데… 문제가 있습니다."

남안이 더욱 어두워진 표정으로 조심스럽게 말문을 열었다.

"무슨 말이지요?"

교본성과 만하동이 불안한 얼굴로 되물었다.

“상방 재정이…….”

“아직 몇십만 냥의 여유는 있는 것으로 아는데?”

교본성이 의아한 듯이 말했다.

“갑자기 결제할 어음이 밀려들었습니다. 지금 총방뿐만 아니라 각 공소도 사정이 비슷한 것으로 들었습니다.”

“아니, 그런 일이 있으면 진작 말을 했어야……!”

상방의 운명이 걸린 일을 해야 할 중요한 순간에 자금이 모자란다는 말에 교본성이 그를 책망하듯 큰 소리로 말했다.

“이번 일만 없었으면 그런대로 넘어갈 수 있는 일이었고, 최근 들어서는 자금의 수급이 계속 안정적이지 못하다는 것은 총행두님도 잘 아시기에… 요 며칠 사이에 약간 늘어나기는 했지만 그럴 수도 있다고 생각해 특별히 보고드리지 않았습니다만 날마다 올리는 회계 장부에는 기록이 되어 있습니다.”

남안은 마치 변명을 하듯 노안을 붉혀가며 말했다.

그 말에 교본성은 입을 다물었다. 한때는 황제보다도 더 많은 부(富)를 소유하고 있다는 말이 나돌았던 산서 상방이었다. 그런 상방이 하루아침에 날마다 돌아오는 어음을 결제하는 일에 신경을 곤두세워야 할 정도로 살림이 빠듯해진 것은 교본성의 친모인 요월선자가 사내에게 빠진 때문이라는 것은 부인할 수 없는 사실이었다. 잠시 방 안에 무거운 침묵이 감돌았다.

“이번 일을 처리하려면 어느 정도인지부터 뽑아보겠습니다.”

남안이 조심스럽게 입을 열었다. 하지만 교본성은 그 말에 아무런 대꾸도 하지 못했다.

하지만 만하동은 그런 미묘한 상황 때문에 입을 닫고 있는 것이 아니었다. 그는 다른 각도에서 일을 분석하고 있었던 것이다.

'놈이 회관에서 전혀 움직이지 않았다고는 하지만 이곳까지 회관의 침상이나 지키러 올라올 놈이 아니지 않는가?'

만하동의 머리가 급박하게 돌아갔다.

"아무래도 일이 이상하게 돌아가는 것 같습니다."

만하동의 말에 두 사람의 시선이 그를 향했다.

"지금 우리는 광주의 능구렁이 위진해가 북경에 와 있다는 사실을 잊은 것 같습니다. 저는 그자가 이곳에 있다는 사실이 아무래도 마음에 걸립니다."

"그럼!"

교본성은 경악했다. 섬뜩한 그 무엇이 섬전처럼 그의 등줄기를 훑고 지나갔다.

"위진해는 전혀 움직임이 없었다고 하지 않았는가?"

남안이 급한 어조로 사실 확인이라도 하듯 만하동을 향해 물었다. 하지만 그 말에 그도 퍼뜩 떠오르는 것이 있어 돌아가는 사태를 이미 짐작할 수 있었다. 질문을 던진 것은 그런 사태를 부정이라도 해보려는 작은 몸부림에 불과했다.

"그랬구나. 나쁜 놈!"

교본성이 주먹을 불끈 쥐었다. 시련은 모두 끝났다고 생각했었다. 이제는 차근차근 순서만 밟아 올라가면 다시 옛 자리를 찾을 수 있을 것으로 믿었다. 하지만 현실은 너무도 냉혹하고 잔인했다. 갑자기 지불을 요구하는 어음이 늘어난 것이나, 상방의 두 번째 수입원이랄 수 있는 동북 교역이 조정의 수사 대상에 오른 것 모두에는 배후가 있었다.

"위진해가 이곳 북경에 남은 것은 이번 일을 직접 지시함은 물론이고 다른 제삼자에게도 '내가 이곳에서 벌인 일이다' 하며 암묵적인 신호를 보내려는 의도로 보입니다. 다른 재력가들로 하여금 우리를 돕지 못하게 하려는 수작이지요."

남안이 침중한 어조로 말했다. 하기는 눈이 있고 귀가 있는 자들이라면 위진해가 배후에 있음을 모르지는 않을 터였다.

"웬만한 곳에서는 도움을 받기도 쉽지 않겠군요?"

"아마 그럴 것입니다."

"염방에는 이리 끌어올릴 자금은 남아 있나요?"

교본성이 가라앉은 목소리로 물었다.

"그쪽도 지난번 가격 폭락 이후 재정 상태가 그리 좋지는 않은 것으로 알고 있습니다."

남안이 조용한 어조로 말했다.

양회(兩淮: 회수 남북 지역. 회수는 황하와 장강 사이의 큰 강)의 소금을 장악하고 있는 양주 염방이건만 최근 들어 다른 소금 산지들의 심각한 도전을 받고 있었다.

소금을 생산하는 방법은 흔히 네 가지로, 장성 밖 청해 일대 암염(岩鹽), 소금 호수의 물을 끓이거나 햇볕에 건조시켜 만드는 지염(池鹽), 사천이나 운남 일대에서 우물을 파 땅속에서 염수(鹽水)를 채취해 끓여 만드는 정염(井鹽), 그리고 양주가 주축인 양회(兩淮) 지역과 전당강 일대의 양절(兩浙: 절동과 절서. 즉, 절강) 지역에서 바닷물을 건조시켜 만드는 해염(海鹽)이었다.

마교와의 장기간에 걸친 싸움과 긴장은 다른 지역들의 소금 생산을 촉진했는데, 염방은 지금 그 후유증을 겪고 있었다. 서안에 다시 터를 잡은 섬서 상방은 어느 틈에 야금야금 동(東)으로 치고 들어와 이제는 개봉까지 상권을 확대했지만, 무력해진 산서 상방으로서는 그들의 동진(東進)을 막지 못했다.

섬서 상방에 해지 지염의 공급과 수요처 모두를 다시 빼앗겼고, 사천, 운남의 정염은 장강을 타고 일대 각지로 퍼져 나가며 양주 양회 소금의 거래처를 빼앗아갔다. 뿐만 아니라 양절 소금 또한 급속도로 그 판매망을 키워 양회 소금에 도전하고 있어 가히 사면초가(四面楚歌)의 형세라 할 수 있었다.

소금의 산지 사이에는 경쟁적으로 수요처를 확보하기 위해 중간상과 염효들을 붙잡는 일에 막대한 자금을 쏟아 붓는 것은 물론이고, 그 여파로 가격마저도 폭락의 조짐을 보였다. 지금은 양주 염방이 생긴 이래 최대의 시련기였다.

세 사람의 얼굴에 절망의 기색이 어렸다.

"휴, 지난번 정주와 개봉 일대에서 섬서 상방에 쉽게 밀린 것이 안타깝습니다."

이미 지난 일이지만 해지의 지염이 덩달아 넘어간 것이 못내 안타까웠는지 남안은 그렇게 덧붙였다.

"창업(創業)보다 수성(守成)이 어렵다는 말이 결코 허언(虛言)이 아닌가 봅니다."

"지금은 그런 원론적인 말보다 머리를 짜서 어떤 대책이라도 세워야 하지 않겠습니까?"

교본성의 말에 만하동이 나섰다.

"머리를 짠다고 자금을 끌어올 데가 어디 있겠습니까? 사건의 배후에 위진해가 있다면 결코 이걸로 끝은 아닐 것입니다."

남안의 말은 더 큰 위기가 오리라는 것이다.

"그게 무슨 말이지요?"

교본성이 놀라는 표정으로 물었다.

"전대 총행두님께서 어떻게 돌아가셨습니까? 이리저리 외곽을 때리다가 결정적인 순간 급습해 오는 마교 놈들에게 일거에 당하셨습니다. 그때와는 상대가 같지 않지만 지금쯤 위진해도 마지막 결정타를 준비하고 있을 것이 틀림없습니다. 만약 그놈의 짓이 틀림없다면요. 예상되는 상황을 충분히 고려해 대비하셔야 할 것입니다."

"무력인가요?"

"지금으로서는 아무것도 예측할 수 없습니다. 다만 제이, 제삼의 또 다른 파도가 밀려올 가능성은 확실하다는 것뿐이지요."

그의 말은 모두를 무겁게 짓눌렀다. 그 말을 했던 남안까지도.

교본성은 결론도 내지 못하고 말만 겉도는 회의를 마치고 내실로 돌아왔다.

"상공, 무슨 좋지 않은 일이 있나요?"

교본성의 무거운 안색에 하경이 물었다.

그가 오늘 일어났던 모든 사건에 대해 하경에게 자세히 설명해 주자 그녀 역시 안색이 변했다.

"팔다리를 내주더라도 머리와 몸뚱이라도 살려야 할 형세군요."

한동안 말없이 생각에 잠겼던 하경이 그렇게 말했다.

"그렇게라도 살아남을 수만 있다면 당연히 그럴 것이오."

"그럴 각오라면 이번 난국을 타개하는 일이 그리 어렵지만은 않을 거예요. 다만 위진해가 우리의 심장을 향해 꺼내 들 마지막 비수가 무엇인지 알아내는 것이 가장 시급한 과제라 할 수 있지요."

"그럼 자금 부족을 해결할 확실한 대책은 있소?"

교본성이 반색을 하며 다가왔다.

"염방을 파세요."

"뭐요?"

"염방을 파시라고 했어요. 지금으로서는 그 길만이 산서 상방이 자금을 융통할 수 있는 유일한 해결책이지요. 점포를 여러 개 벌여놓은 상인이 장사가 안 되면 점포 몇 개를 팔아치우는 것은 당연한 일이에요. 산서 상방에서 지금 제값을 받을 수 있는 재산은 염방이 유일하다고 할 수 있어요."

"하지만……."

"알아요, 염방이 산서 상방을 지탱해 주는 가장 큰 자금원이라는 것을. 그러기에 염방을 팔 수밖에 없어요. 다른 것들을 내놓아야 돈을 내려는 사람도 없을 거예요."

하경이 단호한 어조로 말했다.

"음… 그 말이 맞는 것 같소."

계속되는 하경의 말에 교본성도 수긍했다. 어렸을 때부터 상술을 교육받고 자란 대상인의 적자(嫡子)였다.

"절강 일대의 군소 상방에 판다면 좋은 가격을 받을 수 있을 거예요. 휘주 상방이 눈독 들이기는 하겠지만, 그들에게 넘긴다는 것은 내륙에 고립된 휘상들에게 중원의 허리를 내주는 것이나 다름없어요. 장기적으로 큰 종기가 될 가능성이 있다는 말이지요."

"흠, 곽수민에게는 알리지 않는 것이 좋겠군. 휘하의 세력들도 일단 이곳으로 불러 올려 혹시 있을지 모를 곽수민의 반발도 최소화시켜야 하고."

교본성은 상방의 총행두답게 일을 풀어가는 방법을 알았다. 어쩌면 상방의 원로들도 이런 대책은 생각하고 있었을지도 몰랐다. 하지만 조상들의 피와 땀이 배어 있는 염방을 판다는 것은 너무도 엄청난 일이라 감히 입을 열지 못했을 가능성이 높았다.

그는 하경이 재녀라는 말이 결코 허언이 아님을 실감했다.

"위진해가 어떤 생각을 할지는 아무도 몰라요. 어쩌면 우리가 그의 손바닥 안에서 움직이고 있는지도 모르지요. 하지만 다른 길이 없다는 것이 안타까울 따름이에요."

"놈이 계속 우리를 노릴까 그게 걱정이오."

"우리가 이번 위기를 어떻게 처리하는가에 달려 있다고 봐요. 자금이 원활하게 돌아간다면 그도 계속 밀어붙이지는 못할 거예요. 위진해도 마교가 했던 것처럼 무력을 쓸지는 모르지만, 그는 원래가 상인이니 그렇게까지 할 것이라는 생각은 들지 않는군요."

하경은 설사 그가 공격해 오더라도 교가장을 지켜낼 자신은 있었다. 지난번 교평천이 죽은 것도 기문진이 전혀 역할을 하지 못했기 때문이지 그렇지 않았더라면 그리 쉽게 당할 정도는 아니었다.

무영이 항주에 도착한 것은 서장을 벗어나 장강을 따라 배를 타고 출발한 지 한 달 만이었다.

역용을 한 세 사람은 장강을 오가는 보따리 상인들로 위장하고 배를 세내어 한 달가량 장강을 지나는 동안 눈에 띌 만한 행동을 일체 삼갔다. 인피면구를 구입해 곡완주에게 쓰게 해 사람들의 이목을 끌지 않도록 했고, 은교교는 두 사람의 시중을 드는 시동(侍童) 역할을 맡았다.

항주에 도착하자 곡완주는 무영의 만류에도 불구하고 걸개방으로 돌아가겠다며 부양으로 가버렸고, 무영과 은교교는 동가장으로 갔다.

분타주 숙이몽은 반갑게 그를 맞았는데, 재건당주 감일웅을 포함한 몇몇 수뇌부만 제외하고 그의 정체를 아는 사람은 아무도 없었다. 하지만 은교교는 동가장 생활에 적응하지 못했다.

"저는 부양에 내려가 있겠어요."

곡완주와 함께 있겠다는 말이었다. 정체를 밝히지도 않았고 누가 뭐라는 사람도 없었건만 사람들의 따가운 시선이 부담이 되었던 모양이다. 말린다고 들을 기세가 아니었다. 은교교는 조용히 장원을 떠났다.

무영은 허탈했다.

수중에 남은 것이 없었다. 다시 재기를 노렸지만 여러 여건들을 생각해 볼 때 쉬운 일이 아니었다. 며칠을 하는 일 없이 소일하던 무영은 문득 좋은 생각을 떠올렸다.

'맞아! 괜히 중원의 그저 그런 놈들을 상대하니 자꾸 마찰이 생기고 문제가 생기는 게야. 일이란 항상 위에서 틀어쥐고 휘둘러야 술술 풀리는 법인데.'

어느날 문득 무영에게 떠오른 사람은 황제였다.

'흠, 황제가 나를 찾는다니…… 살살 구슬려 큼지막한 이권 하나만 따내면!'

길은 그곳에 있었는데 작은 사업에 연연하다가 엉뚱하게 무림이나 상계에 미운 털이 박혀 고생을 하고…….

'반성할 일이야!'

그렇게 생각한 무영은 머리를 짜고 또 짰다.

'그래, 사실 황제를 등쳐 먹기가 더 쉽지. 다른 놈들은 세상사에 너무 닳고 닳아서…….'

낙일도가 황궁으로 들어온 것은 황제에게 있어서 커다란 재난이나 다름없었다.

그는 위진해가 이리저리 은자를 뿌려가며 줄을 댔기에 궁녀들의 시중을 드는 내관으로 선발되어 황궁 안으로 들어올 수 있었다. 자신을 섬에서 빼내준 상경에게 미안한 점이 없지 않았지만, 미혼분을 이용해 위진해의 마누라가 되게 해주었으니 그 정도면 되었다는 생각이었다. 중원제일 갑부의 마누라가 된다는 것이 어디 그리 쉬운 일인가.

황궁으로 들어오기 위해 당연히 내관의 자격이 있는가를 심사받기는 했지만 양물을 수축시켜 두세 살 난 남아의 그것 크기로 만드는 일은 낙일도에게 있어 밥 먹기보다 더 손쉬운 잔재주에 속했기에 간단히 통과할 수 있었다.

헌 집이 무너지면 새집으로 옮겨가야 하는 것은 당연한 이치로, 비록 스승을 죽인 원수인 역무군을 위해 일한다는 것이 마음에 걸리기는 했지만 훌륭한 재간을 썩여선 안 된다는 그의 간곡한 청(?)을 받아들여 궁중으로 들어온 것이다. 그가 맡은 일은 목중요를 도와 궁중의 모든 정보를 빼내 역무군에게 알리는 일과 우군(友軍)을 포섭해 두는 일이었다.

세상만사란 요지경 속이라, 위진해가 자신과 원수라 할 수 있는 무림맹주 역무군과 손을 잡은 것은 지금에 와서는 조금도 이상한 일이 아니었다. 위진해도 힘있는 자를 원수로 삼을 만큼 우둔하지 않았고, 역무군 역시 튼튼한 자금줄이라 할 수 있는 광동 상방의 총행두와 등을 돌리고 지낼 하등의 이유가 없었다. 그 모든 상황들은 낙일도의 궁중행을 자연스럽게 만들었다.

자금성은 낙일도에게 있어 낙원이었다.

궁궐의 귀와 입이라 할 수 있는 궁녀들은 항상 고귀한 황후나 후궁들의 시중을 들며 듣고 보는 것이 많았다. 윗사람들을 모시느라 피곤에 지친 그들을 밤에 찾아 노고를 풀어주며 하루 종일 일어났던 일에 귀 기울여 주는 것이 바로 그의 임무였다. 오늘 밤에도 낙일도는 '인간의 도(道)'를 행하며 자신의 책무를 소홀히 하지 않았다.

"끄응, 끙!"

목소리를 죽여가며 열락에 겨워 몸부림치는 궁녀는 바로 황후전에서 수발을 들다가 얼마 전에 교대를 하고 나온 궁녀였다. 그녀는 행여 신음 소리가 밖으로 새 나갈까 입을 앙다물고 참았건만 꿈결 같은 쾌락에 젖어 신음 소리가 그만 자신도 모르게 입 밖으로 새 나왔다.

'아이고, 제발 소리 좀 죽여라. 나도 제 명에 살고 싶다.'

낙일도는 자신의 입으로 궁녀의 입을 막아가며 단속을 했지만 절정에 이른 여인의 교성을 막기에는 역부족이었다.

"흥! 흐응!"

입을 막으니 이번에는 코로 소리가 새 나왔다. 가까운 방의 궁녀들은 이미 손을 써놓은 터였지만 은근히 오가는 이목이 번잡한 궁녀들의 거처라 안심할 수는 없는 노릇이었다. 다만 위안이라면 채호(菜戶:남성의 능력이 살아난 환관들과 은밀히 부부의 연을 맺은 궁녀)들도 많았기에 웬만한 '도행(道行)'은 서로 눈감아주는 미덕은 있는 바닥이었다. 한차례 열풍이 지나가자 궁녀가 입을 열었다.

"황후께서는 폐하께서 궁녀 안씨만 찾는 일에 대단히 노여워하고 계세요. 아마 앞으로는 폐하께서 계속해 안씨를 부르기가 그리 쉽지는 않을 거예요."

이미 그의 손길에 익숙해진 자신의 몸만큼이나 낙일도가 원하는 것을 잘 알고 있는 그녀였다.

"폐하께서는 다른 여자들과도 숱한 도행을 하고 계시는데 황후께서 유독 안씨에게만 그렇게 반발하는 이유가 무엇이냐?"

"너무 깊이 빠지고 계시잖아요. 황후는 폐하께서 여러 후궁들 사이를 오가는 편이 차라리 더 낫다고 여기고 계시지요. 어차피 막을 수 없는 일이라면 조정에서 궁녀를 업고 득세하는 세력이 생기는 일이라도 없어야 한다고 말씀하시니까요. 하지만 그렇다고 해도 황제께서 안씨를 포기하는 일은 없을 것 같아요."

"황제가 황후 몰래 궁녀 안씨를 부른다 해도 호위하는 대내 고수들이 한둘이 아닐 터인데 그들의 입을 어떻게 다 막는다는 말이냐?"

"호호호, 서방님도……. 설마 폐하께서 그 일을 하는데 대내 고수들의 도움이 필요하시겠어요? 당연히 그들을 물리치고 하실 테지요. 들은 말로는 이미 폐하께서는 대내 고수들의 상당수를 대전 외곽으로 물리셨다고 하더군요."

"허, 저런. 자칫 자객이라도 들면 천 년 사직이 위협을 받을 수 있는 상황이 아니냐?"

중요한 정보였다. 낙일도의 목소리가 한층 낮아졌다.

"황궁 주변은 개미 한 마리라도 낯선 놈은 감히 접근할 수 없는데 무슨 걱정이 있겠어요? 그리고 아무리 폐하라도 사랑에 빠지셨는데 안전 따위에 그토록 신경을 쓰겠어요? 호호호. 어쨌거나 저는 그년이 부러워 죽겠어요."

황제의 은총을 받는다는 것이 하늘을 별을 따는 일만큼이나 어렵기는 하지만 모든 궁녀들의 둘도 없는 희망이었다.

"아니, 이것이."

"아얏!"

낙일도가 대충 가린 옷깃 사이의 가슴으로 손을 넣어 살짝 비틀자, 그녀는 비명을 지르면서도 낙일도의 손을 더욱 안으로 잡아끌었다.

"흐흥!"

어느새 부드럽게 바뀐 낙일도의 손길에 궁녀의 입에서 뜨거운 신음 성이 새 나왔다.

'허, 이거 빨리 끝내고 황제의 침전 수발을 드는 궁녀도 찾아 피로를 풀어주어야 하는데…….'

습관이란 무서운 것. 무심코 안으로 집어넣은 그 손이 화근이 되었 다. 어쨌거나 실수로라도 불을 붙였으면 꺼주고 가야 한다는 도리마저 외면할 후안무치(厚顔無恥)한 낙일도는 아니었다. 급한 마음만큼이나 그의 엉덩이 율동이 빨라졌다.

황궁의 모든 환관들은 사례감(司禮監) 관할의 십이감(十二監), 사시(四 寺), 팔국(八局), 이십사아문(二十四衙門) 등에 소속되어 있다. 얼핏 보면 관직의 수가 충분해 보일지도 모르지만, 일만여 명이나 되는 환관들이 고 보면 제대로 된 자리에 앉아 위세를 누리며 태감이라 불릴 수 있는 환관들은 그리 많지 않다.

환관들의 정규 과정이라 할 수 있는 내서당(內書堂)을 마친 환관들에 게 가장 되고 싶은 것이 무어냐고 물으면, 아마도 태감 중의 태감이라 할 수 있는 사례감 장인태감이 되는 것이라 할지도 몰랐다.

'바보들이지.'

원호문(元扈吻)은 당시 동기들을 그렇게 비웃었다. 궁중의 권력이란 무상하기 그지없었다. 정치 바람을 타고 권세를 누리다가도 한순간에 역적으로 몰려 목이 떨어지는 것이 다반사였기에, 언제 날아올지 모를 칼날을 피해 살아남으려면 밤낮없이 눈과 귀를 두리번거리며 대세를 읽어야 하고 모사(某事)를 꾸며야 했다.

대체 길지도 않은 인생을 왜 그렇게 피곤하게 살아야 한다는 말인가? 권세를 쥐고 산더미 같은 은자를 모아 곳간에 쌓아둔들 그게 무슨 소용이라는 말인가? 거세를 하고 환관이 된 것은 그저 삼시 세끼 밥을 굶지 않기 위함이 아니었던가? 어쩌다 나라에서 편히 배를 불려주니 권세에 맛을 들여 설치며 조정 중신들을 눈 아래 굽어보다가도, 아차 하는 한순간 발을 헛디뎌 형장의 이슬로 사라져 간 선배 태감들을 꼽아보자면 손발까지 동원해 세어도 모자랐다.

원호문에게는 그를 밀어줄 넉넉한 가산을 가진 피붙이나 싹수를 보고 은근히 뒤를 봐주는 후견인도 없었다. 남들이 좋은 부서로 배치받기 위해 이리저리 뇌물을 들고 뛰어다니며 손을 쓰는 동안에도 그는 잠자코 있어야 했다.

그가 한 일이라고는 그저 수시로 경사방을 책임지는 태감을 찾아가 '평소 태감어른의 인품을 흠모해 왔는지라 경사방에 들어와 견마지로(犬馬之勞)를 다하려 하니 어여삐 여겨주십시오' 한 것이 전부였다. 물론 경사태감이 지나간다는 소리만 들으면 근처로 달려가 서성거리다가 큰 소리로 인사를 했던 몇 년간의 노고도 있기는 했다.

궁녀들의 뒤치다꺼리를 해야 하는 경사방 소속은 썩 좋은 자리로 여겨지지 않았기에 내서당 성적이 상위인 그가 들어가기에는 그리 어려운 곳이 아니었다.

그가 경사방을 택한 것은 이유가 있었다. 경사태감 혼자 몇만이나 되는 궁녀들의 몸매며 달거리 등을 일일이 벗겨보거나 쿵쿵거리며 확인해 황제에게 귀띔을 해줄 수는 없는 노릇이라, 휘하 환관들의 중요한 일 중 하나가 바로 그런 궁녀를 여관(女官)을 통해 알아내 보고하는 일이었다.

그 자리는 추천을 바라는 궁녀들이 넌지시 쥐어주는 뒷돈이 아니더라도 세파에 시달리지 않고 맘 편히 지낼 수 있는 곳이었다. 경사방에 소속되면 소리 소문 없이 재산을 불려도 시비를 걸 놈이 없고 정치 바람에 휘둘릴 우려도 없었다. 그 일을 가장 깔끔하게 처리했던 원호문은 경사태감이 나이가 들어 자리에서 물러나자 전임자의 추천을 받아 그 자리에 올라앉을 수 있었다.

오늘 밤도 그는 비빈들의 이름이 적힌 녹두패(綠頭牌)를 담은 은 쟁반을 받쳐 들고 황제를 찾았다. 누구를 처소에 부를 것인가를 녹두패로 고르는 것은 황제의 당연한 권리지만, 그 과정에서 알게 모르게 영향력을 발휘하는 것은 바로 원호문 자신이었다.

최근에는 얼마 전에 권한 궁녀 안씨에게 푹 빠진 황제는 수시로 그녀를 찾았다. 하지만 안씨를 시샘하는 황후의 콧김을 단단히 쐬었다 하니 오늘은 다른 비빈들을 찾을 가능성이 높았다. 이럴 때가 기회였다.

"흠, 숙빈(淑嬪)도 영빈(英嬪)도……."

녹두패를 살피던 황제는 탐탁지 않은 표정을 지으며 가볍게 머리를 저었다. 항상 뭔가 새로움을 추구하는 황제였다.

"혜빈(慧嬪)마마도 계시옵니다. 폐하를 그리며 날마다 베갯머리를 눈물로 적시고 계시다 들었습니다."

원호문이 넌지시 거들었다. 어제 그는 혜빈으로부터 만년한옥으로 만들어진, 가치마저 따지기 힘들다는 한 쌍의 비봉차(飛鳳釵:비녀)를 받았다. 은혜에 보답하는 것은 인지상정의 도리가 아닌가?

"허어, 그게 사실이더냐? 음… 하긴 내가 너무 무심했구나."

낮에 그렇게 닦달을 했던 황후전으로 가기는 싫었기에 어차피 비빈들 중 하나를 골라야 했다. 황제는 혜빈의 녹두패를 집어 들었다.

'음, 비녀 값은 했군.'

고개를 숙인 원호문이 뒷걸음으로 물러나며 회심의 미소를 지었다. 비봉차 덕분에 오늘 밤 혜빈은 오랜만에 폐하를 모시기 위해 포대기에 싸일 것으로, 이번 일은 자신이 혜빈과 모종의 거래가 있다는 것을 알고 있을 다른 궁녀들의 처신에 대한 좋은 본보기였다.

궁중의 법도는 까다로웠다. 언젠가 원한을 품은 궁녀들이 한밤중에 떼를 지어 황제의 목을 졸라 죽이려 했던 망신스러운 사건이 있었다. 그 사건 이후로 황제가 궁녀들의 방을 찾는 것이 아니라, 그날 밤 상대로 지목된 궁녀가 벌거벗겨진 채 포대에 싸여 환관들에 의해 침전으로 날라져 오는 것이 관례였다. 모두 대국의 안녕과 황제의 만수(萬壽)를 위한 절차였다. 그날 밤 혜빈은 포대기에 싸여 침전을 오갈 수 있었다.

다음날 황제의 침전에서 물러난 혜빈을 찾은 것은 낙일도였다.

"자네 덕분에 폐하께서 나를 다 불러주셨네."

어제 혜빈이 원 태감에게 준 만년한옥으로 만들었다는 비봉차를 말하는 것이다.

"평소 저를 아껴주시는 혜빈마마에 대한 저의 작은 성의일 뿐이니 너무 괘념치 마시옵소서."

낙일도는 혜빈을 향해 은근한 시선을 보내며 말했다. 비록 들어온

지 얼마 되지 않았지만 그는 황궁 내에서 제법 지명도가 있었다. 환관들이 애타게 원하는 양기를 북돋우는 각종 약을 만들어 나누어 주었기에 웬만한 환관들치고 그를 모르는 사람은 없었다. 게다가 궁녀들에게는 남자를 호릴 수 있다는 최음제를 만들어 주며 인심을 샀다.

"그리 말하면 내가 섭섭하지 않은가?"

낙일도의 일상적인 미안술은 혜빈의 눈꼬리에 은근한 미소가 걸리게 만들었다. 그녀의 시선이 밖을 향했다.

"여봐라! 내가 목 태감과 긴히 나눌 말이 있으니 너희들은 잠시 물러가 있도록 하고 내 명이 있을 때까지 처소에 아무도 들이지 마라."

황궁에서 낙일도의 이름은 목수심(木授深)이었다. 시중을 들던 시녀들이 물러가는 소리가 들렸다.

"이리 가까이 오너라."

사내를 유혹하는 콧소리였다.

"명을 받듭니다."

낙일도는 머리를 숙인 걸음으로 그녀의 침상 곁으로 다가갔다.

"가까이 오래도 그러는구나."

어느 틈에 혜빈의 목소리는 그녀의 비처(秘處)만큼이나 촉촉하게 젖어 있었다. 그제야 낙일도는 침상 위로 몸을 실으며 혜빈의 허리를 안았다.

"아이!"

이미 몸이 달아오른 혜빈이 가벼운 교성을 지르며 낙일도의 품으로 몸을 기댔다.

"시원찮은 황제를 상대하려니 짜증이 나서 혼났어요."

목소리를 낮춘 혜빈은 속삭이듯 말했다.

“얼마나 힘들었을지 짐작이 가오.”

낙일도의 부드러운 손길이 혜빈의 허리를 가볍게 안아 침상 위에 누이고는 옷고름을 풀어갔다. 혜빈의 눈이 사르르 감겼다. 이미 한두 번 맺은 연(緣)이 아니기에 그녀의 몸놀림은 자못 낭군을 대하는 여느 아녀자의 몸처럼 자연스럽기만 했다. 어느새 벌거숭이가 된 두 사람의 몸뚱이가 엉키기 시작했다.

“아아!”

살짝 감은 혜빈의 속눈썹이 파르르 떨렸다. 목 태감은 여자를 어떻게 다루어야 하는지 너무도 잘 알고 있었다. 그에게 몸을 맡기는 순간부터는 파도처럼 이어오는 절정을 감당하기에도 너무 힘들어 다른 일은 조금도 생각할 여유가 없었다. 그의 또 다른 장점은 어디서 구했는지 모를 비싼 선물을 수시로 선물한다는 점이었다. 자신이 선물을 해주면서라도 침상으로 불러들이고 싶은 상대인데 도리어 선물을 받다니…… 이런 거래는 혜빈으로서도 조금도 주저할 이유가 없었다.

한번 뜨거운 정이 식어버린 비빈들을 황제가 다시 부르는 경우는 매우 드물었다. 비빈(妃嬪)들이 황궁에서 득세를 하려면 왕자라도 출산해야 그 권세가 어느 정도 보장되었다. 하지만 밤마다 여자를 갈아치우는 황제가 제대로 된 씨앗을 뿌릴 가능성은 그리 높지 않았다. 만일 목 태감이라도 씨를 뿌려준다면 그 또한 황자가 될 수 있었다. 어젯밤 황제와의 일은 경사태감이 알아서 기록해 두었을 터이니 날짜도 대충 앞뒤가 맞아떨어져 뒤탈이 날 우려도 없었다.

“끄응!”

혜빈은 힘을 다했다. 요 며칠은 한 달 중 그녀가 수태를 할 가능성이 가장 높은 시기였다. 조금의 가능성이라도 높이려는 듯 그녀는 힘을 주어가며 목 태감의 양물을 조이고 또 조였다.

'바랠 걸 바래라.'

낙일도라고 혜빈의 그런 의중을 모르지 않았다. 하지만 황궁 안에 씨를 잘못 뿌렸다가는 목으로 변상을 해야 하는 경우가 생기는 사태를 우려한 그는 절대 몸 밖으로 진양(眞陽)의 기운을 내보내는 일은 없었다.

"끄응!"

혜빈의 노력은 낙일도가 보기에도 애처로울 정도였다.

'쯧쯧!'

남의 여자를 잠시 나눠 쓰는 처지에 그래도 최소한의 양심은 있어야 하는 것 아닌가? 자고로 사람이란 공생(共生)의 도(道)를 알아야 하는 법. 낙일도는 그 도(道)를 신념으로 지켰다.

"하악!"

한동안의 치닫기만 하던 열락의 시간은 절정을 알리는 혜빈의 나지막한 교성과 함께 차츰 잦아들었다.

'휴, 도장을 찍고 다니는 일도 보통 일은 아니군.'

낙일도가 이마에 번들거리는 땀을 훔치며 몸을 일으켰다.

"폐하께서 장무영이라는 충신을 찾고 계시다고 들었어요. 장자맹 전임 대학사의 아들인데 그동안 알려지지 않은 공을 많이 쌓았다고 하더군요. 비밀리에 찾고 계시다고 하는데 아랫것들이 일을 제대로 할지 걱정하고 계시더군요."

아직 열기가 식지 않았는지에 혜빈이 땀에 젖은 젖가슴을 가릴 생각도 않고 촉촉한 목소리로 말했다. 양기를 놓치지 않으려는 듯 두 다리를 꽉 오므린 채였다.

'장무영!'

그 말에 땀을 훔쳐 가며 옷을 걸치던 낙일도의 몸이 굳었다.

"목 태감이 아는 분인가요?"

"아, 아니오!"

자신의 실태를 만회라도 하려는 듯 낙일도는 황급히 옷을 걸쳤다. 자신의 무공을 앗아간 무영의 이름을 듣는 순간 마치 돌아버릴 것 같은 격한 감정에 휩싸였다. 그걸 다스리고 거꾸로 솟아오른 피를 삭인다는 것은 보통 일이 아니었지만 그는 혼신의 힘을 다해 인내를 발휘했다.

"흥, 여전히 후궁 안씨를 잊지 못하고 계시더군요. 아마 하루 이틀 후에는 다시 그 계집을 찾을 눈치예요."

장무영의 이름을 듣고 흠칫거리는 목 태감의 표정에서 뭔가를 읽었지만 그런 것은 자신의 관심 사항이 아니었다. 알려고 들수록 다칠 확률이 높아가는 곳이 황궁이었다. 그녀는 자신이 알고 있는 모든 것을 말해 주는 것으로 충실히 조건을 이행했다.

황도가 발칵 뒤집혔다.

동창의 당아두들은 휘하 졸개들을 이끌고 양곡을 취급하는 점포들을 이 잡듯이 뒤졌고, 대개의 경우 점포 주인들은 영문도 모르고 줄줄이 굴비처럼 끌려가 치도곤을 당했다. 그들이 죄가 없음에도 엄청난 뒷돈을 대고야 겨우 풀려날 수 있었음은 물론이었다.

그동안 후금국 오랑캐들에게 양곡을 팔았던 몇 명의 상인들이 붙잡혔다는 소문이 돌았고, 그들 중 대부분은 지독한 고문에 못 이겨 형옥에서 목숨을 잃었다는 말이 뒤를 이었다. 겨우 살아남았다는 두 명은

사실 그 거래와 무관한 자들로 심한 고문을 받아 허위 자백을 했다는
것은 아는 사람만 알았다.

그런데 수사를 계속하면서 엄청난 사실이 밝혀졌다. 최전방의 병영
을 단속하겠다며 순회를 나갔던 병부시랑이 사실은 그 사건에 깊숙이
개입되어 있다는 것이다.

상인들의 자백에 위하면 그는 뇌물을 받고 병권을 이용해 오히려 상
인들이 오랑캐에게 양곡을 운반하는 것을 도왔다는 것이 전말이었다.
자백에 따라 관병들이 출동해 병부시랑의 집을 수색하니 범죄를 뒷받
침하는 여러 가지 증거들이 속속 쏟아져 나왔는데, 상인들이 바쳤다는
각종 뇌물들이 미리 작성된 자백서의 목록과 한 치의 어긋남도 없이
쏟아져 나왔다.

'역시 그렇게 가는군.'

조정의 모든 대신들은 자신들의 식견에 만족했다. 최전방 시찰을 나
섰던 병부시랑은 그 소식을 어떻게 들었는지 그 길로 변장을 넘어 후
금국으로 달아나 버리니, 더 이상 확실한 증거도 필요없었다.

하지만 기대와 달리 산서 상방이 후금과의 양곡 밀매에 관련이 있다
는 증거는 어디서도 나오지 않았다. 상방에서 전력을 기울여 철저하게
손을 쓴 덕분이었다.

"산서 상방 대행두 남안이 은밀히 영파 상방의 북경회관을 찾았다고
합니다."

그 보고를 듣는 순간 위진해는 광주로 돌아갈 채비를 시작했다.

'절강의 군소 상방들에 팔 셈이로군. 더 받을 수는 있겠지만 휘주
상방에는 팔기 싫다는 말이군. 현명한 생각이지. 후후후, 하지만 숨을

쉬는 것도 잠시뿐이지.'

위진해는 이 모든 일련의 과정을 지켜보며 북경을 떠났다. 그토록 뇌물을 써도 소용이 없다면 산서 상방도 단단히 준비를 하고 대응한 것이 틀림없었다. 하지만 소득은 있었다.

'내가 나섰으니 함부로 산서 상방을 도우려 하지 말아라!'

자금줄을 압박해 산서 상방의 목을 죄었고 중원 전체에 시위도 했으니 그것으로 충분했다. 위진해는 서둘렀다. 아직 신혼이니 광주로 돌아가서 그동안 밀린 과제도 해야 했다.

교본성은 탁자 위에 '화(和)'라는 글이 쓰여 있는 종이를 지그시 주시했다. 아버지 교평천이 품에 넣어준 글이었다. 글씨체로 보아 할아버지 교등고의 글씨가 틀림없었다. 풍을 맞은 후에 자리에서 일어나지 못하고 계셨다가 마교 놈들이 기습해 왔을 때 그 충격으로 돌아가신 할아버지였다. 종이에 써진 글이 정연하고 힘이 살아 있는 것으로 보아 병상에 눕기 전에 쓰셨던 것이 틀림없었다.

'할아버지, 참으려고 해도 남들이 저를 내버려 두지 않을 때는 어떻게 하지요?'

유난히도 자신을 아껴주셨던 할아버지였다. 이런저런 생각에 서러움이 격해진 교본성은 눈물을 흘렸다. 뺨 위로 흐른 눈물이 탁자에 펼쳐 놓은 종이 위에 떨어졌다.

"엇!"

놀란 교본성은 얼른 종이 위에 흐른 눈물을 소매로 닦아냈다. 할아버지께서 남긴 소중한 교훈이었다. 다행히 재빨리 닦아냈기에 글이 번지지는 않았다.

그런데…… 돌연 종이 위에 굵고 가는 선들이 희미하게 떠오르는 것이 아닌가? 깜짝 놀란 그는 선들을 자세히 살폈다. 퍼뜩 뇌리를 강타하는 무언가에 손가락에 침을 묻혀 종이의 다른 부분에도 발라보았다. 그러자 희미한 선들의 윤곽이 이어지며 건물 형체를 만들었다.

'응?'

눈에 익숙한 건물이었다. 한참을 노려보던 그는 그것이 지하 창고라는 것을 알았다. 그곳은 교가장의 모든 중요 서류들이 있는 곳으로, 수십 번도 더 들락거렸기에 어디에 무엇이 있다는 것까지 훤히 아는 그였다. 그렇지만 단 한 번도 이상한 것을 발견한 경우는 없었다.

지하 창고를 그려두었다니…… 틀림없이 무언가 있을 것이라는 생각에 한참을 노려보았지만 찾아낼 수 없었다.

"휴우—"

지친 그가 고개를 설레설레 흔들며 포기하려는 순간이었다. 문득 화(和)라는 글자의 뒤에 붙은 입구(口) 자가 앞 글씨에 비해 너무 작아 균형을 잃었다는 생각이 들었다. 묘하게도 입구 자는 지하 밀실 바닥의 한 부분에 그려져 있었다.

'아!'

순간 머리 속이 환해졌다.

교본성은 손바닥으로 자신의 무릎을 치며 소리쳤다.

"이거야!"

제7장
쫓는 자 쫓기는 자

"미친놈!"

역무군은 위진해가 보내온 편지를 읽으며 피식 웃었다. 장무영이 살아 있으니 어떻게 해달라는 말인가? 놈은 자신과 장무영이 씻지 못할 불구대천의 원수라도 되는 줄 아는 모양이다. 화우 상방을 무너뜨린 장본인은 위진해를 비롯한 몇몇 표국과 상방인데, 그저 조금 거들어준 자신이 무엇 때문에 장무영을 처리해야 한다는 말인가?

'웃기는 놈이로군!'

뭔가 크게 오해하고 있는 것이 분명했다. 물론 꼭 필요한 정보를 담은 고마운 편지이기는 했다.

'그래, 곡완주는 살려둘 수 없지.'

자신의 과거를 알고 있을 그녀였다. 이미 무림은 거의 평정되어 있는 것이나 진배없다. 역무군의 눈빛이 가늘어졌다. 비밀을 지키게 하려면 영원히 입을 다물게 하는 것이 가장 확실한 방법이다. 자고로 죽은 자는 말이 없는 법. 비밀이란 원래 무덤까지 가져가는 것이 아닌가? 그는 무림천자(武林天子)의 명성에 오점을 남길 수 있는 부끄러운 과거가 까발려지는 것은 원치 않았다. 하지만 소동을 떨 필요는 없었다.

"게 있느냐?"

그 말에 관철운이 조용히 안으로 들어왔다. 맹(盟) 안에서 몇 년 구르더니 이제는 제법 노련한 티가 나는 것이, 자신의 한 팔로 조금도 부족함이 없어 보였다.

"황도로 나설 때가 된 것 같구나. 목중요에게 준비하라고 해라."

"예!"

관철운은 공손히 대답을 하고 밖으로 나갔다.

쓸모가 있을 것 같은 재주가 아까워 구하기 힘든 영약까지 먹여가며 살려두었던 놈이기에 이제는 그 약값을 받아낼 차례였다.

직접 황제가 되는 일은 정녕 미친 짓이었다. 수 장에 이르는 높은 담장에 둘러싸여 날마다 산더미 같은 서류와 씨름을 해야 하는 것은 물론이고, 마음대로 오가지도 못한 채 온갖 세상 잡사에 휘둘리다 죽는 자리가 바로 용상(龍床)이었다. 목중요라면 좋아라고 하겠지만 자신에게는 필요없었다.

인간의 욕심이란 끝이 없다던가? 역무군에게도 천하를 마음껏 휘두르고 싶은 마음은 있었다. 무림을 평정한 지금에는 적수를 찾지 못해 황궁을 넘보았던 묘이강의 마음을 이해할 것도 같았다. 하지만 그에게는 몇 가지 처리해야 할 일이 남아 있었다.

"위진해가 너무 컸다. 이제 산서 상방 쪽에 힘을 실어주도록 해라."

모든 힘들이 적절히 견제와 균형을 이룰 수 있도록 저울추를 조정하는 것은 자신의 몫이었다. 산서 상방을 이대로 망하게 버려둔다면 위진해의 밑이나 닦아주는 멍청한 짓이 될 터였다.

"알겠습니다."

벽면 어디선가 그의 말에 대답을 했다.

"화우 상방 사건의 배후에 위진해가 있음을 널리 알려라. 하오문을 통하는 것이 가장 빠르고 좋겠지. 그날 비밀 모임에서 일어났던 사실을 있는 그대로 밝혀라. 자중지란(自中之亂)을 보는 것도 재미있는 일이지. 그리고 장무영이 중원으로 돌아온 사실도 함께 알리도록."

"존명!"

항상 할 일을 만들어 세상을 바쁘게 돌아가게 하는 역할은 정말 중요했다. 고인 물은 썩게 마련이고, 그런 물속에서 노는 놈들이다 보니 제대로 방향을 찾아주지 못하면 미쳐 날뛰다가 분수를 모르고 여기저기 칼을 겨눌 수도 있는 놈들이다.

'곡완주의 행방을 찾는 일도 어렵지 않겠군.'

무영을 살리려고 호혈까지 뛰어든 계집……. 역무군의 입가에 옅은 비웃음이 번졌다.

'이제 남궁세가와 개방이 남는데…….'

아직까지 남궁세가는 껄끄러운 상대였다. 남궁철상은 개방 방주 유석대의 면담 요청을 여러 차례 거절하는 것으로 자신을 적대시하고 싶지 않다는 확실한 신호를 보냈지만 안심할 수는 없는 노릇이었다. 그가 지금 남궁가의 처리를 망설이는 이유는 먼저 고개를 숙인 적을 혹시나 잘못 건드리지나 않는가에 대한 답이 확실치 않기 때문이었다.

하오문의 보고에 의하면, 개방의 유석대만이 동분서주하며 바쁘게 여러 문파를 오가고 있지만 모두들 제 집만 지키기에 여념이 없어 소득은 없다고 했다. 개방이 백만 방도를 자랑하고 있지만 그가 보기에 거지들은 그저 거지일 뿐이었다.

'황궁을 확실히 정리한 후에 다시 생각해야겠군.'

역무군의 눈이 번뜩였다.

'그래, 내가 직접 나서는 게야!'

묘이강이 실패한 이유가 무엇인가? 중요한 일을 능력없는 수하들에게 맡겨 실패를 자초한 것이 아닌가. 믿지 못할 바에야 직접 나서서 확실하게 하자. 역무군의 생각은 그랬다. 덧붙여 마지막 대미(大尾)는 자신의 손으로 직접 장식하고 싶었다.

역무군의 시선이 벽에 걸린 역대 맹주들의 초상화로 향했다. 묘이강과의 싸움에 찢어진 것을 이름난 화공들을 불러들여 다시 그리게 했기에 더욱 새롭게 느껴졌다.

'나만큼 이루고 가셨소? 나도 갈 날이 머지않았지만 그대들이 이룬 것의 몇 배를 이루었소. 이제 마지막으로 황제마저도 내 밑에 두려고 하오. 그리고 나면 조용히 눈을 감을 테니 그때 만나거든 담소나 나누어봅시다. 허허허, 저승에 가서도 그대들을 내 발 아래 두게 될는지 모르겠소. 허허허.'

역무군의 표정에는 자신이 넘쳤다.

영정하(永定河).

한 척의 중형 운반선이 북경을 향해 천천히 강을 거슬러 올라가고 있었다. 뱃전 곳곳에 상인 차림의 남자들이 삼삼오오 모여 주변의 경치를 즐기며 담소를 나누는 것이 보였고, 그들을 위해 보표를 서는 듯한 무장한 사내들도 여럿 눈에 띄었다. 겉보기에는 평범한 보통의 여

객선이었지만 배 안에서 이루어지는 대화의 내용은 결코 그렇지 않았
다.

"만일 관아에 붙잡혀 포로가 된다 해도 절대 신분을 밝혀서는 안 된
다. 어차피 포로가 된 자는 죽음을 면하기 어렵다는 것을 잘 알고 있을
것이다. 기왕에 죽을 목숨이라면 고향에 남아 있는 가족들을 위해 입
을 다물어라. 임무 중에 죽거나 포로가 되어서도 입을 열지 않고 죽은
사람의 가족은 별도로 은자 오백 냥씩이 지급된다."

선실에서 십여 명의 장한들을 앞에 두고 중년 사내가 일장 연설을
했다.

"호위를 맡은 조(組)가 너희들이 목표로 한 곳을 정확히 날려 버릴
때까지 철저히 보호해 줄 것이다."

그 말에 장한들이 고개를 끄덕였다. 북경을 눈앞에 둔 마지막 점검
이었다. 이미 포구를 지키는 관병들에게는 단단히 손을 써두었기에 문
제 될 것이 없었다. 모두 흩어져 성안으로 잠입한 다음 교가장 부근에
서 다시 집결해 단숨에 무너뜨린다는 것이 그들이 받은 지시의 전부였
다.

자폭조(自爆組)였다. 황건이 어렵게 구한 벽력탄을 소지한 이들 열한
명의 사내들은 이번에 목숨을 바치면 가족들의 생계를 보장받기로 되
어 있었다.

어차피 먹고살기도 어려운 개 같은 세상, 굶어 죽으나 폭탄을 안고
터져 죽으나 마찬가지다.

"이각 후 포구에 도착할 것입니다."

한 사내가 선실로 고개를 들이밀고 말했다. 때가 되었다는 생각이
들었는지 장한들의 표정에는 불안감과 의지가 교차되는 것이 보였다.

"나 한 사람이 죽으면 한 가족이 모두 배불리 먹고산다. 너희들 고향에 남은 가족들을 잊지 마라!"

혹시라도 수하들의 동요를 염려해 다시 한 번 남은 식구를 강조하는 사내는 자폭조의 조장으로, 그 또한 이번에 몸을 던지기로 한 터였다. 그 말에 수하들의 표정이 더욱 굳어졌다.

영정하를 굽어보는 능선 위에 여섯 명의 사내가 몸을 숨기고 강물을 주시하고 있었다.

"옵니다!"

앞에서 천리경을 들고 수로를 살피던 사내가 뒤를 돌아보며 소리쳤다. 그들은 교가장의 정예인 삼십육천강(三十六天罡) 중 수좌인 종화를 포함한 여섯 명이었다. 원래의 삼십육천강은 교가장이 습격을 받았을 무렵 대부분 죽었다. 하지만 원로들의 건의를 받아들인 교본성이 상당한 자금을 뿌려가며 능력있는 무인들을 불러 모아 총행두 직속의 호위대로 새롭게 편성되었다.

"신호를 보내라!"

수좌인 종화가 명령을 내리자 뒤에 있던 한 사내가 거울을 꺼내 들고 건너편 강안을 향해 비추었다.

번쩍!

그러자 잠시 후 영정하로 유입되는 작은 지류에서 소선 세 척이 물살을 가르며 나타났다. 각각의 소선에는 얼기설기 엮은 작은 선실 하나가 있었고 갑판에는 어망들만 어지럽게 실려 있었는데, 배에는 노를 젓는 사공 하나만이 타고 있을 뿐이었다.

물살을 타고 빠르게 내려가던 소선의 전면으로 거슬러 올라오던 중

형 운반선이 나타났다. 자폭조가 탄 배였다. 마주 오는 운반선과 소선
들과의 거리는 이내 가까워졌다. 소선의 사공이 선실로 들어가더니 이
내 다시 나왔다. 그런데 그의 손에는 심지에 불이 붙은 화탄이 들려 있
었다.

"아니!"

"헉!"

운반선에 타고 있던 사람들이 크게 놀라며 경악하는 순간 소선의 사
공이 운반선을 향해 화탄을 던졌다. 화탄은 뒤를 따르던 다른 소선의
사공들로부터도 날아왔다.

"피해랏!"

"화탄이다!"

뱃전에 있던 몇몇 사내들은 재빨리 물속으로 몸을 날렸다. 하지만
영문도 모르고 고함 소리에 놀라 선실에서 뛰쳐나오던 자폭조는 불운
을 피하지 못했다.

쾅! 쾅! 쾅!

잇달아 요란한 소리와 함께 화탄이 폭발하며 배에 불이 붙는 순간
엄청난 폭발음이 하늘을 찢었다.

쾌앙!!

운반선은 물론 스칠 듯 지나가던 소선들까지도 폭발의 충격을 피하
지 못했다. 물결로 전해지는 강한 충격파에 소선은 가랑잎처럼 옆으로
쓰러졌고, 화탄을 던졌던 사공들도 배와 함께 물속으로 빨려 들어갔다.

"엄청나군. 장원을 노리는 화탄이 실려 있다더니 배 안에서 이차 폭
발이 일어난 것이 틀림없구나."

어느 틈에 수하로부터 천리경을 빼앗아서 보던 종화가 혀를 내둘렀

다. 운반선은 물론 재빨리 물속으로 몸을 날렸던 사내들도 폭발을 피하지 못했는지 물 위로 떠오르는 자는 아무도 없었다. 다만 옆으로 누워 가라앉아 가는 소선 부근에서 몇몇 사공들이 물살을 헤치며 뭍으로 헤엄쳐 나오는 것이 보였다.

'음!'

천리경에서 눈을 떼지 못하는 종화가 가슴을 쓸어 내렸다. 이번 폭발의 위력으로 보아 배에 실린 화탄의 규모를 가히 짐작할 수 있었다. 아무리 무서운 기문진식, 숱한 고수들에 둘러싸인 용담호혈 같은 교가장이라 하더라도 저 정도의 화탄세례라면 견딜 수 없을 것이 분명했다. 게다가 재정을 아끼느라 교가장의 절반이 넘는 외장까지 팔아치운 상태였기에 외부 공격에 상당히 취약한 상태였다.

"가자!"

종화가 천리경에서 눈을 떼며 말했다.

남경 장회루.

삼층 별실에서 네 사람이 모여 은밀한 대화를 나누고 있었다.

"아무리 그 일을 잊겠다고 하지만 사람인 이상 언젠가는 빚을 갚으려 들 것이 뻔하오."

중원표국의 부국주 도행오가 고개를 저으며 말했다.

"맞습니다. 그런 일은 평생 잊을 수 없겠지요."

산동 마방의 섭굉도 도행오의 말에 동조를 표시했다.

"결국 놈의 명줄을 확실히 끊어놓자는 말이군요?"

황견이 다시 확인을 하듯 물었다. 나중에 소문이 나더라도 그런 일에 앞장섰다는 얘기를 듣는 것은 별로 유쾌한 일이 아니었다.

"겨우 목숨만 건져 온 놈입니다. 아직 힘을 갖추지 못했을 지금이 적기입니다. 놈을 확실하게 잡으려면 지금이 기회지요."

"숨어버리게 해서는 안 되니 아예 이번에는 만전을 기해 화근을 뿌리째 뽑아야 합니다."

섭굉과 도행오가 번갈아가며 말했다. 후일에라도 서로 웃으며 대하기는 이미 글러 버린 상황이었다.

"놈을 밖으로 노출시켜야 하오. 그 일에 관해서는 이미 내게 생각해 둔 방법이 있소."

황견이 알 듯 모를 듯한 미소를 지으며 말했다.

무영은 한동안 동가장에 묵었다.

황제를 등쳐야 한다는 생각은 있었지만 막상 어디부터 시작해야 할지 막연했기에 그는 시복, 감일웅 등과 수시로 담소를 나누는 것으로 소일하고 있었다. 아직 자리를 잡지 못해 불안했기에 섬에서 남궁화 등을 불러들이지도 못했다. 답답한 마음을 달래지 못하고 그저 장원 안을 오가며 시간만 보내고 있던 어느 날이었다.

갑자기 장원 입구가 소란스러워졌다.

"물럿거라!"

관복을 입은 관리와 수십 명의 관병들이 안으로 들어서고 있었다.

"어사 무영은 어서 나와 황제 폐하의 성지를 받으시오!"

누군가 안쪽을 향해 크게 소리쳤다. 소란에 무영도 밖으로 나왔다가 그 소리를 들었다. 자세히 보니 그의 뒤에 있는 자는 무영도 안면이 있는 항주부 지부였다. 그의 곁에는 깨끗하게 차려입은 관복을 입은 관리가 성지로 보이는 것을 비단보에 받쳐 들고 공손히 시립하고 있었다.

‘이런!’

전혀 예상치 못했던 상황이었다.

‘그래, 이거야!’

무영은 내심 지부의 방문이 그렇게 반가울 수가 없었다.

“폐하의 성지를 받들라는데 어째서 망설이고 있소?”

안으로 들어선 지부는 성지라는 말에 잔뜩 힘을 주고 무영을 쳐다보며 그렇게 말했다.

“신(臣) 어사 장무영, 폐하의 성지를 받듭니다.”

무영이 황급히 무릎을 꿇자 지부는 몸을 꼿꼿이 세우고 엄숙한 표정을 지으며 비단보 위의 두루마리를 들어 펼쳤다.

“어사 장무영은 즉시 황도로 돌아와 짐에게 그동안 행한 밀행의 결과를 소상히 알려주기 바라노라.”

거창하게 펼쳐 든 성지의 내용은 짧았지만 무영의 입을 찢어지게 만들기에는 충분했다.

“함께 가시지요. 제가 수행원들을 준비시켜 두었습니다.”

성지를 다시 비단보 위에 놓은 지부가 무영을 보고 말했다.

“급한 일을 처리하고 뒤따라가면 안 되겠소?”

워낙 갑작스럽게 황명을 받으니 뭔가 처리할 것들이 많이 남았을 것 같은 생각이 든 무영이 간청하듯 말했다.

“일각이면 되겠습니까?”

“예?”

뒷간이나 갔다 오라는 말인가? 무영의 인상이 구겨졌다.

“더 이상은 본관도 곤란하오이다. 설마 지엄하신 황명을 거역하려는 것은 아니겠지요?”

지부는 정색하고 무영을 다그치듯 말했다. 그가 동가장으로 숨어든 무영을 쉽게 찾은 것도, 그리고 틈을 주지 않고 다그치는 것도 다 이 이유가 있었다. 광동 상방 대행두라고 소개한 황견이 그를 찾은 것은 어제였다.

"폐하께서 찾으시는 어사 장무영은 항주 동가장에 있다고 합니다. 확실한 것은 모르지만 황제 폐하께서 찾으신다는 소식을 듣고도 모른 체하고 있다는 말도 들립니다. 행여 후일이라도 지부어른께서 이 일로 문책을 받지 않으시려거든 수행원들을 미리 준비시켜 두었다가 그 자리에서 곧장 황도로 모셔야 할 것입니다. 적당한 시기는 저희들이 알려 드릴 테니 지부어른께서는 그에 따라 움직이시면 됩니다."

"하지만 황제 폐하께서 찾으시는 어사가 아니오? 내가 함부로 했다가……."

"관직을 그만두신다고 들었습니다."

항주부 지부는 세금을 착복했다는 혐의를 받고 있어 곧 파직을 당할 것이라는 소문이 파다했다.

"험, 이십여 년이 넘는 동안 관직에만 있다 보니 이제 이 자리마저도 염증을 느껴 사직서를 준비해 두고 있소이다."

"그동안 공직에 계시면서 고생을 많이 하셨으니 퇴임 후에라도 편히 보내셔야 할 것이 아닙니까?"

"허허허, 백성들의 어려운 삶을 생각하며 청렴하게 지내다 보니 가진 것이 없기는 하구려."

"저런, 나라에서 지부어른 같은 청백리의 노후를 생각해 주지 않는다는 것은 정말 통탄할 노릇입니다. 하잘것없는 상인이지만 저라도 나서서 작은 보답을 하고 싶군요.”

그 말과 함께 탁자 위에 올려졌던 궤짝은 지금 그의 집 깊숙한 곳에
잘 모셔져 있었다. 적지 않은 금액이라 자세히 세어보지는 않았지만
전표과 은자 등 은 오천 냥은 족히 되어 보이는 돈궤였다.
“어서 행장을 꾸리시지요.”
이런 작은 수고로움도 없이 은자 오천 냥을 꿀꺽하려고 한다면 날도
둑놈이나 진배없었다. 지부는 다시 한 번 무영을 재촉했다.
무영은 간단한 행장을 꾸려 길을 나섰다.
“좋은 결과가 있을 것이오. 두 달이면 충분하겠지.”
무영이 걱정스러운 눈길로 그를 지켜보는 사람들을 향해 안심을 시
키듯 말했다.
장원 문을 나서니 마을 사람들이며 지나가던 사람들 수십 명이 모여
있었다. 그들은 지부가 무슨 일로 이곳까지 행차했나 궁금해하는 기색
이 역력했다.
구경꾼들 틈에 무표정한 얼굴로 무영과 지부의 움직임을 지켜보는
두 사람이 있었다. 그들은 무영을 앞세우고 뒤따르는 지부를 보고는
서로 의미심장한 눈빛을 교환했지만 눈여겨보는 사람은 아무도 없었
다.

미주향.
이층 특실에 모여 술잔을 기울이고 있는 세 사람은 섭굉과 황건, 그
리고 도행오였다. 그들은 연신 잔을 비워가며 초조한 표정으로 뭔가를
기다리고 있었다. 문밖에서 인기척이 들려왔다.

“소식이 왔습니다.”

황견의 수하 하나가 고개 숙여 인사를 하고 안으로 들어와 말했다.

“어떻게 되었느냐?”

황견이 벌떡 일어나 다그치듯 물었다. 다른 두 사람 모두 그 수하의 입만 쳐다보고 있었다.

“놈은 지부가 준비한 수행원들과 함께 배를 타기 위해 선착장으로 갔습니다. 지금쯤이면 출발했을 것입니다. 그자가 시간을 좀 더 달라는 것을 지부가 강력하게 거절했다고 합니다.”

“흠, 황명을 제대로 지키려는 성실한 관리로구나.”

황견이 흡족한 표정을 지으며 말했다. 이제 한시름 놓았다.

그들의 계획은 무영이 황도까지 가는 동안 가장 좋은 기회를 잡아 최고의 기량을 가진 자객을 고용해 없앤다는 것이었다. 추명의 뒤를 밟아 놈의 행방을 찾는 것은 어렵지 않았다. 그보다 더 힘들었던 것은 시간과의 싸움이었다.

그는 무영이 동가장에 있다는 것을 확인한 즉시 항주부 지부에게 손을 써 무영의 행방을 황제에게 알리고 성지를 내려달라는 요청을 하도록 했다. 항주부 지부의 손에 무영을 찾는 황제의 성지가 전달되게 하는 일 또한 시급을 다투는 일이었다. 미처 성지가 도착하기도 전에 각 역참의 역승(驛丞)과 포병(鋪兵: 연락병)에게 손을 써두어 포병들이 최고 속도로 다음 역참까지 달리게 한 것은 산동 마방과 중원표국의 협조가 없었다면 불가능한 일이었다. 행여 그러는 동안에라도 무영이 동가장을 떠나 버릴까 노심초사했던 그였다.

“계속 감시는 하고 있겠지?”

“물론입니다. 항주는 물론이고 놈이 움직이는 백 리 인근에 수백 명을 풀어두었습니다."

"알았다. 그만 물러가라."

수하가 물러가자 세 사람은 서로 번갈아 얼굴을 마주쳐 가며 눈빛을 교환했다. 모두들 방금 전의 긴장이나 초조는 어디 가고 미소가 활짝 피어난 얼굴이었다.

"황도로 올라가는 길은 멀고도 험하오. 관리들 중에 길을 오가다 도적들을 만나 목숨을 잃은 자들이 적지 않다고 들었소이다."

"본인도 그런 소문을 들었지요. 요즈음 같아서는 목을 붙이고 다니는 것도 감사해야 할 일이라고 하더군요. 핫핫핫!"

황견의 말에 섭굉이 맞장구를 쳤다.

'단 한 번에 끝내야 해!'

수행원들을 이용해 무영이 먹는 음식에 독을 풀거나 하는 방법도 생각해 보았지만, 어설프게 시도했다가 실패하면 다음 기회는 영원히 없을 것이라는 불안에 그런 조잡한 방법을 시도할 수는 없었다.

제8장　암습자

걸개방 총단으로 돌아온 곡완주는 문칠로부터 그간의 경과를 보고받았다.

"한 달 전 월왕회의 새로운 회주 놈이 감히 졸개들을 이끌고 쳐들어왔지 뭡니까. 그대로 죽사발을 만들어놓고 손이 발이 되도록 싹싹 빌게 만들어 돌려보냈습지요. 그동안 바쳤던 세금이 아까웠는지 방주님이 안 계신다는 소문을 듣고 쳐들어온 모양입니다. 감히 걸개방 총호법 문칠을 우습게 본 게지요."

문칠은 총호법이라는 말에 힘을 줘가며 떠벌렸다.

"같이 쳐들어왔던 놈의 수하도 셋이나 죽었습니다. 당연한 보고지만 총단 직속 부하들은 다친 놈 하나 없이 멀쩡했습니다."

문칠이 덧붙였다.

총단 직속 부하들이란 전당 걸개들을 말했다. 그는 그렇게 표현하는 것으로 방주 직속으로서의 특권 의식을 즐겼다. 곡완주로부터 직접 무공을 전수받았기에 다른 패거리와는 제법 실력 차이가 나기는 했다.

"수고했어요."

인피면구를 썼기에 그녀는 감정이 담긴 미소를 그대로 문칠에게 전달할 수 있었다. 그의 큰소리나 허풍이 싫지가 않았고 오히려 그런 말을 즐기는 것은 곡완주 자신도 마찬가지였다. 버려진 음지에서 사는 걸개들은 이제 남이 아니었다. 거대한 장원에서 비단옷을 입고 호사를 부려가며 사는 생활은 애초부터 그녀에게 익숙지 않았다.

문칠의 보고에 의하면 서관은 여태껏 그녀의 행방을 수소문하느라 방으로 돌아오지 않고 있다고 했다.

'그랬었나?'

곡완주가 고개를 돌렸다. 너무도 고마운 마음 씀씀이에 자신도 모르게 감격해 언뜻 눈물이 맺혔던 까닭이었다.

"복면을 하셨을 때가 더 멋졌습지요."

그녀의 마음을 알았는지 문칠이 엉뚱한 소리를 했다. 딴에는 화제를 돌리려 꺼낸 말인 것 같았다. 그런 그가 순박하게만 느껴졌다.

'그래, 이곳이야.'

곡완주는 이곳에 계속 머물기로 마음을 굳혔다. 그녀가 느끼는 걸개방은 사람들이 가득 모여 사는 곳이었다. 곡완주는 품속에서 끙끙거리는 멍구를 부드러운 손길로 쓰다듬어 주었다.

'그래, 네가 있잖니.'

며칠이 지나자 석가장을 떠난 은교교가 걸개방을 찾아와 자신도 함께 지내게 해줄 것을 부탁했다.

"동생도 내 처지를 알잖아? 예전에는 전혀 몰랐는데 지금은 사람들이 많은 곳에서는 얼굴을 내밀고 다니기가 부끄러워. 나도 동생처럼 이곳에서 걸개방의 식구로 지내게 해줄 수 있겠어?"

곡완주는 은교교의 얼굴을 물끄러미 바라보았다. 처분을 기다리는 그녀는 갈 곳을 잃고 잔뜩 겁을 집어먹은 토끼처럼 보였다. 그녀의 제안이 의외라는 생각은 조금도 들지 않았다. 의지할 곳 없어 외롭고 쓸쓸한, 불쌍하기까지 한 여자일 뿐이었다.

"그래요. 누추한 곳이지만 슬프면 슬픈 대로 기쁘면 기쁜 대로 그렇게 맘 편히 지낼 순 있는 곳이에요. 언니가 있으면 덜 외로울지도 모르겠군요."

곡완주는 그렇게 말하며 가볍게 미소 지어주었다.

"동생, 고마워!"

은교교는 감격한 듯 눈물을 글썽였다. 그동안 동가장에서의 생활은 너무나 힘들었다. 대놓고 말은 하지 않았지만 보이지 않는 멸시의 시선마저 모를 그녀가 아니었다. 은교교는 자신을 이해해 주는 그런 곡완주가 고마웠다. 피붙이 하나 없는 중원 땅에서 자신을 이해해 주는 유일한 여자였다.

"동생 집에 온 건데 뭘 그래요."

곡완주는 그녀를 살며시 안아주었다.

그녀는 은교교를 위해 태상호법이라는 자리를 만들어 이곳에서 지내는 데 조금도 불편을 느끼지 않도록 배려해 주었다.

추명은 직감적으로 무영이 황도로 불려간 것에 어떤 음모가 있음을 느꼈다. 조력자가 필요했다. 과연 은밀히 뒤로 알아보니 광동 상방의 대행두라는 자가 지부를 방문했다는 사실을 알아냈다.

그 사실을 알고 나니 더욱 다급해졌다.

도박장에서 은자를 벌어 가난한 사람을 돕겠다던 남북쌍괴는 완전히 도박에 빠져 중원의 도박장을 순례했는데, 마지막으로 알려진 소재지가 광동 일대의 도박장이라던가? 무영이 돌아왔다는 소식도 전해 듣지 못했는지 아무런 연락도 없어 그저 기다리고 있을 뿐이었다.

지금 당장 추명이 믿고 도움을 청할 만한 사람은 곡완주뿐이었다.

"그럼!"

전후 사정을 전해 들은 곡완주는 가슴이 덜컥 내려앉았다. 추명의 말을 듣고 보니 이번 일은 화우 상방을 무너뜨린 놈들이 손을 쓴 게 분명했다.

"무슨 이유로 지부까지 동원해 그런 일을 벌였을까요?"

이미 짐작은 하면서도 확인이라도 하듯 그녀가 물었다.

"도중에 암습이 있을 가능성이 있습니다. 놈들이 무슨 할 일이 그리도 없기에 총행두의 소재를 황제에게 밝혀 만남을 주선했겠습니까?"

곡완주는 다급해졌다. 그녀는 문칠을 불렀다.

"즉시 쉰 명을 선발해 출동 준비를 하라고 하시오. 먼 여행이 될 것이니 준비를 단단히 하고."

"저도 가면 안 될까요?"

지난번에 방주를 따라나선 서관이 내심 부러웠던 문칠이 그녀의 눈치를 살피며 물었다.

"월왕회 놈들이라도 다시 오면 누가 막나요?"

곡완주의 말에 문칠의 얼굴이 일그러졌다.

"수하들이 많이 따라가니 서관과 간부 몇 명이면 충분해요."

'제길, 또 그놈만 신나게 생겼군.'

문칠은 내심 그렇게 투덜거렸지만 방주의 부재 시 방을 지키는 일 또한 막중한 일이라 더 이상 고집을 피우지는 못했다. 서관은 방으로 돌아오자마자 다시 보따리를 싸야 했다.

그토록 호들갑을 떨며 서둘더니 일단 배에 올라 출발을 하자 전혀 딴판이었다. 배가 천천히 가는 것은 그렇다 하더라도 수행원들의 싸가지없는 행동은 무영의 심사를 건드렸다.

십여 명 남짓한 인원으로 구성된 수행원들은 먼 길을 떠나는 상인들로 위장한 항주부 군졸이었다. 항주부 지부의 은밀한 당부가 아니더라도 모처에서 별도의 수고비까지 받은 터라 무영을 대하는 그들의 태도는 각별했다.

"아니, 너희들은 수행원이냐 아니면 감시원이냐!"

말로는 모시고 간다고 했지만 수행원들은 하다못해 소피를 보러 가도 뒤를 졸졸 좇으며 감시를 하는 눈치라 화가 치민 무영이 버럭 소리질렀다. 좀체 아랫사람들에게도 반말을 하지 않는 그였지만 너무도 심하게 구는 그들의 작태에 화가 치민 것이었다.

"어, 어사대인, 그, 그게 아니라……."

수행원들을 지휘하고 있는 백호(百戶) 길한중은 크게 당황해하며 머리를 조아렸다.

"아무래도 너희들이 이렇게 행동하는 것에는 무슨 사연이 있지 싶구나. 그렇지 않고야 황제 폐하의 명을 받드는 어사에게 이토록 무례할수가 있느냐?"

당부를 받았든 뇌물을 받았든 무영의 신분은 어사였고 수행원들은 군졸 나부랭이에 불과했다. 화를 내는 무영을 보고서야 그들은 자신들이 너무 심했다는 것을 알았다. 무영은 길한중의 옆구리를 걷어찼다.

"어이쿠!"

갑자기 걷어차인 길한중이 갑판 저만치 나뒹굴며 비명을 질렀다. 이틀을 오는 동안 수행원들의 태도가 영 못마땅했지만 현직에 있는 자들이 임무를 수행 중이겠거니 하고 참고만 있었던 무영이다.

백호인 그를 수하들 앞에서 걷어차 버린 것은 좀 심했지만, 그동안 놈의 행실이 불쾌하기도 했고 오천 리나 되는 먼 길을 가야 하기에, 한 번쯤은 손을 봐두어야 길이 편하겠다는 생각이었다.

대장이 나뒹구니 다른 수행원들은 모두 자라목이 되어 멀찍이 피했다. 그 일이 있은 후 수행원들은 제대로 할 일을 찾은 듯 무영의 수발을 들며 명령에 충실했다.

배가 회음역(淮陰驛)을 지났다. 항주를 떠난 지 이십 일 만이었다.

처음 며칠은 서로 간에 보이지 않는 신경전이 있었지만 시일이 흐르자 어느 정도 서로 마음 놓을 수 있을 정도로 친해져 있었다. 하지만 그것은 겉으로 보이는 모습에 불과할 뿐이었다.

백호 길한중은 천천히 가는 조건으로 어떤 사람으로부터 이백 냥의 은자를 받았었다. 상대는 정체도 밝히지 않고 그런 부탁을 해왔지만 그의 관심사는 은자였으므로 굳이 묻지도 않았었다.

그는 다른 수행원들에게 다섯 냥씩의 은자를 나누어 주었고 배를 젓는 선부들에게도 별도의 은자를 풀어 배를 천천히 몰도록 했다. 그 덕분에 서둘렀다면 열흘이면 도착할 수 있는 거리를 그 두 배의 시간이 걸려 겨우 도착한 것이었다.

"빨리 좀 서두를 수 없겠소?"

아무래도 배가 너무 늦다고 생각이 든 무영이 길한중을 보며 그렇게 물었다. 지나는 다른 배들과 비교해 보아도 앞서 가다가도 늘 뒤처지기에 은근히 불만이 생겨 채근한 것이었다.

'눈치를 챘나?'

길한중은 속이 뜨끔해졌다. 선부들도 마찬가지였지만 그들은 못 들은 체하고 있었다.

"물살이 은근히 세진 것 같습니다. 허, 이거 저렇게 계속 노를 저으며 고생한 선부들을 탓할 수도 없고……."

그는 애써 당황한 표정을 감추며 선부들의 고생을 말하는 것으로 화살을 비켜갔다.

"아이고, 힘들어!"

길한중의 의도를 읽은 선부들도 장단을 맞추려는 듯 온갖 자세로 상을 찡그려 가며 노 젓는 일이 무척 고되다는 것을 표시하려고 애썼다.

'제길, 이놈들아! 물살은 이 배에만 들이치냐?'

무영은 내심 투덜거렸지만 죽겠다는 듯 오만상을 찌푸려 가며 노를 젓는 선부들을 보니 더 이상 뭐라 하기도 그래서 그냥 참았다.

회안부(淮安府) 남도문(南渡門)을 지나니 수백 척의 배들이 오가는 것이 보였다. 장강과 회수 등에서 내려온 배들이 넓은 호수를 지나 황하를 타고 오르는 길목이라 강북, 강남의 모든 배들이 모이는 것을 볼 수 있었다. 그 때문인지 선착장의 규모도 다른 곳과 비교도 되지 않을 정도로 컸다.

무영 숙소는 역사에 붙어 있었는데, 그곳은 황제의 명을 받아 가는 관리들만 이용할 수 있었다. 선부들이며 다른 수행원들은 다른 허름한 숙소에 묵었다.

위소의 파총관(把摠官:하급 장교)에게 일행이 묵는 것에 대해 비밀을 지킬 것을 당부했지만 파총관의 지시 때문인지, 아니면 소문이 났는지 시끄럽던 숙소 주변은 사람 하나가 오가도 알 수 있을 정도로 조용하게 바뀌었다.

밤이 깊었다.

넓은 호수를 낀 호안(湖岸)에 칙칙한 밤안개가 스멀거리며 피어나더니 선착장을 삼키곤 이내 천지를 덮었다.

등불을 밝혀도 아무 소용이 없는 이런 자욱한 안개가 낀 날에는 배도 꼼짝하지 못했다. 배를 모는 선부들이나 부두의 짐꾼들에게는 깊은 잠을 자거나 술과 노름, 혹은 계집을 안고 피곤에 지친 심신을 달랠 수 있는 침묵의 밤이 가끔씩은 필요했다.

<u>스르르르……</u>.

이호(二號)는 그런 짙은 안개에 몸을 실었다. 이렇게 안개 속에서 흥분을 느끼는 것도 어쩌면 이번이 마지막이 될지도 몰랐다.

"해낼 수 있겠느냐?"

병색이 완연해 침상에 누워 있는 노인이 그 아래 부복을 하고 있는 이호에게 물었다.

"마지막 목숨을 걸었습니다."

"살수란 언제나 목숨을 거는 것. 그것만으로는 안 된다. 쿨룩, 쿨룩! 이번에는 나도 목숨을 건다."

"사부!"

"쿨룩! 네가 흑방의 마지막 사신검수다. 네가 죽고 나면… 쿨룩! 모든 게 끝인데 무엇을 더 기다릴 것이 있다고… 쿨룩! 쿨룩!"

"하오나 곧 관문을 통과할⋯⋯."

"그들 다섯도 모두 데려가라. 쿨룩! 아직 사신검수로서의 관문을 통과하지는 못했지만… 쿨룩! 그런대로 거추장스러운 것은 충분히 벨 수 있는 아이들이다. 쿨룩, 쿨룩."

"다음 대를 이어갈 흑방의 마지막 희망입니다."

"네가 죽고 나면 이렇게 누워 있는 내가… 쿨룩! 그들을 가르칠 수 있다고 믿느냐? 쿨룩! 흑방의 생사는 하늘에 달린 일. 네가 염려한다고 되는 일이 아니다. 다만 최선을 다하라는 것이지. 쿨룩, 쿨룩, 쿨룩!"

끊이지 않는 토혈(吐血)로 노인의 입 주변을 대었던 천이 잠깐 사이에 붉게 물들었다.

"그럼!"

한 걸음 뒤로 물러난 이호는 사부에게 마지막이 될지도 모를 구배를 올렸다.

"쿨룩! 쿨룩!"

사부의 기침 소리가 아직도 이호의 귓전에 맴돌았다. 몇 달을 넘기지 못할 것이라던 의원의 진맥에도 불구하고 몇 년을 더 이어온 끈질긴 목숨. 사부가 잡고 있는 것은 하늘이 내려준 가느다란 생명줄이 아니라 아직 이승에 남아 있는 끈끈한 미련일 뿐이었다. 이번 일에는 자신도, 그리고 흑방도 사활을 걸었다. 사부는 '이번 일에는 나도 목숨을 건다'고 말했지만, 성공한다 해도 더 사시지는 못할 것임을 잘 알고 있었다.

‘다만 안도하며 그 길을 가시겠지…….’

흑방을 살릴 수 있는 마지막 기회! 모든 것을 잊어야 했다. 흑방도, 사부도, 그리고 자신도, 목표물의 심장에 검을 쑤셔 박는 마지막 순간까지.

스르르르…….

이호의 뒤로 다섯 명의 흑의복면인들이 나타나 그림자처럼 그를 따랐다. 안개 속에 담장을 따라 길게 이어진 건물들이 나타났다. 이번 청부의 목표물이 묵고 있다는 숙소였다.

휘릭!

여섯 개의 검은 그림자가 가볍게 담장을 넘어 목표물이 있는 건물의 맞은편 건물의 지붕으로 올라가 납작 엎드렸다. 그들은 목표물의 방에 불이 꺼진 것을 확인하고도 마치 덧씌운 기왓장처럼 한 시진이 넘게 지붕 위에 엎드려 움직이지 않았다.

다시 한 시진이 흘렀을까?

스르르르.

검을 빼 든 이호가 다람쥐처럼 벽면을 타고 건물 아래로 내려가더니 공터를 지나 맞은편 건물 기둥에 붙었다. 경공으로 가볍게 허공을 건너뛸 수도 있지만 귀가 밝은 놈이라면 조그만 파공음마저 이쪽을 노출시키는 빌미가 될 수 있었다.

스륵…….

이호의 몸이 창가로 서서히 움직였다. 같이 나서는 것은 오히려 방해가 될 뿐이라는 것을 잘 알기에 맞은편 지붕에 엎드린 다섯 명의 흑의인들은 여전히 기왓장의 일부분이 되어 있었다.

그때였다.

스스스.

또 다른 흑의복면인 하나가 안개 속에서 모습을 드러내 지붕에 엎드린 복면인들의 뒤로 다가갔다. 하지만 죽은 듯 엎드린 흑의인들은 그들을 노리는 또 다른 흑의인의 존재를 알지 못했다.

휘잉!

가벼운 강바람이 불어와 천지를 덮고 있는 안개를 휘저었다.

순간, 뒤쪽의 흑의복면인이 가볍게 손을 들어 앞쪽에 있는 복면인들을 향해 지풍을 날렸다. 다섯 줄기의 지풍이 바람을 타고 지붕 위에 엎드려 있던 흑의인들의 사혈을 정확히 짚어갔다. 충격도, 소리도, 미동도 없었다. 흑방의 미래를 짊어진 흑의인 다섯은 그렇게 스러졌다. 다섯 명의 목숨을 가볍게 앗아갔던 복면인의 신형이 순식간에 건물 아래로 내려와 이호가 지나간 길을 뒤따랐다.

이호는 여전히 건물에 붙은 거머리처럼 몸을 움직여 무영이 있는 창가로 다가갔다. 창문 바로 밑, 이호가 서서히 몸을 일으켰다. 작은 공기의 움직임마저 허락치 않는 지독히도 느린 움직임이었다. 찐득한 땀이 배어 나와 검은 복면을 적셨지만 무심한 눈빛만큼은 조금도 변화가 없었다.

이 순간 모든 것을 잊었다. 그의 머리 속에는 단지 죽여야 할 청부 대상이 있을 뿐이었다.

'침상까지 정확히 일 장(丈). 빛살처럼 창문을 찢고 들어가 심장을 쑤셔야 한다.'

관심일단혼(貫心一斷魂), 단 한 수에 상대의 심장을 관통시켜 절명케 하는 흑방만의 필살기. 벌써 몇 번이나 이 방과 같이 생긴 방에서 실물을 두고 연습했던 동작이었고, 단 한 번의 실패도 없었다.

이호가 서서히 검을 고쳐 잡았다. 두 손으로 검을 몰아 쥔 그는 활처럼 몸을 구부려 안으로 튕기듯 들어가려는 듯 자세를 잡았다.

'헛!'

돌연 그는 몸을 뒤로 틀었다. 살기! 이호의 전신을 촘촘한 그물망처럼 덮어버리는 진득한 살기였다.

'웃!'

하지만 그의 반응은 이미 늦었다. 미처 상대의 그림자도 보기 전에 화끈한 그 무엇이 이호의 심장을 뜨겁게 쑤셔왔다.

푸욱!

'커억!'

이호의 몸이 잠깐 움찔하는가 싶더니 이내 석상처럼 굳어졌다. 하지만 그는 마지막 비명 소리마저 밖으로 내뱉지 못했다. 갈고리 같은 상대의 손가락이 이호의 기도를 꽉 움켜왔기 때문이다.

'하아……'

눈이 급격히 초점을 잃더니 이내 비틀거리며 몸이 무너져 내렸다. 흑방의 부활을 꿈꿔왔던 마음속 염원도 함께였다.

'사부, 죄송합니다!'

이호의 눈에 병상에 누워 끊임없이 이어지는 기침 속에서도 이번 청부의 성공을 기원하며 자신의 귀환을 학수고대(鶴首苦待)하고 있을 사부의 모습이 흐릿하게 어른거렸다. 하지만… 무거운 짐을 벗어던진 까닭일까? 무너져 내리는 이 순간 이호의 마음은 너무나도 편했다.

'흥, 여기서는 안 돼!'

상대는 이호에게 그런 마지막 관용마저도 베풀지 않았다. 복면인은 무너져 내리는 이호의 몸이 번쩍 들쳐 메더니 도둑고양이처럼 가볍게 몸을 날려 담장을 넘곤 안개 속으로 사라졌다.

　휘익!

　반 각이 채 되기도 전에 돌아온 복면인은 바쁘게 움직여 지붕 위의 시체들을 차례로 날랐다. 이미 상대의 명줄을 모두 끊어놓았건만 작은 소리라도 나면 큰 문제가 있는지 신중하기 그지없는 움직임이었다. 마지막 시체를 안아 든 복면인이 다시 안개 속을 달렸다.

　선착장에서 그리 멀지 않은 곳에 물길이 틀어지며 생긴 수초(水草) 숲이 있었다. 강한 수류(水流)에 비스듬히 비켜난 얕은 물가에 자리했기에 강물에 휩쓸리지 않은 이름 모를 수초들이 그 끈끈한 생명력을 키워가는 곳이었다.

　안개를 뚫고 달려온 복면인은 어깨에 메고 온 시체를 수초들 사이로 던져 넣었다.

　첨벙!

　단 한 번의 물소리만 났을 뿐인데 시체는 집어 던진 복면인의 눈에도 더 이상 보이지 않았다.

　“휴우!”

　시체를 내던진 자는 긴 한숨 소리와 함께 복면을 위로 들어 땀을 닦아냈다.

　곡완주였다. 그녀는 무심한 얼굴로 왔던 길을 향해 돌아섰다. 회안부 전체를 덮은 안개는 아직도 물러갈 줄을 몰랐다.

　터벅, 터벅!

　육중한 사내를 메고 몇 번을 오간 것이 힘들었던지 그녀는 마냥 풀린 걸음으로 강을 따라 난 좁은 능선 길을 걸었다.

　‘제가 지켜 드릴 거예요.’

아침잠에서 깨어난 그이가 목숨을 노렸던 자객들의 시체를 보는 것
으로 하루를 맞게 할 수는 없었다. 아직도 먼 황도로 향한 노정을 자객
때문에 잔뜩 긴장하고 불안에 떨면서 가게 할 수는 없었다.

같이 동행하면 더 안심이 되겠지만 그 사람 앞에 모습을 드러내고
싶지는 않았다. 자신의 잘못만도 아니었건만 생명을 잃고 태어났던 그
사람의 아기와 흉터로 덮여 버린 얼굴은 여전히 그녀의 어깨를 짓누르
는 무거운 짐으로 남아 있었다. 아직 이렇게라도 그를 위할 길이 남아
있다는 것이 감사해야 할 일인지도 몰랐다.

곡완주는 고개를 돌렸다. 일 장 정도 옆으로 두 사람의 술꾼들이 어
깨동무를 하고 비칠거리며 밤길을 지났다.

“내가 이래 뵈도 왕년에…… 꺼억!”

“이 사람아, 그걸 누가 모르나. 세상이 다 그런 것이 아닌가? 그저
돈이 웬수지. 한번 숙여주고 돈을 벌었다 생각하고 그저 자네가 참게.”

곡완주는 내심 고개를 저었다.

‘저승길에 메고 갈 것도 아닌데…….’

설사 메고 간들 혼자 가야 할 길인데 은자까지 잔뜩 싸간다면 얼마
나 무거울까? 낑낑거리며 은자를 메고 저승길을 가는 사람들을 생각하
니 피식 웃음이 나왔다. 저승에서 은자를 쓸 곳이나 있을까?

문득 은교교와 문칠이 보고 싶었다. 대부인 주설하와 무영을 제외하
고는 처음으로 체온을 느꼈던 사람들, 그들과 어울리면 마음이 편했다.
있는 대로 보여주고 본 대로 말하는 사람들이었다.

남궁화, 아라 공주. 좋은 여자들이었지만 편하지는 않았다. 어딘지
겉돌았던 석가장에서의 생활은 무영이라도 곁에 없었다면 차라리 끔찍
했을 추억이었다. 그런 생각을 하며 한참을 터벅거리고 걸어 안개 속

을 더듬어가니 선착장이 나타났다. 수십 척의 배들이 안개 때문에 꼼짝도 못하고 열을 지어 세워져 있었다.

'편히 주무세요.'

곡완주는 한동안 무영이 묵고 있는 역사(驛舍)의 부속 건물이 있는 곳을 바라보았다. 이제 자신도 편히 자리에 누울 시간이었다. 자객의 습격이 몇 차례 더 있을지도 몰랐지만 오늘 밤은 아니었다. 그녀는 수하들의 배가 세워져 있을 것으로 짐작되는 곳으로 향했다.

잠시 걸으니 안개 속에서 여태 기다렸는지 그녀를 발견한 서관이 달려왔다. 기다리고 있었던 모양이다.

"대부인."

"술을 마시러 가지 않았더냐?"

복면을 하고 나서는 방주의 신중한 행보에 술도 계집도 다 참고 돌아올 때까지 기다렸던 모양이다.

"제, 제가 어찌 감히……."

"아직 생각이 있다면 술이나 한잔 마시거나 계집이라도 끼고 놀다와도 좋다. 다른 사람들을 깨워서 같이 가면 더욱 술맛이 나겠지. 대신 날이 밝기 전에는 모두 돌아와야 한다."

그렇게 말한 곡완주는 품속에서 적당히 손에 잡히는 대로 집어 주고는 배에 올랐다. 잠시 후 수하들이 몰려 나가는지 시끄러운 발소리가 들려왔다. 잠깐의 시간이 흐르자 나갈 사람은 모두 나갔는지 인기척은 들리지 않고 물결이 배를 때리며 철썩거리는 소리만 들렸다.

자리에 누운 그녀는 가만히 배를 쓰다듬었다. 지난달 달거리를 걸렀다는 사실이 어떤 기대를 갖게 했지만, 전에도 몸이 힘들 때면 가끔 있는 일이었기에 아직 확신할 수는 없었다.

곡완주는 눈을 감았다. 그 사람과 단둘이 함께하는 꿈에는 언제나 백무도가 있었다. 그녀는 어서 깊게 잠들어 오늘 밤도 그 꿈을 꾸길 바라면서 애써 잠을 청했다. 호수를 건너온 또 다른 안개 무리가 부드러운 바람을 타고 선착장으로 밀려들었다.

북경 외성(外城)의 한 장원.

역무군이 한 중년의 사내를 맞고 있었다. 두 사람의 표정은 진지하기 이를 데 없었다. 역무군이 이곳까지 온 것은 이유가 있었다. 이번 일이 중원의 진정한 패자가 되기 위한 마지막 절차였기 때문이기도 했지만, 그보다는 이런 중요한 일을 믿고 맡길 만한 제대로 된 놈이 없다는 사실이 그를 움직이게 했다. 그를 움직이게 한 또 한 가지가 더 있었다. 바로 장무영이 황제의 부름에 의해 북경으로 향했다는 사실이었다. 무영의 근처에는 용설군의 제자 곡완주가 있을 것이 확실했다.

"광동 상방과 중원표국, 산동 마방 등이 장무영을 노린다는 정보가 있습니다."

구구쾌검대주(九九快劍隊主) 포일(包馹)이었다. 이번 일에 역무군과 동행한 것은 아흔아홉 명의 옥허궁 정예들로 구성된 구구쾌검대였다. 그들은 역무군이 이곳에 도착하기 전에 와서 그를 기다리고 있었다.

"그런가? 일을 해 나가기가 훨씬 수월하겠군. 안으로 들어갈 준비는 모두 끝이 났느냐?"

"이번에 태호석(太湖石)을 운반해 온 인부들의 수가 모두 육십네 명입니다. 뒤로 손을 써서 백 명으로 타협을 보면 될 것 같습니다."

소주(蘇州)의 태호(太湖)에서 난다고 하여 태호석이라 이름 붙은 그 돌은 마치 산호처럼 생겼는데 구멍이 숭숭 뚫려 아름답기가 그지없어 정원의 조경용으로 그만이었다. 그리하여 태호 인근의 사람들은 세금을 태호석으로 대납(代納)하기도 했다.

역무군은 구구쾌검대를 태호석을 운반할 인부들로 위장하게 하여 황궁으로 들어가게 할 작정이었다. 황궁의 정원인 어화원(御花園)을 새로 꾸미는 일이 공표되자 그것을 호기로 삼은 것이었다.

"작업은 오후에 시작하도록 해라. 맹(盟)을 비워두고 이곳에 오래 머무를 수는 없으니 빨리 처리할 수 있도록."

"알겠습니다."

포일은 물러갔다. 구구쾌검대는 만일 일이 잘못되었을 경우를 위한 포석이었다. 요로(要路)에 손을 써서 알아내려고 했지만 아직까지 알 수 없는 것은 대내 고수들의 전력이었다.

밀실.

황견의 안색은 밝지 않았다.

흑방이 실패했고 화탄을 가지고 몰래 뒤따르며 기회를 엿보던 자객
들도 모두 당했다. 또한 성으로 들어가기 전에 마지막이 될 일격을 노
리고 철시를 준비해 숲 속에 잠복시켰던 오십 명의 궁수들은 한 명도
빠짐없이 급소에 일격을 당한 채 시체로 발견되었다는 보고였다.

'누군가?'

이제는 뒤를 따르며 무영을 보호하는 극강(極强)의 고수가 두려웠다.

하지만 에서 포기를 한다면 오히려 더 큰 반격만 부를 뿐.

"그쪽에서 거래를 수락했습니다."

조용히 다가오는 발소리가 나더니 밀실 문밖에서 한 사내가 나지막
한 목소리로 말했다.

그쪽이라면 암천(暗天)을 말했다. 흑방과 다른 살수들이 연속으로 실패하고 나서 어렵게 연결한 곳이었다.

"놈의 정체를 밝혀냈느냐?"

"아직 단서를 잡지 못했습니다."

"쓸모없는 놈들 같으니…… 물러가라!"

황건은 사내를 질책했다.

'당분간은 북경에 머물겠지. 정체를 밝혀내지 못했다고 수가 없는 것은 아니지.'

실패가 거듭될수록 초조해졌다.

하지만 그는 오히려 이런 번잡한 곳이 암습을 가하기에는 더 쉬울는지 모른다고 생각하며 애써 자위했다.

황제는 여간해서 외인을 들이지 않는 건청궁(乾淸宮)의 침소로 무영을 불렀다.

"하하하, 그대가 그토록 험난한 여정을 걸어오면서도 충절을 잃지 않았으니 이 어찌 충신이라 아니하리오! 내 여태 그걸 알지 못했으니 누가 있어 조정에 사람이 있다고 하겠는가."

황제는 몸소 용상을 걸어 내려와 부복하고 있는 무영의 어깨를 어루만져 주었다. 딴에는 충신에 대한 지극한 사랑을 내보이려는 것으로, 눈치있는 대전태감의 간언에 따른 고심에 찬 행동이었다.

"성은이 하해와 같사옵니다."

무영은 크게 감격한 듯 보이려고 얼른 눈가에 침을 찍어 발라가며 황제의 사랑에 감읍해했다. 물론 이런 행동은 사전에 대전태감이 부탁한 일이었다.

"황제 폐하께서 용상을 내려오실 것일세. 그때 눈물이 나오지 않으면 큰일일세. 만약 힘들 것 같으면 내 못 본 척할 터이니 얼른 침이라도 찍어 발라 분위기를 좀 맞추어주시게."

세상사 좋은 게 좋은 것이라며, 이곳에 들어오기 전에 그렇게 귀엣말로 사정하듯 했던 대전태감이었다. 물론 이런 극적인 각본을 위해 사전에 '폐하께서 친히 용상에서 내려오시어 충신의 어깨라도 두드려 주신다면 이 어찌 자애로운 성군의 모습이라 아니하오리까' 하는 간언을 드리기는 했었다. 정사에 지친 황제에게 이런 작은 즐거움을 만들어 드리는 것 또한 아랫사람의 당연한 도리였다.

황제는 눈물까지 흘리며 감격해하는 무영을 보고 가슴이 찡했다.

"그대의 활약상을 한마디도 빼지 않고 듣고 싶네."

그렇게 말한 황제는 대전태감을 돌아보았다. 그동안 아무도 들이지 말라는 무언의 신호였다. 눈길을 받은 대전태감이 황급히 고개를 숙였다.

무영은 낙양에서 항주로 다시 북경으로, 그리고 죽음의 위기에서 어떤 이름 모를 기녀의 도움으로 황해를 거쳐 동해로 나갔다가 왜구를 만난 일, 그리고 남해대왕을 굴복시킨 일 등을 침을 튀겨가며 장황하게 말해 주었다. 자신은 마교의 단서를 찾아 돌아다니다가 눈치를 챈 마교가 보낸 자객에 쫓겨 목숨을 잃을 뻔했던 것으로 말했다. 흑방 살수는 마교에서 보낸 자객이 되었고, 남해대왕은 무지몽매(無知蒙昧)하게도 황제의 은혜를 모르고 살다가 무영에게 감화를 받아 충성을 맹세하게 된 해적으로 바뀌었음은 물론이었다.

꿀꺽!

　해룡방을 앞세운 마교와의 숨 막히는 해상 추격전에 이르자 황제는 손에 땀을 쥐고 연신 마른침을 꿀꺽 삼켰다. 연속되는 긴장에 목이 말라왔던 까닭이다. 하지만 당연히 있어야 할 소식이 없었다. 흥분되고 재미있는 이야기였지만 계속되는 갈증을 참을 수 있을 정도로 인내가 깊지는 않았다.

　‘아니, 이놈이!’

　갈증을 견디다 못한 황제가 옆을 돌아보니 대전태감 놈은 직분을 망각하고 자신과 함께 장무영의 무용담을 즐기고 있는 것이 아닌가?

　‘죽일 놈!’

　눈을 부릅뜨고 노려보는 황제를 발견한 태감은 그제야 자신의 실태를 깨달았다.

　‘어이쿠!’

　궁녀들을 불러 명령을 내릴 수도 있었지만 이미 실기(失機)를 한 것을 안 그는 황급히 달려나가 물을 가져왔다. 자신도 갈증이 왔기에 도중에 먼저 몇 모금 마셨음은 당연한 절차였다.

　무영이 이야기를 멈추고 조심스레 허리를 비틀었다. 얘기가 길어지니 슬슬 몸 이곳저곳이 불편해지기 시작했는데 용상에 앉은 황제는 무영의 그런 사정에 조금도 신경 써주지 않고 있었다.

　‘내 사정도 좀 봐주시게’ 하는 일종의 시위였다.

　황제는 충신이 힘들어하는 것을 보지 못한 체할 만큼 마음이 모질지는 않았다.

　“여봐라! 장 어사에게 의자를 준비해 주도록 해라.”

　몸을 비비 꼬는 무영을 본 황제가 감을 잡고 지시를 내리자 태감이 신속하게 의자를 대령했다.

'험!'

의자에 편히 앉은 무영은 가벼운 목 운동에 이어 이야기를 계속했다.

남만의 묘족들이 수십 척의 운송선을 타고 북상하는 대목이었다. 불과 십수 척의 배로 위풍당당하게 막아서서 황제 폐하의 어사로서 위엄을 보였으나, 무지한 그들이 말귀를 알아듣지 못해 치열한 해전을 치른 끝에 대부분을 격침시켰다는 대목이 나오자 황제는 자지러졌다.

"저런, 무도한 것들! 장 어사는 진정 황실의 위엄을 보였구려!"

해전을 벌이다가 강궁이 부족해 화살을 대신해 창(槍)을 쏘아 보냈다는 대목이 나오자 황제는 무릎을 쳤고, 우박같이 쏟아지는 화살을 피하지 않고 장검을 빼 들고 해적들의 전투를 독려했던 장면에서는 쌕쌕거리며 가쁜 숨을 몰아쉬기까지 했다.

"허어! 그랬는가? 그토록 심한 역경을 뚫고도 황실을 위해 그토록 힘들게 싸웠다는 말이지. 허……."

장무영의 충심을 생각하니 눈물이 쏟아졌다. 이번에는 태감도 놓치지 않고 비단 수건을 대령했다.

훌쩍!

"내일 계속하심이 어떠한지요?"

잠시 황제가 눈물을 짜는 틈을 이용해 대전태감이 끼어들었다. 벌써 밖에는 어스름 황혼이 지고 있었다. 자금성 안은 해가 지면 남자들의 출입이 금지되었기에 무영은 더 이상 이곳에 있을 수 없었다.

"흠, 더 듣고 싶지만 오늘만 날이 아니니……."

황제는 순순히 양보했다.

혹시라도 늦게 돌려보냈다가 그 일이 알려지면 하릴없는 조정 대신 놈들이 미친개처럼 몇 날 몇 달을 물고 늘어져, 결국 자신이 아끼는 충신에게 해를 입히는 결정을 할 수밖에 없을지도 몰랐다.

"성은이 하해와 같사옵니다!"

무영은 무릎을 꿇어 황제에게 예를 표한 다음 대전태감의 안내를 받아 밖으로 나왔다.

자금성은 전삼전(前三殿)과 후삼궁(後三宮)으로 크게 나뉘어지는데, 건청궁은 후삼궁 쪽 가장 앞에 있는 건물이다. 오랜만에 들른 곳이라 그런지 황궁을 둘러보는 무영의 감회는 남달랐다. 황극전(皇極殿), 중극전(中極殿), 건극전(建極殿)으로 이어지는 전삼전의 웅대한 전각들은 언제 보아도 위풍당당했다.

황궁을 나온 무영은 옛집을 찾아갔다.

장원은 철저히 고립되어 있었다. 천하 석학들의 존경을 받은 장자맹이 살았던 집이건만 십여 년도 채 지나지 않아 폐가를 연상케 할 정도로 변해 있었다. 주변의 다른 집들은 새로 기와를 얹거나 칠을 하고 담장을 높이는 등 모든 것을 새로 바꾸었기에 그 비교가 되는 무영의 옛집은 시대를 비켜가는 외딴 고도(孤島)가 되어 있었다.

부서진 기왓장에 담이 허물어진 후원은 아이들의 놀이터가 되다시피 했고, 빛 바랜 대문 기둥에 녹슨 문고리는 이 집에 오랫동안 드나드는 사람이 없었음을 말해 주었다. 급히 떠나느라고 관리인도 선정해 두지 않았기에 모든 것이 엉망이었다.

무영은 옛 추억을 회상하며 집 안 곳곳을 둘러보았다. 다행히 고관들이 모여 사는 거리라 잡범들은 없었는지 담이 허물어진 별채를 제외하곤 사람이 들었던 흔적도 없어 부모님께서 쓰셨던 사소한 물건들은 모두 제자리를 지키고 있었다.

문득 변대길을 만나고 싶기도 했지만 오랜만에 찾은 집에서 옛 추억

을 생각하며 하룻밤쯤은 지내보고 싶어졌다. 그는 자신이 어린 시절을
보냈던 별채로 가서 대충 침상을 치운 후 자리에 누웠다. 먼 길을 와서
피곤한 데다 긴장한 채 황제를 배알하는 등의 일로 몸이 힘들었는지,
그는 이내 깊은 잠에 빠지더니 잠시 후 코까지 골기 시작했다.

"드르렁! 드르렁!"

'무척이나 피곤하셨던 모양이구나.'

곡완주는 별당의 연못가 한구석 수풀이 우거진 곳에 몸을 숨기고 옛
일을 회상하다가 그의 코 고는 소리를 들었다.

'풋, 귀여운 사람!'

마치 대낮에 실컷 장난을 치고 놀다가 저녁잠에 빠진 장난꾸러기 같
았다. 자신도 모르게 피식하는 웃음이 났다. 곡완주는 건물이나 나무
며 돌계단 등 구석구석을 살피며 옛일을 회상했다. 잊지 못할 아련한
추억, 중원에 처음 발을 디딘 후 한동안 그녀의 거처가 되었던 이 집에
서는 그래도 마음이 편했었다.

자신의 마음을 몰라주는 무영에게 검술을 가르친다며 실컷 두드려
팼던 일, 마치 친자식처럼 아껴주던 대부인 마님, 흑방에 쫓겨 서둘러
이곳을 떠났던 일…… 그때의 기억들은 아직도 어제 일처럼 생생했다.

사락!

갑작스런 인기척에 곡완주의 두 귀가 쫑긋했다.

'이놈들, 빨리도 왔구나.'

검을 고쳐 잡은 그녀는 두 귀를 활짝 열었다.

'하나, 둘, 셋… 여덟 놈이로군.'

안채 쪽이었다. 풀잎이 스치는 소리에 신경을 써가며 그녀가 서서히
몸을 일으켰다. 별채에 접근해 그 사람의 단잠을 방해하지 못하게 하

려면 지금 손을 써야 했다. 이미 안으로 들어온 흑의인들은 담장 아래 어둠 속에서 몸을 숨기고 있었지만 그녀의 눈을 피할 수는 없었다. 곡완주의 손에서 한 줌의 돌멩이가 날았다.

휙! 휙! 휙!

돌멩이들은 정확하게 흑의인들의 사혈을 파고들었다. 그들은 비명도 지르지 못하고 비틀거렸다. 다섯이 쓰러졌다. 다시 돌멩이를 날리려는 순간 눈치를 챘는지 남은 세 명의 흑의인들은 담장 밖으로 몸을 날렸다.

'흥, 어림없다.'

곡완주의 신형이 흑의인들의 뒤를 쫓아 담장을 넘었다. 그런데 달아나는 놈들은 세 명이 전부가 아니었다. 그녀가 모습을 드러내자 건너편 골목에서도 몇 놈이 달아나는 것이 보였다. 그들은 동문 방향으로 죽어라 달아나고 있었다.

휘익!

가장 뒤에서 달아나던 흑의인은 등 뒤에서 다가오는 싸늘한 검기를 느끼자마자 그대로 그 자리에서 고꾸라졌다. 정확하게 사혈을 당했기에 비명도 없었다.

곡완주는 멈추지 않았다. 십여 장이 지나자 두 번째 흑의인이 비틀거리더니 쓰러졌고 다시 십여 장이 지나자 또 다른 흑의인이 명을 달리했다. 그러자 앞서 달아나던 남은 세 명의 암습자들은 위험을 느꼈는지 각자 방향을 갈라서 달아났다.

'저놈들이!'

그분을 노린 이상 절대 살려둘 수 없었다. 곡완주의 검이 다급하게 번쩍였다.

"크악!"

"그래, 그래, 내 새끼, 건강하게 오래 살아야지."

주설하가 자신을 안아주었다.

"저도 이제 한 몸 지킬 수 있다고요. 강호유람을 하더라도 조금도 걱정없어요."

"그렇게 어미 곁을 떠나고 싶니?"

어머니는 애처로운 눈길로 자신을 바라보았다.

"저 가요."

무영이 보따리를 둘러메고 대문을 나섰다.

"조심해라. 강호란 정말 무서운 곳이라고 들었다."

"걱정 마세요."

무영은 뒤를 돌아보지도 않고 길을 떠났다.

"잘 때도 조심해야 한다고 하더라."

"이만 들어가시라니까요. 언제까지 따라오실 셈이에요."

이미 성을 멀리 벗어난 황량한 벌판이었지만 어머니는 날이 어두워지도록 그의 뒤를 따르며 잔소리를 하고 있었다. 벌판 가운데 초막 하나가 보이자 무영은 그리로 갔다. 대충 주변의 마른풀을 깔고 누우려는데 주설하가 다시 나섰다.

"얘야, 조심해야 한다."

"이만 돌아가시라니까요!"

무영이 신경질적으로 소리 지르자 그 말이 섭섭했던지 주설하가 눈물을 글썽이더니 훌쩍였다. 바로 그때였다.

쾅!

시퍼런 칼을 든 사내 하나가 너덜거리는 초막 문을 걷어차고 안으로 들어서더니 그대로 무영을 향해 달려들었다.

"자객이야! 어서 달아나거라!"

순간 주설하가 몸을 날려 그의 앞을 막아서며 소리쳤다.

"으악!"

사내의 칼이 주설하의 목을 가르는 순간, 누웠던 무영이 바닥에서 벌떡 일어났다.

'으헉!'

무영은 벌떡 몸을 일으켰다.

꿈이었다. 식은땀이 흘렀는지 옷이 축축하게 젖어 있는 게 느껴졌다. 이마에도 땀이 흐르는 것을 알고는 소매로 훔쳤다.

'어째서 그런 꿈을…….'

꿈속에서 자신을 대신해 칼을 맞던 주설하가 떠올랐다. 아마 어머니는 죽어서도 자식을 걱정하는 모양이었다.

'그만 편히 가세요.'

그녀를 생각하니 가슴이 찡해진 무영은 한동안 멍하니 벽에 등을 기대고 앉아 있었다. 흥분된 상태라 한동안 잠이 올 것 같지 않았다.

얼마나 시간이 흘렀을까? 다시 잠을 청하기 위해 애써 마음을 편안히 가지려던 그의 귀에 이상한 소리가 들렸다.

'응?'

이런 평온한 상태가 아니었다면 자신도 알아채기 힘든, 여간해서는 듣기 어려운 아주 작은 인기척이었다. 상대는 애써 소리를 죽이려 하고 있었다.

펑!

순간 문이 박살나며 세 명의 복면인이 검을 일직선으로 향해 무영을
찌를 듯 달려들었다.

"자객!"

무영이 깜짝 놀라 소리쳤다. 그는 튕기듯 몸을 일으켜 침상 아래로
구르며 검을 휘둘렀다.

쐐액!

"크악!"

무영의 가장 왼쪽에서 달려들었던 흑의인의 허리가 베어져 그대로
주저앉았다. 하지만 남은 두 명의 흑의인은 동료의 죽음에도 불구하고
그대로 무영의 요혈을 노리고 찔러왔다.

창! 창!

미처 몸을 일으키지 못한 상태라 무영은 재빨리 상대의 검끝을 쳐서
방향만 틀어주고는 급히 옆으로 굴렀다. 하지만 이런 상태를 예견한
듯 흑의인들은 재빨리 검을 회전시켜 방향을 틀어가며 다시 찔러왔다.

휘익!

무영은 누운 상태에서 검을 휘두르며 막아가는 동시에 양 발을 뻗어
상대의 발을 노렸다.

창! 창!

이번에는 흑의인들도 상대하기 어려웠는지 찔러갔던 검의 방향이
바뀌며 중심을 잃고 잠깐 휘청거렸다. 무영은 그 틈을 이용해 재빨리
몸을 일으켰다.

흑의인들은 다시 쌍수합격으로 그를 노리며 달려들었다. 한 명의 검
이 허공을 가르며 그의 머리를 쪼개왔고, 다른 한 명은 몸을 낮추어 옆
구리를 쓸어왔다. 좁은 방 안이라 뒤로 물러설 곳도 없었다.

창!

무영이 허리를 쓸어오는 상대의 검을 맞부딪쳐 가며 몸을 팽그르르 돌렸다.

싸악!

날카로운 파공음이 그의 귓전을 스치며 아슬아슬하게 어깨 옆으로 빠져나갔다. 다음 순간 어느새 방향을 튼 무영의 검이 그를 쪼개왔던 상대의 심장을 꿰뚫었다.

“끄윽!”

비틀거리는 흑의인의 죽음을 감상할 여유도 주지 않고 또 다른 파공음이 허공을 갈랐다. 목이었다.

쐐액!

금룡선벽(金龍旋劈). 무영은 순간적으로 주저앉듯 몸을 회전시켜 낮추며 상대의 옆구리를 베어갔다.

파악!

검신에 묵직한 느낌이 걸렸다.

쿠당탕!

목을 베어오던 상대의 몸이 검기를 이기지 못하고 팽이처럼 돌아가며 침상 기둥에 처박혔다.

“휴우!”

한 수 한 수마다 살기가 풀풀 넘쳐 났던 것으로 보아 흑의인들은 전문 살수가 틀림없었다.

한동안 멍하게 서 있던 그는 시체들을 한곳에 모아두었다. 혹시나 하는 마음에 흑의인들의 품속을 뒤져 보았지만 예상대로 몇 개의 각종 암기만 나왔을 뿐이었다.

'어떤 놈들이 사주한 거지?'

자신이 북경으로 돌아오는 것이 못마땅한 놈이 있는 모양이었지만 마땅히 떠오르는 사람이 없었다. 무영은 그동안 곡완주가 몇 차례의 암습을 막아준 것을 조금도 알지 못했다. 흉수의 배후를 도무지 짐작해 낼 수 없었던 그는 흑의인들의 시체를 뒤로하고 안채로 향했다.

"그래, 어제 남해대왕을 거느리고 남만의 반군들을 궤멸시키는 장면까지 얘기했던가?"

황제는 무영의 무용담이 너무 흥미로웠기에 그 내용을 잊지 않고 있었다.

"그러하옵니다, 폐하."

"흠, 그렇지. 오늘도 조용히 듣고 싶구나."

황제가 대전태감을 돌아보며 말했다.

태감은 가볍게 머리를 숙여 황제를 안심시켰다. 이미 예견한 상황이었기에 누구의 접견도 불허한다는 지시를 해둔 터였다.

다른 모든 준비도 완벽했다. 태감은 어제의 경험을 되살려 무영이 앉을 의자와 마실 물, 각종 과일 등에 황제의 눈물을 닦을 여벌의 수건까지 철저히 준비하고 점검까지 마친 상태였다.

원래 황제는 오전부터 듣고 싶어했지만 무영의 출현으로 조정에서 말이 많아 그들을 힘으로 누르는 데 시간이 걸렸다. 게다가 대신들이 태후전(太后殿)에까지 손을 썼는지 태후에게 불려가 실없는 잔소리를 잔뜩 들어야 했다. 하지만 이렇게 흥미진진한 무용담을 한 번도 들어본 적이 없는 황제는 두 귀를 모두 닫았다.

무영이 다시 얘기를 시작했다.

"신이 중원으로 돌아와 조사를 해보니 마교의 반역도들이 곳곳에서 도적으로 위장해 상인들의 물품을 빼앗거나 백성들을 약탈해 군자금으로 쓰고 있음을 알았습니다. 비록 상인들이 비천한 존재이기는 하나 백성들이 필요로 하는 물건을 공급하는……."

무영의 얘기는 계속 이어졌다.

사자평에서 관군들의 도움을 받아 마교의 병참 세력을 몰살한 이야기를 하며, 화우 상방을 만들어 상인들을 도적들로부터 보호해 나라의 물품을 안전히 운송하게 한 일과 이를 못마땅하게 여긴 마교 잔당들의 급습으로 식물 인간 상태가 되어 청해까지 갔던 일에서 황제는 진심으로 비통해 눈물을 흘렸다.

"저런, 저런!"

태감이 황급히 비단 수건을 갖다 바쳤다.

무영은 내심 미안한 생각도 들었다. 하지만 팽달이 탈취했던 쇠붙이며 화약들이 반란군에게 넘어갈 뻔했던 것도, 화우 상방이 도적 떼로부터 상인들을 보호한 것도 사실이었다. 약간의 과장이 있기는 했지만.

"폐하, 시간이 다 되어갑니다."

태감이 나서서 자금성의 관례를 일깨웠다.

"벌써 그렇게 되었나? 그럼 내일 다시 계속해야겠군."

황제가 아쉬운 듯 그렇게 말했다.

"하오나 중신들이 가만있지 않을 것입니다. 이미 오늘도 말이 많았지 않습니까?"

태감의 말은 사실이었다. 이미 황제가 무영의 무용담에 흠뻑 빠졌다는 것을 전해 들은 대신들은 크게 반발했었다.

그들도 귀가 있어 무영이 상인으로서 크게 판을 벌였던 사실을 알고

있었기에 황제가 상인과 독대를 하고 장시간 대화를 나누는 것은 부적
절한 행동이라는 둥, 처리할 업무가 쌓여 있는데 엉뚱한 일에 빠져 있
다는 둥, 심지어는 무영이 말을 꾸며 황제의 총명을 흐리고 있다는 간
언까지 올라오고 있었다. 그들은 장무영이 밀행어사였다는 사실을 알
고 있었지만 모른 척했다. 명분은 그럴듯했지만 기실 그들의 속셈은
장무영이 전면으로 나서게 되면 조정이 장자맹 시대의 재판(再版)이 될
까 우려했기 때문이었다. 대신들은 힘들었던 그때의 악몽을 떠올리며
결사적으로 떠들었다.

"쓸모없는 것들이 말들은 많구나. 그나저나 내일도 무용담을 마저
들어야 하는데……."

황제의 눈이 태감을 향했다.

"소신이 알아서 조치를 취하겠습니다."

대전태감은 그렇게 말하며 고개를 조아렸다. 이 역시 예견된 상황으
로 이미 대비책까지 세워놓은 터였다.

"하하하, 그런가? 역시……."

젊은 황제는 흡족한 눈으로 태감을 보며 고개를 끄덕여 주었다. 그
래도 삼대(三代)에 이르는 황제를 큰 말썽 없이 보필하는 것을 보면 그
런대로 능력있는 놈이 분명했다.

무영이 황제에게 예를 마치고 밖으로 나오자 대전태감이 그를 한구
석으로 불러냈다.

"미안한 일이지만 내일은 몰래 들어와 주어야겠소."

태감이 조용한 목소리로 사정하듯 말했다.

"옛? 무슨 수로 황궁을 몰래……?"

"내가 경사태감에게는 말해 두었으니 현무문(玄武門)을 통해 들어오

시오.”

　현무문은 자금성의 후문이다. 무영이 들락거리는 일로 말이 많으니 뒷문으로 들어오라는 말이었다. 대전태감은 그렇게 말하며 구석진 곳에서 보퉁이 하나를 꺼내 무영에게 건넸다.

　“환관 복장이오. 미시(未時:오후 두시 전후)경에 현무문 밖에서 이 옷을 입고 들어오면 되오. 안내하는 사람이 별도로 있을 것이오.”

　미리 준비했는지 환관 복장까지 건네는 것을 보니 정말 눈치가 빠른 자라는 생각이 들었다.

　‘허, 참, 팔자에 없는 환관 노릇까지 해야 하나……．’

　속으로야 불만이 있었지만 대전태감에게 밉보여서 좋을 일은 없기에 그러고마 하는 수밖에 없었다.

　대전태감은 궁을 나서는 무영을 보며 고개를 저었다.

　‘입 큰 대신들하고 담을 쌓아서는 좋은 일이 없는데 벌써부터 그자들이 난리를 치니……．’

　아무리 황제가 감싸고 돌아도 한 입이 열 입을 못 당한다고, 이 바닥에서 중신들에게 잘못 보여 오래가는 놈을 보지 못했다. 당장은 잘 나갈지 몰라도 화무십일홍은커녕 화무삼일홍(花無三日紅)으로 끝날 가능성이 많았다.

　‘안 되겠어.’

　대전태감은 아무래도 장무영을 ‘지기 명단’에서 뒤쪽으로 밀쳐 두어야 할 것 같다는 생각을 굳혔다.

제10장 자금성 혈투

"쿵, 쿵!"

웃통을 벗은 일꾼들이 앓는 소리를 내가며 집채만한 돌을 자금성 안으로 끌어들이고 있었다. 돌은 사방에 구멍이 숭숭 뚫린 태호석이었는데 마치 승천하는 용의 형상을 한 귀한 것으로 어화원을 새롭게 꾸미기 위해 들여가는 중이었다.

원래 이런 작업에는 '영차, 영차' 하는 힘있는 소리를 맞추어 내가며 끌어야 힘이 덜 드는 법인데, 장소가 장소인만큼 아무리 공사 중이라도 황제의 귀를 어지럽힐 수는 없기에 일체의 고함이나 힘쓰는 소리는 허락되지 않았다.

이번에 큰 배로 특별히 날라져 온 태호석은 그 크기가 엄청났다.

인부들은 거대한 태호석을 궁성 바닥에 교대로 통나무를 깔아가며 힘차게 끌고 갔다. 그들 중 수십 명은 돌에 밧줄을 묶어 앞에서 끌었고,

다른 수십 명은 돌 중간중간에 밧줄을 걸어 당겼으며, 또 다른 인부 수십 명은 부지런히 통나무를 날라 끌려가는 태호석 앞에 두었다. 백여 명이 매달려 끌었지만 워낙 큰 돌이다 보니 그 속도는 지렁이가 기어가는 것보다 조금 나을 정도로 느렸다.

"빨리 서둘러라! 뭣들 하느냐?"

생각보다 늦어지고 있었는지 책임자인 듯한 사내가 연신 채찍을 휘두르며 재촉을 하고 있었다.

책임자로 위장한 사내는 구구쾌검대주 포일이었다.

밖에서는 그것도 구경거리라고 수백 명의 사람들이 모여 멀찍이서 구경을 하고 있었는데 환관 복장을 한 무영도 그들 중 하나였다.

환관 하나가 문을 지키는 장수에게 무어라고 하더니 문을 나와 구경꾼들 틈에서 무영을 찾아내 다가왔다. 가슴에 흉배를 하고 염주 목걸이까지 한 것으로 보아 상당한 고관임에 틀림없었다.

"장?"

장무영이냐는 물음 같았다. 고개를 끄덕이자 그는 살며시 무영의 손을 잡아 구경꾼들 밖으로 이끌어냈다.

"경사태감 원호문이라고 하오. 말은 들었소. 조용히 나를 따라오시오. 혹시 묻거든 내가 대신 대답할 터이니 그냥 계시오."

원호문은 속삭이듯 말하고는 앞장서서 궁문으로 향했다. 다행인지 원호문을 본 수문장교는 가볍게 인사만 하고 뒤따라가는 무영을 한 번 힐끔 볼 뿐 아무것도 묻지 않았다.

"궁문을 통과하는 것이 의외로 쉽군요?"

허락을 맡지 않고는 함부로 궁문을 통과할 수 없는 것이 법도였기에 무영이 그렇게 물었다.

"허허허, 세상에 법대로 되는 일이 몇이나 있겠소. 하지만 내가 아니 었다면 여간 까다롭게 굴지 않았을 게요."

원호문은 자신의 위세를 자랑이라도 하듯 그렇게 말했다. 사실 그의 말은 틀린 것이 없었다. 경사태감은 밤에는 일인지하 만인지상의 자리 나 마찬가지였다. 밤마다 황제의 후궁을 간하는 다리니 설사 황후라도 그와 등을 돌려서는 좋을 일이 별로 없을 터였다.

내궁 사람들이 주로 출입하는 현무문이니, 황후나 비빈들에게도 끗 발을 부리는 경사태감의 왕래를 일개 수문장이 막아선다는 것은 목을 걸어야 할 수 있는 행위였다.

"그렇군요. 톡톡히 신세를 졌습니다."

"폐하의 명이니 내가 어찌 몸을 사리겠소."

이번 일은 황제의 밀명으로, 다른 사람은 일절 알아서는 안 되는 일 이니 직접 처리해 달라는 대전태감의 신신당부까지 받은 터였다. 소문 이 나면 두 사람 다 이거라며 목에 손칼을 만들어 대며 겁을 주는 통에 귀찮기는 했지만 어쩔 수 없이 직접 나선 그였다.

'설마 황제가 이런 잔머리를 굴리지는 않았을 테고…….'

그도 귀가 있는지라 이미 장무영의 이름과 대전태감의 부탁을 듣는 순간 감이 찌르르 왔다. 약간의 수고로움은 있을지라도 언젠가 받을 빚을 미리 쌓아두는 이런 일은 결코 소홀히 할 수 없었다.

환관 복장의 무영은 창피한 마음에 고개를 푹 수그리고 경사태감의 옆에 숨어 있다시피 하고 있었다. 그런데 저만치에서 환관 하나가 바 쁜 종종걸음으로 지나가는 것이 보였다.

'응?

그 걸음걸이가 눈에 익었던 무영이 자리에 서서 그 환관의 얼굴을 자세히 보았다. 상대는 고개를 숙이고 걷고 있었기에 이쪽의 눈길을 의식하지 못하고 있었다.

‘헛! 저놈은 낙일도!’

뚜렷이 보이는 옆모습에 무영은 가슴이 철렁했다. 얼굴이 비슷한 사람일 수도 있었지만 체격이나 걸음걸이 하며 낙일도가 틀림없었다.

“아는 사람이오?”

그것을 본 원호문이 물었다.

“방금 지나간 저 내관이 누구지요?”

“아, 목가 놈을 말씀하시는 게구려. 몇 달 전에 들어온 자인데 우리 경사방에서 일을 보고 있는 자요.”

“어떻게 들어오게 되었지요?”

“누구 소개로 들어왔다던가? 그 많은 하급 내관들의 구구절절한 사연들을 내 어찌 다 알겠소?”

그렇게 말하더니 목소리를 크게 낮추었다.

“흐흐, 듣기로 궁녀들에게 제법 인기가 많다고 합디다.”

환관들이 궁녀들과 짝을 이루어 지내는 일은 공공연한 비밀이었고 황제도 어느 정도 알지만 눈감아주는 처지였다.

궁녀들에게 인기가 많다면 의심할 필요도 없이 낙일도가 틀림없었다.

“나이도 제법 되어 보이는데 내서당을 거치지 않고 들어온 자요. 제법 배경이 있는 자가 아니라면 어림없는 일이지요. 한데 누가 추천을 했더라?”

원호문이 고개를 갸웃거렸다.

‘음, 저놈이 이곳에 들어와 있다니…… 아무래도 수상한걸.’

무영 또한 고개를 갸웃했다. 상경을 따라 광주로 갔다던 놈이 황궁에서 불쑥 모습을 드러낸 것도 이상했지만, 뒷배경이 든든할 거라는 원호문의 말 또한 가볍게 들을 수 없었기에 의심을 증폭시켰다. 하지만 그는 이내 관심을 꺼버렸다.

'궁녀 몇을 굴비처럼 엮어 해치우든 말든 내가 알게 뭐냐.'

예전에 무공을 폐지시킨 일도 있고 해서 더 이상 그에게 관심을 가지고 싶지 않았다. 게다가 오늘도 황제를 즐겁게 해주려면 부지런히 머리를 굴려야 했다. 사실 그는 좋은 계획을 세워두고 있었다. 그런 것이 없었다면 황제고 뭐고 벌써 끝냈을 무용담이었다.

무영은 양심전(養心殿)으로 안내되었다.

양심전은 국사에 지친 황제가 가끔 휴식을 취하는 곳으로 상대적으로 궁 안 사람들의 이목이 번거롭지 않은 곳이었다. 호위 무장들이 엄중하게 지키고 있기는 했지만 말단 환관 복장을 한 그를 알아보는 사람은 아무도 없었다. 수천 수만에 이르는 환관들인데다 부서별로 나뉘어 일을 맡아 하기에 웬만한 고위직 태감이 아니고서는 서로 얼굴을 알아보는 것도 쉽지 않았기 때문이다. 게다가 원호문과 동행한 그에게 뭐라고 할 사람은 없었다.

이미 그곳에는 무영의 긴 무용담을 위해 어제와 같은 만반의 준비가 되어 있었다.

"과인이 그대를 너무 오랫동안 기다리게 한 것은 아닌지 모르겠구나. 하하하, 그 옷이 그런대로 어울리는구나."

그가 들어온 지 반 시진이 거의 다 되었을 무렵에 나타난 평복 차림의 황제는 환관 복장의 무영을 보고 크게 웃으며 기뻐했다.

'빌어먹을! 너도 한번 입어보아라.'

속마음이야 그랬지만 입으로는 당연히 다른 말이 나왔다.

"폐하를 뵙기 위한 충정이옵니다."

"쓸데없는 밥버러지들 때문에 그대 같은 충신이 고생을 하는구나."

황제는 그렇게 무영을 위로해 주었다.

"자, 이제 어제 하던 이야기를 계속해야지."

무용담을 듣고 싶어 밤잠마저도 제대로 이루지 못했던 황제는 자리에 앉자마자 닦달했다.

무영은 청해에서 일어났던 일을 얘기해 주었다. 사막의 이리라 불리는 무서운 도적 떼 혈랑단이 공격을 받았던 일이며, 혈랑대의 본거지를 공격하려 했으나 상대가 겁을 먹고 양보했던 일 등을 엄청난 과장을 섞어 풀어 나가자 황제는 또다시 자지러졌다.

"허어!"

"영차! 영차!"

태호석을 나르는 인부들이 마지막 힘을 내고 있었다. 다행히 어화원은 현무문에서 그리 먼 곳이 아니기에 그런대로 해가 지기 바로 직전에 장소를 잡아 옮겨놓을 수 있었다. 아직 태호석을 받치고 있는 통나무를 빼내고 돌이 놓여진 자리를 다지는 등의 쉽지 않은 몇 가지 일이 남아 있기는 했지만 이곳까지 운반해 온 과정에 비하면 사소한 일이라 할 수 있었다.

포일은 가급적 천천히 일을 진행하려고 애를 썼다.

겉보기에는 연신 채찍을 휘두르며 독려하는 체하고 있었지만 그는 인부들로 위장한 수하들에게 수시로 전음을 보내 일의 진도를 조절하고 있었다.

‘이거 빨리 신호가 와야 하는데…….’

포일은 내심 초조했다.

경비를 책임지는 장교가 찾아와 날이 저물어 인부들을 철수시켜야 한다는 말을 했지만, 반 시진도 걸리지 않을 것이니 내일 다시 오느니 오늘 끝내자고 겨우 설득해 둔 처지였다. 하지만 이미 사방에 어둑어둑한 땅거미가 몰려오는 상황이라 그런 핑계로 계속 버틸 수는 없었다.

또 하나 그가 신경을 바짝 쓰는 일은 행여 숨긴 무기가 발각되지 않을까 하는 것이었다. 구구쾌검수들이 사용할 검들은 숭숭 뚫린 태호석의 구멍 사이에 숨겨져 있었는데, 몇 곳에 나뉘어 숨기고 그 위를 진흙과 석회를 적당히 발라 표시가 나지 않게 해두었다. 하지만 자칫 운반 중에 실수라도 하는 날이면 큰일이었다.

“절대 통나무를 갑자기 빼내지 마라. 자칫 돌이 충격받으면 무기를 덮은 흙이 떨어져 나가는 수가 있다. 주의해라.”

수하들도 지쳤는지 일에 대한 집중도가 떨어진 것을 보고 그는 다시 한 번 주의를 주었다.

역무군은 구룡벽(九龍壁)이 있는 동쪽 담을 노려보았다. 이미 황궁의 모든 건물에 대한 도면을 입수해 샅샅이 살펴본 터였다. 최대한 귀를 열어 담장 건너편의 상황을 살피기는 했기에 어느 정도 안심은 하고 있었다. 삼 장에 이르는 담을 넘는 것은 어렵지 않은 일이지만 건너편에 어떤 상황이 기다리고 있는지 모르니 불안하기는 했다. 하지만 안 되겠다 싶으면 다시 나오면 그뿐이라는 생각에 마침내 몸을 날렸다.

휘익!

역무군은 담을 넘자마자 담장의 처마 밑으로 몸을 붙였다. 담장 너머는 의외다 싶을 정도로 조용했고 오가는 사람도 하나 보이지 않았다. 인기척이 들리지 않는 것을 확인하고는 처마 밑에 매달려 겉옷을 벗자 안에서 환관 복장이 모습을 드러냈다. 입맛이 썼지만 저녁이 되면 자금성 안에 남을 수 있는 남자는 모두 환관뿐이었기에 어쩔 수 없는 선택을 한 것이었다. 바닥에 내려선 그는 재빨리 궁녀들의 거처인 동육궁(東六宮)이 있는 곳으로 향했다. 그곳에는 낙일도가 자신을 기다리고 있었다.

"험! 험!"

낙일도가 이 시간에 있을 것이라고 지정한 곳은 혜빈의 방이었다. 방 앞으로 간 역무군이 가볍게 헛기침을 하자 이내 방문이 열리며 낙일도가 고개를 내밀어 그를 향해 손짓했다. 역무군은 재빨리 안으로 들어갔다. 일반 궁녀들이 아닌 혜빈의 방을 약속 장소로 정한 것은 그나마 이곳이 번잡한 이목이 덜했기 때문이다.

'헛!'

방 안에 들어선 역무군은 순간 깜짝 놀랐다. 혜빈의 방 중앙에는 황제가 앉아 있었다.

"오셨습니까?"

자리에서 일어난 황제가 자신을 향해 포권해 오자 그제야 천변인마 목중요가 변장한 것임을 안 역무군은 내심 실소했다. 과연 비싼 영약을 먹여 살려놓은 보람이 있었다. 침상 위에는 혜빈이 이불을 쓰고 잠에 빠져 있었다. 목중요가 수혈을 짚어둔 모양이었다.

"황제는 어디 있다고 하더냐?"

역무군이 다그치듯 물었다. 곧 태호석을 운반해 온 인부들이 쫓겨나갈 것이라는 생각에 마음이 급했다.

“양심전에서 휴식을 취하고 있다 합니다.”

“가자!”

그렇게 말하고 앞장서 나가려던 역무군은 문득 목중요의 복장을 보고는 인상을 찌푸렸다.

“뭐가 바쁘다고 미리 옷을 갈아입고 난리냐? 그런 복장으로야 어떻게 그곳까지 가겠느냐?”

이 넓은 자금성 안에서 양심전까지 가려면 결코 짧은 길이 아닌데 황제의 복장을 하고 있으면 어떻게 하자는 말인가? 정말 목 위에 붙인 물건은 무엇 때문에 무겁게 달고 다니는지 도무지 납득이 가지 않는 놈이었다.

“아차!”

그제야 상황을 납득한 목중요가 후닥닥 옷을 벗어 환관 복장으로 바꾸어 입었다. 황복(皇服)을 비단 보퉁이에 싸는 그를 한 번 째려준 역무군이 앞장섰다. 무공을 잃은 낙일도는 혜빈의 방에 그대로 남았다.

‘음, 이럴 때는 무공을 잃은 것이 정말 다행이로군.’

이번 일이 잘못되면 구중궁궐 깊숙이 환관들 속으로 숨어들 속셈이었다. 살아남을 자신은 있었다. 궁궐에는 아직도 자신의 묘약을 필요로 하는 놈들이 구름같이 많았다. 그놈들은 절대 자신이 죽게 내버려두지는 않을 터였다.

목중요와 함께 나선 역무군은 단전의 진기를 풀었다. 최근 황제가 후궁 문제로 대전 시위들을 멀리 물렸다는 말은 들었지만, 혹시라도 숨어 있을지 모르는 대내 고수들을 의식해 기운을 감춘 것이다.

“별안간 항복했던 혈랑단 놈들이 다시 뒤를 추격해 왔습니다. 수효가 족히 천여 명은 되어 보였는데 소신이 떠난 후로 인근의 혈랑단을 모두 소집했던 것으로 보였습니다.”

밑천이 거의 떨어진 무영은 이제 창작해 가며 말을 하고 있었다. 마지막 노림수를 위해 최대한 허풍을 쳐놓을 필요가 있었다. 사막의 부족인 혈랑단에 중원에서 달아난 마교의 패잔병들이 합류해 중원과 서역의 교역로를 어지럽히고 있다는 대목이었다. 거짓말에 뼈가 붙고 살이 붙어 잠깐 만에 혈랑단은 오백씩, 천씩 그 수효가 불어났다. 산마루 하나를 돌 때마다, 강줄기 하나를 건널 때마다 늘어난 혈랑단은 이미 몇만을 넘어서고 있었다.

‘음, 정말 대단했겠군!’

황제는 손에 땀을 쥐어가며 무영의 말에 귀를 기울였다. 이런 엄청난 무용담은 한 번도 들어본 적이 없었다.

“놈들의 숫자가 너무 많아 도무지 감당할 수 없는 상황이었습니다. 소신은 하는 수 없이 달아나 중원으로 오게 되었습니다. 소신이 알아보니 사천 일대에서 불법으로 정염(井鹽)을 하는 무리들 주변에 모여든 불량배들이 마교와 손을 잡고 그리 건너가 힘을 기르고 있다 들었습니다. 놈들이 언제 다시 중원으로 들어와 난을 일으켜 폐하의 심기를 어지럽힐지 불안하기가 그지없었습니다.”

무영의 이야기가 슬슬 본론으로 접어들었다.

“허, 일이 그 지경이 되도록 그곳의 관병들은 무엇을 하고 있었다는 말이냐?”

마교로 일컬어지는 문향교 무리들의 반란을 힘겹게 진압한 것이 언제라고……. 황제는 불안해졌다. 잔뜩 좁혀진 아미가 그걸 말해 주었다.

“지방관들도 사방으로 흩어진 마교 잔당을 잡아내는 일에 사력을 다

하고 있지만, 병력이 충분치 않고 오랑캐들이 많이 모여 사는 지역이라 힘에 부치는 모양이었습니다. 소신이 나서보려고 했지만 아무 연고도 없는 곳이라 어찌해 볼 도리가 없었습니다. 정염하는 곳을 장악하는 일이 우선이기는 하오나, 워낙 막대한 이권이 첨예하게 걸려 있는 일이라 행여 소관이 재물을 밝히는 것으로 오해를 받을까 하여 운신을 하기가 쉽지 않았습니다."

"허, 꼬박꼬박 녹봉을 받아먹는 지방관들이 그놈들 하나 제대로 통제하지 못한다니……."

황제가 무영의 얼굴을 살피며 말했다. 체면을 버리고 목숨을 다해 큰일을 마치고 돌아온 충신에게 다시 오지로 가서 충성을 다하라고 하기가 미안했던 까닭이었다.

"그대가 가서 사천의 정염 관리를 하면 어떻겠느냐? 힘들게 고생하다 돌아온 그대를 오지로 내치는 것 같아 짐의 마음이 아프지만 종묘사직이 흔들릴 수도 있는 일이니……."

이런 제안을 해야 하는 황제는 무영을 대하기가 정말 미안했다. 하지만 재주있는 놈을 적재적소로 보내 써먹는 것은 통치의 기본으로, 일일이 개인 사정까지 봐주다가는 되는 일이 없을 터였다.

"폐하께서 그리 하명을 하신다면 신이 어찌 보잘것없는 이 목숨을 아끼겠나이까!"

무영은 번개같이 바닥으로 내려와 무릎을 꿇으며 크게 소리쳤다.

지켜보던 대전태감은 그제야 무영의 의도를 눈치 챘다.

'음, 저놈이 정염 개발권을 해먹으려고 그 지랄이었군. 어쩐지…….'

어째 얘기가 길어진다는 생각이 드는 것이, 방향이 조금씩 이상하게 흐른다는 생각을 했었는데 이제야 확신을 가질 수 있었다. 자신이 알기로, 정염 관리권은 엄청난 이권이 걸린 자리였다.

'너만 해먹으려고 하느냐?'

대전태감의 눈이 가늘어졌다. 어떤 놈이든 황제 덕에 제 주머니를 불릴 생각을 가지려는 그 순간이 바로 기회였다. 대전태감은 충심 어린 충고를 올릴 때가 되었음을 알았다.

"폐하, 정염은 막대한 이권이 걸린 문제이오니 중신들과 논의를 거쳐 신중하게 처리하는 것이 좋을 듯싶습니다."

'아니, 저놈이!'

무영은 찔끔했다. 어디서나 나서는 놈은 꼭 있었다. 다 된 일에 고춧가루를 뿌리는… 이번 일에는 대전태감 놈이었다. 갑자기 같이 잘 지내다가 헛지랄을 하는 것을 보니 생각해 볼 필요도 없이 나눠 먹자는 말이었다.

"대전태감의 말씀대로 하소서, 폐하. 소신이 그런 막중한 임무를 맡았다가는 대신들의 상소가 빗발칠 것이옵니다. 폐하의 은혜를 생각하면 당연히 앞장서야 하지만 문제가 적지 않사옵니다. 소신 또한 능력의 한계를 알기에 더 이상 관직에 머무를 뜻이 없습니다. 다만 다행스러운 것은 폐하 곁에는 항상 충언을 아끼지 않는 사람이 있으니 신(臣)이 안심하고 떠날 수 있다는 것입니다. 소신 또한 그 충심에 진심으로 존경을 표하는지라 언제라도 자리를 만들어 모시고 싶은 마음 금치 못하고 있었습니다."

무영은 그렇게 말하고는 다시 일어나 의자에 앉았다. 관직을 떠나겠다는 말은 대전태감에 대해 배수진을 친 것으로, 태감이 계속 고춧가루를 뿌리고 나오겠다면 한판 붙어보자는 것이었다. 하지만 세상은 둥글게 사는 법이기에 화해의 표현도 잊지 않았다.

무영은 그렇게 말하며 손가락을 동그랗게 말아 살짝 소매 밖으로 빼내 대전태감이 서 있는 방향으로 내밀어 보였다. 물론 탁자를 사이에 두고 황제와 마주하고 있었기에 옆으로 비켜나 서 있는 대전태감만이 볼 수 있을 정도였다. 놈에게 딴생각이 없다면 무심히 볼 수도 있을 터였다.

'그렇겠지!'

그러지 않아도 무영의 반응에 신경을 곤두세우고 있던 대전태감은 이내 알아들었다.

'언제라도 자리를 만들어 모시고 싶은 마음!'

대전태감은 이미 그 말의 오의를 반쯤 제대로 새기고 있다가 무영의 손가락이 둥글게 말리는 것을 보고는 확신을 가졌다.

'흠, 나무랄 데가 없는 인품이야.'

가난한 이웃의 심중을 헤아릴 줄 안다는 것은 보통 사람으로서는 행하기 어려운 마음 씀씀이로, 가히 대인의 기질이 엿보이는 젊은이였다. 대전태감은 미처 황제가 말할 틈도 주지 않고 다시 입을 열었다.

"하오나 이런 일을 조정의 중신들에게 맡겼다가는 자칫 공론(空論)으로 끝날 우려가 있습니다. 이 자리에서 당장 결정하시는 것이 천년 사직의 안녕을 위해 더 나을 것도 같습니다."

그는 황제에게 그렇게 말하고는 다시 무영을 돌아보며 말을 이었다.

"장 어사께서는 더 이상 사양하지 마시오. 충신의 길이란 가시밭길을 가는 고행과도 같은 것. 그런 혀에 발린 말로써 폐하의 성지를 어기는 것 또한 신하 된 자가 행할 도리가 아니지 않소? 진정한 충신이라면 지금 즉시 무릎을 꿇어 폐하의 성지를 받들어야 할 것이오."

'옳거니!'

거래는 끝났다. 태감의 추상같은 말에 무영은 재빨리 일어나 바닥에 무릎을 꿇었다. 태감은 '즉시'라고 했다.

"신 어사 장무영, 삼가 폐하의 성지를 받드옵니다."

무영에게 또다시 힘든 일을 시키는 것이 미안했던 황제는 두 사람의 말을 듣고만 있었다. 역시 충신의 종자는 뭐가 달라도 달랐다.

'허, 역시 충신이야. 그 힘든 일을 이리도 쉽게 떠맡으려 하다니!'

대전태감의 말 한마디에 재빨리 무릎을 꿇는 그를 보고는 충신이 충신을 낳는다는 종자론을 다시 한 번 확인한 황제가 입을 열었다.

"수일 내 그대에게 사천 일대 정염의 관리를 모두 맡기는 교지(敎旨)를 내릴 터이니 그리 알라."

황제는 자리에서 일어나 바닥에 꿇어앉은 무영의 손을 잡아 일으키려 했다. 성군이라면 마땅히 보여주어야 할, 천년사직을 지키려는 충신에 대한 최소한의 예우였다.

"황공하옵니다, 폐하."

무영은 한 번 더 고개를 숙인 후 황제의 손에 이끌려 자리에서 일어났다.

그때였다.

"크윽!"

분명 사람의 신음 소리였다. 하지만 충신을 다독이는 일에 온 정신을 빼앗긴 황제나 자신에게 돌아올 이득을 계산하는 대전태감은 그 소리를 듣지 못했다. 하기는 무공이 높은 사람만이 겨우 들을 수 있는 미약한 신음성이었다. 무영도 그 소리를 들었지만 황제 앞이라 감히 경거망동은 하지 못하고 있었다. 환관 놈들이 장난질치는 소리인지, 아니면 고위 환관이 하급 환관을 된통 혼내는 소린지 알게 무언가?

“끄윽!”

또 다른 미세한 신음이 뒤를 이어 들렸다.

‘헉!’

황제가 있는 자리에 계속되는 신음성이라니! 게다가 사람이 죽어갈 때 내는 소리가 분명했다. 무영의 안색이 변했다. 갑자기 변한 그의 표정을 본 황제와 태감은 어리둥절해했다.

“자객이다!”

그제야 그것이 대내 고수들이 죽어가는 비명 소리임을 짐작한 무영이 소리 질렀다.

“어서 안으로…….”

그는 그렇게 말하며 황급히 문 쪽을 막아섰다. 자신도 모르게 취한 동작이었다.

쾅!

요란한 소리와 함께 양심전의 문짝이 떨어져 나가며 두 명의 환관이 들이닥쳤다. 검을 빼 든 역무군과 환관 복장에 황제의 얼굴로 변장하고 보퉁이를 든 목중요였다.

‘아니, 저놈은!’

역무군을 알아본 무영이 기겁했다.

얼른 검을 뽑으려 했지만 황제 앞이라 무기를 두고 왔다는 것을 알았다. 주위를 살펴볼 겨를도 없이 급히 품속을 뒤져 보니 곤린편 하나가 손에 잡혔다. 그는 재빨리 그걸 빼 들어 앞으로 떨쳐 냈다.

은밀히 번을 서던 대내 고수 둘을 제압하고 안으로 들이닥친 역무군은 두 명의 환관과 함께 있는 황제를 발견했다. 이미 환관 하나는 황제를 이끌고 정전 안쪽으로 달아나고 있었다.

우우우우웅…….

재빨리 뒤를 쫓으려던 그는 기이한 파공음과 함께 어떤 물체가 자신의 전면으로 날아오는 것을 알고는 움찔하며 멈추어 섰다. 어디서 많이 듣던 소리였다.

"자객이다!"

"황상을 보호하라!"

무영이 소리를 지른 덕분인지 바깥이 소란스러워졌고 사방에서 요란하게 고함치는 소리가 들렸다.

"장무영, 이놈!"

그제야 장무영을 알아본 역무군은 화가 머리끝까지 났다. 북경에서 황제를 알현했다는 소식은 들었지만 초저녁까지 황성 안에 남아 있으리라고는 생각지도 못했었다. 그것도 환관이 되어서.

쐐액!

그는 이번 기회에 요절을 내야겠다는 살심을 품었다. 우선 곤린편을 떨쳐 내야겠기에 빗살처럼 검을 후렸다.

팍!

타격음과 함께 곤린편이 저만치 튕겨져 나갔다. 재차 공격하려는 역무군은 등 뒤에서 살기를 느끼고는 재빨리 비켜서며 검을 휘둘렀다.

"으악!"

비명 소리와 함께 금의를 걸친 위사 하나가 팔을 감싸 쥐고 나뒹굴었다. 무영은 그 틈에 재빨리 황제가 사라진 내전 쪽으로 달렸다.

사실 역무군의 행동은 조금 성급했다. 그가 공격한 시점은 황궁 내에 배치되어 경비를 서던 위사들이 곳곳에 집결해 궁 밖으로 철수를 하려던 시점이었다. 태호석을 운반한 인부들이 아직 철수하지 않아 평소보다 조금 늦은 시간임에도 황궁을 벗어나지 않고 있었기에 그들은 고함 소리를 듣고 재빨리 안으로 달려올 수 있었다.

'제기랄!'

역무군의 눈에도 사방에서 몰려오는 위사들이 보였다. 이쯤 되면 황제를 바꿔치기 하려던 계획은 수포로 돌아간 것이나 마찬가지였다. 잇달아 두 명의 금의 위사가 그를 향해 달려들었다.

"크악!"

"으악!"

제대로 당했는지 두 명의 금의 무사는 그대로 나가떨어져 일어나지 못했다. 하지만 부서진 문을 향해 셀 수 없을 정도로 많은 금의 위사들이 안으로 밀고 들어오고 있었다.

"크악!"

비명 소리가 나며 그런대로 뒤를 막아서고 있던 목중요의 등이 활처럼 휘었다. 순간 또 다른 금의 위사의 날카로운 검이 그의 목을 잘랐다. 지난번 사형제들에게 당한 이후 예전의 무공 수위에 한결 미치지 못해 금의 위사들에게도 당한 모양이었다.

푸욱!

목중요는 그토록 소중하게 지켜왔던 목을 끝내 지켜내지 못했다.

핏물이 튀자 목중요의 시체를 걷어 차낸 위사들이 안으로 쏟아져 들어왔다. 그러자 퇴로를 잃은 역무군은 안쪽으로 몸을 날렸다.

포일은 안쪽에서 자객을 알리는 고함 소리를 들었다.

'틀렸구나.'

일이 잘 돌아갔다면 결코 들려서는 안 되는 소리였다.

"뭣들 하느냐!"

포일이 인부들을 보며 고함치자 그들은 재빨리 태호석으로 달려들어 진흙으로 막고 석회를 발라 덮었던 구멍을 떼어냈다. 검을 나누어 가진 그들은 황궁 안쪽에서 들리는 고함에 정신이 팔려 있던 위사들을 사정없이 베어버렸다.

"크악!"

"으아악!"

인부들의 돌연한 행동에 미처 갈피를 잡지 못한 그들은 변변한 대항도 못하고 쓰러졌다. 잠깐 사이에 인부들을 감시하던 삼십여 명의 위사들이 시체로 변했다.

"안으로!"

피 묻은 검을 높이 쳐든 포일이 수하들을 인솔해 사단이 벌어진 곳으로 짐작되는 건청궁을 향해 달렸다. 하지만 미처 어화원을 벗어나기도 전에 수십 명의 금의 위사들이 앞을 가로막았다.

"막아라! 자객들이다!"

조장으로 보이는 금의 위사가 앞장선 포일을 노리고 달려들었고 이어 다른 위사들과 구구쾌검대 간에도 격전이 벌어졌다. 금의 위사들 또한 가리고 가려 뽑은 자들인지라 쉽게 밀릴 정도는 아니었지만 수에 있어 압도적으로 우세한 구구쾌검대를 막지 못하고 순식간에 볏단처럼 쓰러졌다. 포일은 목표지점을 향해 계속 앞으로 달렸다.

"크악!"

"으악!"

갑자기 대열의 뒤에서 비명 소리가 나며 대원 몇이 나뒹굴었다. 그 소리에 십여 명의 대원들이 뒤로 돌아 그들을 상대했다. 대내 고수들이었는지 공격자들의 무공 수위는 상당해 압도적인 수에도 불구하고 일시에 제압할 수 없었다.

"앞으로!"

포일이 격한 어조로 소리쳤다.

황제를 업고 가는 대전태감과 마주친 것은 무영에게 불운이었다. 그 죄로 그는 지금 황제를 업은 채 건청궁을 향해 달려야 했고, 그 뒤를 대전태감이 헐떡이며 따랐다. 대전태감의 뜀박질 속도가 너무 느려 무영과 교대를 한 것이다. 하지만 황제도 그리 운이 좋은 편은 아니었다.

"미치겠네, 여기도!"

무영은 건청궁 뒤쪽에서 달려오는 일단의 무리를 발견했는데, 복장으로 보아 황궁 위사들이 아님을 알고는 황급히 방향을 틀어 큰 문이 있는 곳으로 향했다. 워낙 넓은 황궁인지라 어디가 어딘지 그 문이 그 문 같아 도무지 분간하기도 헷갈리는 데다 날까지 어둑하니 도무지 방향을 잡기가 곤란했다.

게다가 반역도들이 떼거지로 몰려다니는 것까지 목격한 터라, 역무군이 대규모 반란군이라도 이끌고 쳐들어왔나 싶어 황제를 계속 업고 뛰어야 할지도 망설이는 판이었다. 여차하면 반군에게 넘겨주고 튈 생각도 있었기에, 자신이 계속 업고 다니다가 반군들의 눈에 띄어 똥바가지를 쓰고 싶은 생각은 조금도 없었다. 황제를 살살 꼬드겨 정염 개발권이나 따내려 했는데 어쩌다가 일이 꼬여 이렇게 되었는지 그저 답답하기만 했다.

"저, 저리로, 헉헉!"

다행히 대전태감은 숨을 헉헉대면서도 무영의 등에 업혀 있는 황제 곁을 떠나지 않고 바싹 붙어 따라오며 방향을 알려주었다.

"잡아라!"

"막아라!"

도무지 위사들이 지르는지 반군들이 지르는지 알 수 없는 고함 소리가 사방에서 들려왔기에 헷갈리고 있는데 마침 반가운 소리가 들렸다.

"황제 폐하를 지켜라!"

"황상의 안위가 최우선이다!"

무영이 보니 저만치에서 한 떼의 금의 위사들이 횃불을 들고 고함을 치며 달려가고 있었다.

"여기다, 여기!"

대전태감이 계집 같은 목소리를 쥐어짜 가며 소리쳤다.

'저놈들은 진짜 위사로구나!'

무영이 반색하며 그리로 달려가려는 순간, 그의 등에 업혀 있는 황제를 지켜야 할 위사들은 무영을 본 체도 않고 나는 듯이 달려 건물 사이를 지나 황궁 깊숙한 곳으로 사라져 버렸다.

'아니, 이런 빌어먹을 놈들! 황제는 여기 있는데…….'

황당했다. 그리고 욕이 절로 나왔다.

'망할 놈들아! 그럼 내가 끙끙거리며 업고 다니는 놈은 황제가 아니라 황구(黃狗:누렁이)란 말이냐!'

속으로 열불이 났지만 어디로 갔을지도 모를 위사들을 따라갈 수는 없는 노릇이었다. 하지만 알고 보면 제대로 황제의 행방을 찾지 못하는 위사들이나 대내 고수들을 탓할 수도 없었다. 포일의 구구쾌검대가 고함을 치며 위사들의 저지를 무너뜨리고 안으로 밀고 들어오는 통에 황제를 지켜야 할 대부분의 병력이 그리로 몰렸다. 또한 그들은 나름대로 충성심을 표하기 위해, 황제가 어디 있는지도 제대로 모르면서 저마다 '황제 폐하를 보호해라' 하며 사방에서 주둥이질을 해대니, 위사들조차도 그 넓은 자금성 안에서 진짜 황제가 어디 있는지 금방 알아내기란 정말 쉽지 않았다. 게다가 평복 차림으로 환관의 등에 업혀 달아나는 황제 일행은 얼핏 보기에 부상당한 동료를 업고 뛰는 환관들로밖에 보이지 않았기에 누구도 관심을 가지지 않았다.

"헉! 헉!"

대전태감도 황당한지 위사들이 사라진 방향만 보며 가쁜 숨만 몰아쉬고 있었다.

그때였다.

갑자기 그들 앞에 역무군이 나타났다.

"헉!"

무영은 깜짝 놀라 뒤로 물러섰다.

"아니!"

놀란 것은 역무군도 마찬가지였다. 사실 역무군도 일이 글러 버린 지금 자금성 안에서 황제나 장무영을 다시 상봉하려는 계획이 전혀 없었기 때문이다. 그가 이들과 마주친 것은 정말 우연이었다.

원래 역무군은 고함을 치며 쫓아오는 위사들을 보고는 정신없이 담을 넘어 내달렸다가 길을 잘못 들어 후궁들의 거처인 서육궁(西六宮)이 있는 곳으로 갔었다. 이미 사방에 횃불까지 밝혀진 상태였기에 피가 철철 흐르는 검을 쥐고 달려드는 역무군을 본 궁녀들은 놀라 소리 질렀고, 심장이 약한 몇몇은 그 자리에서 꼬르륵거리며 기절해 버리기까지 했다.

게다가 인근을 지나던 시위들이 그를 발견하고 소리치며 달려드는 통에 정신이 없었다. 방향을 잘못 잡았다고 생각한 그는 재빨리 달아 나 다른 건물 지붕 위로 올라갔다. 하지만 지붕 위로 숱한 대내 고수들 이 떠오르는 것을 보고는 얼른 내려오지 않을 수 없었다.

'제기랄!'

잠깐 본 것은 황색 물결을 이루듯 첩첩이 이어진 지붕들이 고작이라 방향을 잡는 데 전혀 도움이 되지 못했다. 사방에서 급박한 상황을 알 리는 북소리와 위사들의 고함 소리, 발자국 소리가 황궁을 가득 메우고 있었다.

"자객이다!"

저만치서 누군가 그를 발견했는지 크게 소리쳤다. 마음이 다급해진 역무군은 비교적 조용해 보이는 곳을 골라 달아난 것이었는데, 그만 방 향을 잘못 잡아 황제를 업고 달아나는 무영 일행과 맞닥뜨린 것이었다.

'어이쿠!'

역무군을 본 무영은 답설무흔의 경공을 전개해 정신없이 내달렸다. 옆에서 길을 알려주는 대전태감 때문에 경공을 전개하지 못했던 것인 데 지금은 그걸 가릴 때가 아니었다.

"위사들은 어디 있느냐! 폐하를 보호해라!"

구석에 나동그라진 대전태감이 목청껏 소리쳐 위사들을 불렀지만 계집 같은 그의 목소리는 고함 소리와 도검 소리에 묻혀 제대로 울려 퍼지지 않았다.

"섯거라!"

퍼뜩 정신을 차린 역무군이 날렵하게 몸을 날려 쫓아왔다.

'미쳤냐!'

무영은 정신없이 뛰었다. 하지만 두 사람 사이의 간격은 이내 좁혀졌고 이 정도면 사정 거리라고 생각되었는지 역무군이 검을 날렸다.

쐐액!

어쩌면 위사들이 몰려오기 전에 놈과 황제를 요절낼 수 있을 것 같았다. 그는 검에 살심을 가득 심었다. 파공음에 놀란 무영은 훌쩍 뛰며 옆쪽으로 방향을 틀어 물러났다. 하지만 황제까지 등에 업고 있는 상태라 여간 불편하지가 않았다.

"어이쿠!"

황제를 내려놓고 싶은 마음이 간절했던 그는 돌부리에 걸려 비틀거리는 시늉을 하며 등에서 황제를 떼어내 보려고 시도했다. 하지만 황제도 지금은 무영의 등이 가장 안전한 곳이라는 것을 아는지 거머리처럼 찰싹 달라붙어 좀체 떨어지려 하지 않았다.

'망할 놈!'

어차피 이렇게 된 마당에 어쩔 수 없다고 생각한 무영이 방향을 돌려 역무군과 대치했다.

"ㅎㅎㅎ."

마침 주변이 위사도 보이지 않는 한갓진 곳이라는 것을 안 역무군은 무럭무럭 살심을 피워 올렸다. 무영과 이 장 정도의 거리를 유지한 채 잠깐 기회를 엿보던 역무군이 검을 떨쳐 냈다.

팟!

정면으로 무영의 가슴을 찔러오는 간결한 한 수였지만 그 빠름은 상상을 불허할 정도였다.

"우웃!"

놀란 무영이 몸을 뒤로 젖히며 왼쪽으로 비스듬히 틀어 겨우 피했는가 싶었지만, 역무군의 검은 마치 살아 있는 뱀처럼 방향을 틀어 무영의 심장을 쫓아왔다.

"크윽!"

심장을 피하기는 했지만 역무군의 검이 왼쪽 견갑골을 쑤셨다. 하지만 뒤로 자빠지던 무영은 허공으로 발을 차 올리며 역무군의 턱을 노렸기에 그도 훌쩍 뒤로 물러섰다.

쿵!

어깨의 충격으로 등에 업고 있던 황제를 놓치며 그대로 땅에 처박혔다. 비명 소리가 있을 법도 했지만 황제는 이미 역무군의 첫 번째 공격 때 놀라 혼절해 정신을 잃고 있었다. 그렇기에 무영의 등에서 쉽게 떨어진 것이기도 했다.

"이놈!"

역무군은 황제를 거들떠보지도 않고 무영을 향해 재차 검을 날렸지만 이번에는 무영이 뒤로 훌쩍 물러서며 달아났다. 그들이 있는 곳은 황궁에서 소비할 음식을 만드는 어선방(御膳房)이 멀지 않은 곳이었다. 눈앞에 제법 큰 건물이 있는 것을 본 무영이 죽어라 그리로 달리자 역무군이 뒤를 쫓았다.

쾅!

문을 부수듯 안으로 들어선 무영은 벌벌 떨며 숨어 있던 수십 명의 숙수(熟手)들을 보고는 이곳이 주방이라는 것을 알았다.

"으악!"

"아이쿠!"

그러지 않아도 바깥의 도검 소리와 비명 소리에 오금이 저려 출입을 삼간 채 안에 모여 떨고 있었다. 그들은 갑작스레 문을 부수고 들이닥친 무영을 보고는 악을 쓰듯 비명을 지르다가 피가 흐르는 장검을 꼬나 쥐고 뒤따라 들어온 역무군을 보고는 더욱 크게 놀랐다.

이곳에도 칼 잘 쓰는 기인이사(奇人異士)들은 많지만, 진정한 달인은 세인들 앞에 함부로 나서는 것을 즐겨하지 않는 법. 그들은 전문가답게 위험을 인지해 반응하는 동작도 자못 재빨라 모두 건물 구석구석에 머리를 처박고 비교적 살점이 많은 엉덩이만 하늘로 솟구쳐 올렸다.

다행히 묘한 냄새를 피워 올리는 어선방 기인이사들의 엉덩이는 역무군의 관심사가 아니었다. 그는 숙수들의 줄지은 엉덩이는 거들떠보지도 않고 다른 방으로 달아나는 무영을 계속 쫓았다.

'망할 놈, 더럽게 쫓아오네!'

정신없이 달려가던 무영의 눈에 도마 위에 올려진 넓적한 고기 써는 칼이 들어오자 재빨리 그것을 집어 들었다.

쐐액!

어느 틈에 쫓아온 역무군이 그의 등을 쪼개왔다.

팡!

무영은 감히 맞받아 치는 대신 때마침 보이는 창문으로 그대로 몸을 날려 부수며 들어갔다.

"헛!"

그곳에는 허공에서 늘어뜨려진 긴 꼬챙이에 대롱대롱 매달린 수십 마리의 돼지와 소들이 있었다. 껍질이 모두 벗겨진 것으로 내일 아침 상에 올릴 것들이었다. 자금성 안에 사는 수만 명이 먹어치울 고기니 그 양도 대단했다. 무영은 고기들을 밀어 흔들어두고는 얼른 그 사이로 몸을 숨기고 숨을 죽였다.

'헛!'

무영을 쫓아 안으로 들어선 역무군은 고약한 상황에 흠칫했지만 이
내 날카로운 눈으로 찬찬히 살폈다.

삐걱! 삐걱!

하지만 매달린 고깃덩어리들의 무게로 꼬챙이가 앞뒤로 흔들리며
삐그덕거리는 통에 눈과 귀가 혼란스러워져 무영을 찾기가 쉽지 않았
다.

"자객이다!"

"어선방에 자객이다!"

그 틈에 숙수들은 모두 밖으로 달아나며 주방에 자객이 들었다며 소
리치는 것이 이곳까지 들려왔다.

"흐흐흐, 이놈!"

마음이 다급해진 역무군이 음산한 미소를 지으며 허공에 매달린 고
기들을 차례로 잘라갔다.

쿵! 쿵! 쿵! 쿵!

두툼하게 살이 오른 고기들이었지만 역무군이 휘두르는 검에 순식
간에 요란한 소리와 함께 땅으로 떨어졌다. 그러자 짧고 넓적한 요리
칼을 들고 멋쩍게 서 있는 무영의 모습이 훤히 드러났다.

'제기랄!'

그래도 꽤 버틸 수 있을 것으로 생각했었는데 역시 대단한 놈이었
다.

"역무군, 덤벼라!"

체면상 말은 그렇게 하면서도 무영은 잔뜩 긴장하고 역무군의 일격
을 대비했다. 어둠침침한 고기 창고였지만 두 사람이 서로를 경계하며
살피는 것에는 아무런 문제가 없었다.

어제 일로 영 마음이 상해 있던 곡완주는 성안에서 들려오는 고함 소리에 불안한 마음을 감추지 못했다.

'멍청이.'

바보같이 상대의 조호이산지계에 속아 흑의인들을 따라갔다가 정작 진짜 살수들에게 그 사람을 위기에 빠뜨렸다는 것은 스스로도 용서하기 어려웠다. 오늘도 몰래 무영의 뒤를 따랐던 그녀는 지금 자금성의 현무문 주변에서 서성이고 있었는데, 안으로 들어간 무영이 아직 나오지 않은 상태에서 비명과 고함 소리에 요란하게 횃불이 오가는 것을 보고는 갈피를 잡을 수 없었다.

'어떻게 하지……?'

들어가고 싶기는 하지만 대명의 주인인 황제가 산다는 엄청난 규모의 자금성과 휘황한 갑주에 각종 병장기로 무장한 수백 수천의 군병들이 열을 지어 안으로 달려가는 것을 보고는 감히 들어가 볼 엄두도 내지 못했다.

혹시 다른 문으로 나오지 않았을까 생각해 보기도 했지만, 황궁에 자객이 든 상황이라 혹시 그 사람을 노리는 자객들이 황궁까지 쫓아 들어갔나 싶은 것이 그저 마음만 불안했다.

'안 되겠어.'

애타는 마음은 더 이상 그녀를 제자리에 있을 수 없게 만들었다. 곡완주는 혹시 그 사람의 목소리라도 들리지 않을까 싶어 황궁의 담을 따라 돌고 또 돌았다. 적지 않은 거리였지만 다급히 타는 속마음에 비하면 아무것도 아니었다.

"물럿거라!"

군영의 병사들은 계속 쏟아져 나와 황궁을 둘러싸기 시작했기에 그런 노력마저도 계속할 수 없었다. 다시 몸을 돌려 현무문 근처로 가려는데, 담장 너머로 도검이 맞부딪치는 소리가 들려왔다.

'혹시!'

요란한 병장기 소리로 보아 안에 큰 싸움이 난 게 확실했다. 하지만 이미 병사들에 의해 겹겹이 둘러싸인 상태라 마음만 애타게 끓이고 있을 뿐 여전히 담장을 넘지 못했다.

포일 일당은 건청궁을 뒤로 의지하고 위사들과 맞서고 있다가 금의위사들의 수가 늘어나자 때가 되었음을 알았다.

"퇴각한다!"

포일이 검을 들어 들어왔던 방향을 가리키며 소리치고는 앞장서서 길을 뚫었다. 절반쯤 남은 구구쾌검대는 그 뒤를 쫓으며 결사적으로 탈출을 시도했다. 일이 잘못되었을 경우 황궁 수비병들의 이목을 나누어 맹주의 짐을 덜어준다는 당초의 목표는 달성한 셈이었지만 이제부터 달아나는 것도 큰 문제였다.

사로잡혔을 경우를 대비해 모두들 독환(毒丸)을 품고 있기에 그들이 싸움에 임하는 태도는 그만큼 처절했다.

하지만 앞을 막아서는 금의위사들 또한 그들 못지않게 결사적이었다. 포일 일당이 지나가려는 어화원 쪽은 황후의 거처인 곤녕궁을 거쳐야 하는 까닭에 금의위사들도 양보할 수 없는, 목숨을 걸고 막아내야 하는 곳이었다.

곤녕궁 뒤쪽의 곤녕문(坤寧門)을 거치면 바로 어화원으로, 그곳에서 현무문을 통하는 것이 황궁을 벗어나는 가장 빠른 지름길이었다. 하지

만 들어올 때와 달리 수십 배로 늘어난 금의 위사들은 물론 대내 고수
들까지 달려들어 합세하는 통에 길을 뚫기는 고사하고 순식간에 뒤로
밀려 버렸다.

"저리로!"

포일은 달려드는 금의 위사들을 쓰러뜨리며 후궁들의 거처로 통하
는 내서로(內西路)로 대원들을 이끌었다. 일 장이 넘는 담으로 둘러싸
인 내서로는 황제와 황후의 거처가 있는 후삼궁과 궁녀들이나 비빈, 태
후의 거처인 서육궁(西六宮) 사이의 길로 두 궁을 가르는 긴 회랑과도
같은 길이었다.

다행히 양쪽의 높은 담이 위사들의 접근을 막아주었기에 그들은 방
해를 받지 않고 내달릴 수 있었다. 하지만 좌우가 벽으로 차단된 긴 골
목이나 다름없는 내서로를 택한 것은 포일의 큰 실수였다.

돌연 양쪽 담장 위로 횃불을 든 수십 명의 대내 고수들이 훌쩍 올라
서며 그들을 따라 내달렸다. 뿐만 아니었다. 갑자기 어화원으로 통하
는 전면의 문 쪽에서 수십 명의 금의 위사들이 나타나 그들의 앞길을
막았고, 들어왔던 문 쪽에서는 추격해 오는 금의 위사들이 퇴로를 차단
했다.

"뚫어라!"

길은 하나. 망설임도 필요없이 그저 앞으로 뚫고 나가는 것뿐이었
다. 포일이 앞장서서 검을 휘둘러 선두에 막아서는 두 명의 금의 위사
들을 벴다. 섬전 같은 빠른 쾌검이었다.

"크억!"

"컥!"

금의 위사들은 미처 대항할 틈도 없이 꼬꾸라졌다.

순간 포일의 면전에 모두 짙은 자색의 복장을 한 네 명의 대내 고수
가 내려서서 그대로 그들을 공격해 왔다. 그것이 신호라도 되는 양 대
내 고수들은 속속 담에서 뛰어내리며 대원들을 공격했다. 앞뒤의 금의
위사들도 이에 질세라 공격에 합세했다.

“으악!”

“커억!”

사방에서 몰아치는 공격에 잠깐 사이 절반 이상의 대원들이 유명을
달리했다. 이십 명 남짓한 그들은 결사적으로 쾌검을 휘두르며 반격을
했지만, 시간이 갈수록 늘어만 가는 금의 위사들에게 수적으로 상대가
되지 않았고 대내 고수들에게는 무공에서 밀렸다. 그들이 거의 궤멸
상태에 이르렀을 즈음 돌연 담장 위에서 커다란 그물들이 날아와 대원
들의 머리 위를 덮쳤다.

“엇!”

깜짝 놀란 포일이 몸을 날려 그물을 피하려고 했지만 대내 고수들이
그의 앞길을 막았다.

휙! 휙! 휙!

그물 위로 또 그물이 던져지자 포일과 대원들은 잠깐 사이에 그물에
싸여 몸을 움츠리기도 어려울 정도가 되었다.

“독환을!”

포일은 남은 대원들에게 재빨리 전음으로 명령을 내리고는 자신도
품속에서 독환을 꺼내 삼켰다. 다른 대원들도 망설이지 않고 모두 독
환을 꺼내 삼켜 버렸다. 어차피 포로가 되면 모진 고문을 당하다가 죽
을 것임을 잘 알고 있는 그들이었다.

“아니!”

포위하고 있던 대내 고수들과 금의 위사들은 그들의 돌연한 행동에 크게 놀랐지만 어쩌지 못했다.

"으으……."

"크으……."

독환을 삼킨 그들은 목을 감싸 쥐고 입가에 검붉은 피를 흘리며 차례로 쓰러졌다.

"지독한 놈들!"

지켜보던 사람들은 고통스럽게 죽어가는 그들의 끔찍한 광경에 고개를 돌려 버렸다.

어선방의 한 창고에서는 역무군과 무영 사이에 살얼음판을 걷는 긴장이 이어지고 있었다. 무영은 발 아래 떨어져 있던 돼지 두 마리를 차연속적으로 역무군에게 날렸다.

파파파팟!

상대가 무슨 잔꾀를 부리는지 알 수 없었던 역무군은 막강한 내공을 쏟아 부어 고깃덩이를 난도질해 버렸다.

쾅!

순간 역무군이 무차별하게 휘두른 검에 고기 창고의 담장이 무너졌다. 무영은 이때다 하고는 재빨리 밖으로 몸을 날려 달아났다.

"흥!"

코웃음을 친 역무군이 그의 뒤를 쫓아 등 쪽으로 날아 내리며 일검을 뿌렸다.

'훗!'

살기를 느낀 무영이 황급히 몸을 굴려 그의 검을 피했다.

“저놈이다! 장검을 쥔 놈이다!”

황제를 모시던 대전태감이었다. 그는 다행히 위사들을 만나 그들을 이끌고 무영이 황제를 업고 사라진 방향으로 달려왔는데, 정작 어두운 건물 구석에 내팽개쳐진 황제를 보지 못하고 소리가 나는 싸움 현장으로 달려온 것이었다. 그의 뒤를 따르고 있던 십여 명의 금의 위사들이 역무군을 향해 달려들었다.

“이런!”

역무군의 마음이 다급해졌다.

“하앗!”

그는 커다란 기합을 터뜨리며 허공으로 몸을 뽑아 올렸다.

허공에서 번뜩이는 검이 위사들이 들고 있던 횃불의 불빛을 받아 번쩍이며 수백 수천 송이의 검화를 그려냈다.

“크아악!”

위사들은 물론이고 뒤에서 그들을 독려하던 대전태감도 덩달아 그의 검에 맞았는지 비틀거리다가 쓰러졌다.

“흐흐흐.”

위사들을 쓸어버린 역무군은 무영을 죽이려 작심한 듯 검에 공력을 모아 서서히 다가왔다. 이미 어깨가 찔린 무영은 가뜩이나 모자라는 실력에 병기마저 부엌칼이니 상대가 될 리 만무했다.

“왜 나를 그렇게 못살게 구는 게냐?”

무영은 역무군이 다가오는 반대 방향으로 발을 옮겨가며 시간이라도 끌어볼 요량으로 말을 건넸다.

“네놈이 항상 내가 가는 길 앞에 있었기 때문이지.”

역무군이라고 무영의 그런 의도를 모를 리 없었다. 무영이 어깨의 통증으로 잠깐 몸을 움찔하는 순간 그의 검이 빛살처럼 허리를 베어왔다.

싸악!

무영이 움찔하며 부엌칼을 들어 마주쳐 갔다.

창!

날카로운 금속성과 함께 불꽃이 튀었다.

"훗!"

이미 한쪽 팔에 부상을 입고 있던 무영은 팔이 떨어져 나갈 듯한 통증을 느끼며 부엌칼을 거의 놓칠 뻔했다. 주변에 쓰러진 위사들의 칼이 널려 있었지만 교활한 역무군이 그런 기회를 줄 턱이 없으니 그림에 떡이었다.

휘리릿!

역무군의 검끝이 연검의 그것처럼 흔들리며 무영을 향해 쑤셔왔다.

"태허만변(太虛萬變)!"

검끝이 그 수를 점차 불리더니 이내 수십 개로 늘어나며 무영의 전신 요혈을 노렸다. 피할 곳도 없었다.

허무관(虛無關)을 통과하기 위해 반드시 익혀야 하는 옥허궁주의 비전절기. 태허만변이 강호에 출현한 것은 여러 차례 있었지만 아무도 그 무공의 실체를 아는 사람은 없었다. 그의 무공에 당한 사람들 모두 그 자리에서 목숨을 잃었기 때문이다. 옥허궁이 구파일방과 오대세가의 틈에서 그런대로 자리 잡고 이름을 낼 수 있는 것도 태허만변과 같은 절예가 있었기에 가능했다.

"으헛!"

무영은 연신 뒷걸음질치며 물러섰지만 찰거머리처럼 달려들며 전신을 노려오는 십여 개의 검끝을 피할 수는 없었다.

"저리 물러가지 못하겠느냐!"
군영의 병사들이 황궁 주변을 계속 얼쩡대는 곡완주를 보며 호통 쳤다. 더 이상 어떻게 해볼 도리가 없었다. 쭈뼛거리며 성벽에서 물러나던 그녀는 황궁 담 너머 수십 장 정도에서 들리는 커다란 기합성을 들었다.
"앗!"
순간 곡완주는 경악했다. 순간 담장 위로 수천 송이의 검화가 만개하듯 피어나 밤하늘을 수놓는 것이 보였기 때문이다.
'역무군!'
중원에서 애화만천을 전개할 수 있는 사람은 자신을 제외하면 단 한 명뿐이었다.
휘익!
순간 곡완주는 더 이상 망설이지 않고 그대로 몸을 날려 황궁의 담장을 넘었다.
"아니!"
"저, 저런!"
"침입자다!"
외곽을 둘러쌌던 병사들이 고함을 쳤지만 그들이 담을 넘어 뒤를 쫓을 수는 없었다.
어선방은 구룡벽에서 멀지 않은 곳에 있었다. 황궁의 담장을 차고 구룡벽 위로 뛰어오른 곡완주는 담장 위를 넘는 순간 뭉툭한 부엌칼을 들고 연신 뒷걸음질치며 구석으로 내몰리는 무영을 볼 수 있었다. 역무군이 검은 그림자처럼 무영을 쫓으며 요혈을 넘보고 있었다.

"멈춰!"

가슴이 덜컥 내려앉은 곡완주는 검을 빼 들고 그대로 몸을 날려 역무군을 향해 날았다. 초식도 없었다. 그저 역무군에게 최대한 빠르게 검을 닿게 하려고 일직선으로 내지르는 것뿐이었다. 곡완주는 검과 일체가 되어 허공을 가르며 역무군의 등을 쑤셔갔다.

쐐애액!

'왔군!'

역무군은 곡완주의 출현을 알았지만 공격을 멈추진 않았다. 소리만 듣고도 거리를 파악한 때문이었다. 이미 그의 검은 무영을 파고들 만큼 충분히 가까운 거리였다.

창! 창! 창!

다급해진 무영이 부엌칼로 쑤셔오는 검을 몇 번 쳐냈지만 그것으로 끝이었다.

파파파파팟!

철판교(鐵板橋)의 수법으로 몸을 젖히기는 했지만 역무군이 더 빨랐다. 그의 검은 무영의 부엌칼을 피해 안으로 파고들어 와 가슴 주변의 살갗 곳곳을 휘저으며 찢어냈다.

"으악!"

가늘게 찢겨진 살점들이 허공으로 튀며 사방으로 비산했고 이어 무영의 몸이 뒤로 밀려나며 쓰러졌다. 하지만 그는 부엌칼만은 놓치지 않고 있었다.

"안 돼!"

그것을 본 곡완주는 전신의 내공을 모두 끌어올려 역무군을 향해 찔러갔다.

'훗!'

무영을 향해 짓쳐들던 그가 황급히 몸을 틀어 피했지만 이미 늦었다. 후면 공격을 의식해 무영을 공격하던 힘에서 몇 할을 감하기는 했지만 상대가 날아오는 속도를 잘못 계산했다. 역무군의 어깨가 찢어져 나가며 피가 튀었다.

팟!

역무군을 공격하고 스치듯 날아간 곡완주는 탄력을 이기지 못해 저만치 더 튕겨져 나가 여러 차례 몸을 회전시킨 후에야 겨우 멈추어 섰다.

"훙!"

역무군은 짐짓 코웃음을 쳤다.

그녀의 검에 어깨 살이 떨어져 나갔지만 다행히 뼈를 당하지는 않았다. 내심 안도하며 중심을 잡은 순간 아직도 비틀거리는 곡완주를 본 그는 기회를 놓치지 않고 그대로 찔러갔다. 역무군은 어깨의 타격에도 불구하고 공력의 소모가 심한 태허만변의 초식을 펼쳤다.

파파파팟!

내력을 담은 검끝이 파르르 떨더니 급격히 흔들리며 수를 늘려갔다.

휘릭!

날카롭게 찔러오는 십수 개의 검끝을 피하기 위해 곡완주의 발이 반복해 원의 궤적을 그리듯 돌며 회전했다.

팟팟팟팟팟!

바닥의 돌덩이들이 사방으로 튀었다.

역무군의 검은 황궁 바닥에 수 겹으로 깔린 벽돌들을 부서뜨리며 돌 조각을 휘날리게 했다. 하지만 곡완주는 빠르게 몸을 놀려 계속 그의 검세를 피했다.

'헛!'

역무군은 내심 크게 놀랐다. 태허만변은 단 한 번도 파훼된 적이 없는 옥허궁의 비전절예가 아니던가? 하지만 천하의 용설군이 키워낸 제자라면…….

'후후후.'

역무군은 내심 자신감에 찬 웃음으로 실패를 덮으며 다시 이를 물었다. 그게 전부가 아니다. 태허만변이 그렇게 쉽게 무너질 초식이라면 결코 절예가 될 수 없다. 한순간 방향을 잃은 듯한 역무군의 검이 이내 목표물을 찾아 방향을 틀었다.

휘리리릿!

언제 그랬냐는 듯 역무군의 검끝이 다시 본연의 모습을 찾아 상대의 전신 요혈을 노렸다.

'으헛!'

곡완주의 몸이 다시 궤적을 그렸지만 이번에는 통하지 않았다. 역무군은 재빠르게 회전하는 그녀에게 그림자처럼 붙어 따르며 검을 휘둘렀다. 무수히 찔러오는 검끝과 그녀 사이의 거리는 한 치도 벌어지지 않고 오히려 더 가까워졌다.

"허어, 대단하구나!"

황제는 두 사람이 벌이는 대결을 보며 감탄을 금치 못했다.

방금 전까지도 혼절해 땅 위에 널브러져 있던 황제는 어느 틈에 담장 마루 위에 특별히 마련된 의자에 앉아 구경꾼 노릇을 하고 있었다.

역무군이 펼친 애화만천의 검화를 보고 모여든 대내 고수들은 이내 황제를 찾아 정신 차리게 했고, 수십 명의 대내 고수들을 본 황제는 크게 안심한 나머지 '좌대를 대령하라'는 황명을 내려 담장 위로 올라가 세 사람의 싸움을 즐거가며 관람하고 있었다.

"정말 대단해!"

황제는 다시금 감탄했다. 그의 주위로 커다란 비단 장막이 쳐지고 전후좌우로 대내 고수들이 새카맣게 깔려 있었다. 앞쪽으로 수십 수백의 금의 위사들이 속속 도착해 열을 지어 인의 장막을 쳤고, 장창과 방패를 든 위사들이 전면에 몇 열로 늘어섰다. 황제가 편히 관람을 즐길 수 있도록 횃불을 든 금의 위사들이 사방에서 열을 지어 장내를 훤히 밝혔음은 물론이었다.

"그렇사옵나이다."

"폐하의 무공에 대한 높으신 안목에 그저 감탄할 따름입니다."

주변의 내관들은 그렇게 말하는 것으로 황제의 기분을 맞추어주었다. 황제가 처음 본 장면은 장검을 들고 파고드는 자객에게 부엌칼로 맞서는 무영이었는데, 오래 버티지도 못하고 쓰러지자 크게 실망했었다.

곡완주가 나타난 것은 그때였다. 대내 고수들을 보내 자객을 사로잡으려던 황제는 뛰어난 고수가 나타나 자객을 공격하며 자신에게 충성을 보이는 것을 보고 감탄했다. 하지만 새로 나타난 고수는 자객에게 일격은 제대로 가했으되 그 이후로 계속 몰리고 있어 그를 안타깝게 했다.

"저 둘의 실력은 어느 정도냐?"

"아마 지금 이곳에서 최고인 듯싶습니다."

그의 좌우에 시립하고 있던 대내 고수 중 하나가 말했다.

"허, 그 정도란 말이냐? 그렇다면 너희들과 저 자객이 싸운다면?"

"아마도…… 셋은 붙어야 겨우 상대할 수 있을 것입니다."

꾸물거리던 그가 마지못해 대답했다. 바로 그때 황제의 눈에 부엌칼을 들고 비칠거리며 몸을 일으키는 장무영이 들어왔다. 황제의 눈이 그를 향했다.

"그렇지! 그렇게 쉽게 쓰러질 장 어사가 아니지!"

그에게 끊임없는 신뢰를 보내는 황제는 손바닥으로 의자를 쳐가며 그의 회생을 기뻐했다. 수만의 반군들을 일시에 소탕했다는 장무영이 아닌가? 황제는 언젠가 읽은 책자에서도 주인공이 힘겹게 밀리다가 마지막 순간에 적당을 무찔렀음을 기억했다.

"으……."

무영은 이를 악물었지만 극심한 고통에 신음성을 참지 못했다.

마지막 순간 상대의 검에서 진기가 줄어들며 깊은 상처를 남기지 않았기에 살아날 수 있었다.

'또 너로구나!'

곡완주의 공격이 아니었다면 끝장이 났을 상황이었다. 가슴 대여섯 곳의 살점이 뜯겨 나가며 뼈가 드러난 곳도 있었다. 하지만 그녀가 몰리는 것을 보자 더 이상 참을 수가 없었다. 부엌칼을 고쳐 잡은 그는 역무군에게로 달려갔다.

"훗!"

곡완주에게 마지막 일격을 선사하려던 역무군은 등 뒤에서 이는 살기에 무영임을 알았다. 곡완주만 아니었다면 벌써 세상을 하직시켰을 놈이었다. 하지만 장무영도 만만한 놈이 아니라는 것을 아는지라 그는 재빨리 검을 틀어 무영을 베어갔다.

창!

비스듬히 떨쳐 가던 무영의 부엌칼은 역무군의 일초에 간단히 밀려났다. 교묘하게 방향을 틀어 납작 주저앉은 무영은 다시 역무군의 하체를 쓸어갔다.

휘익!

역무군은 재빨리 발 하나를 뒤로 빼고 다른 한 발을 들어 올려 칼을 피한 후 무영이 미처 자세를 잡기도 전에 그의 머리통을 쓸어갔다. 순간 곡완주의 검이 섬전처럼 그의 등을 쓸어갔다.

"헛!"

역무군은 방심하지 못하고 훌쩍 몸을 날려 뒤로 물러섰다. 하지만 곡완주는 검끝을 앞세우고 계속 달려들며 역무군의 심장을 노렸다. 일견 평범해 보였지만 순간적으로 마땅한 반격 수단이 없는 절묘한 한 수였다. 역무군은 연신 뒷걸음질치며 뒤로 물러났다.

"일도관철(一刀貫鐵)!"

구경을 하던 대내 고수들조차 감히 황제의 면전임에도 불구하고 탄성을 터뜨렸다. 군문(軍門)의 기본 검초를 저런 고수들의 싸움에서 본다는 것이 신기했기 때문이다.

창!

역무군이 몸을 젖혀 틀며 그녀의 검을 쳐냈다. 그는 한 발을 옆으로 빼며 몸을 숙여 비스듬히 곡완주를 베어갔다. 달려들던 속도 때문에 미처 신형을 수습하지 못한 그녀가 땅을 박차고 허공으로 뛰어오르자 역무군도 그녀를 따라 몸을 솟구쳤다.

"이놈!"

순간 곡완주를 구원하려는 무영이 몸을 날려 그의 등을 찍을 듯 달려들었다.

퍽!

솟구쳤던 역무군이 허공에서 몸을 틀어 발길질로 무영의 안면을 강

타했다. 크게 당한 무영이 뒤로 자빠지는 순간 역무군의 검이 허리를
베어왔다. 그는 사실 무영을 노리고 있었다. 결정적인 순간 협공을 가
하는 그를 거추장스럽게 여기던 그는 곡완주를 공격해 쫓는 척하며 그
를 유인했던 것이다.

파앗!

무영이 재빨리 몸을 틀었지만 역무군의 검은 사정없이 그의 왼쪽 허
벅지를 베어버렸다.

"아악!"

역무군의 검은 뼈까지 쓸어버렸기에 다리가 제멋대로 놀아 몸의 중
심을 잃은 무영은 그대로 주저앉고 말았다.

쐐액!

그에게 마지막 일검을 날리려던 역무군은 곡완주의 검이 쓸어오는
것을 알고는 재빨리 멀찍이 몸을 날렸다. 이제 무영은 일어서지 못할
것이니 멀리 떨어져 일 대 일로 싸우려는 것이다.

"허, 저런!"

황제는 무영의 부상을 진심으로 가슴 아파했다. 충신의 아픔은 곧
황제의 아픔이었다.

"놈을 사로잡을까요?"

탄식 소리에 담장 아래 시립해 있던 새로운 내관이 황제를 올려다보
며 물었다. 대내 시위들을 풀어 무영을 다치게 한 자를 잡겠다는 말이
었다.

'저런 눈치없는 놈.'

황제는 입맛이 썼다. 아무리 충신이 다쳤기로 평생에 단 한 번도 보
기 어려운 이런 싸움을 그만두게 하다니…… 장무영이 다리를 크게 다

친 것이 가슴 아프기는 하지만 지팡이를 짚고 다닌다고 충신이 역적이 되겠는가? 진정한 충신이란 목숨을 아끼지 않고 황제에게 즐거움을 선 사해야 하는 것이 아닌가? 아까 죽어버린 대전태감 놈이었다면 자신을 난처하게 할 이런 질문은 결코 하지 않았을 것이다.

'이놈아, 내 평생에 이런 날이 다시 있겠냐!'

앞으로 또다시 이런 구경을 할라치면, 일은 제대로 처리 못하면서 말 만 많은 조정의 밥버러지 놈들이 황제 폐하의 안녕이 어쩌고 나라의 주 인이 어쩌고 하고 주둥이질을 해대가며 결사적으로 막아설 것이 분명했 다. 다행히 지금은 비상시국이라 녹봉이나 축내는 그런 놈들의 출입마저 엄격히 통제되고 있기에 귀를 더럽히지 않고도 편하게 즐길 수 있었다.

'구관이 명관이라더니……'

죽어 자빠진 전임 대전태감의 시신을 보았을 때는 그저 '갔구나' 했 는데 막상 이런 일을 겪고 보니 짐짓 아쉬운 마음까지 들었다.

"험!"

대답이 마땅치 않았던 황제는 헛기침으로 대신했다. 그런대로 눈치 가 영 없지는 않은 내관은 이내 황제의 의중을 간파하고는 조용히 고 개를 숙였다.

'흠!'

그제야 황제도 안심했다. 몇 번만 더 단련을 시키면 아쉬운 대로 써 먹을 수 있을 놈 같기는 했다. 황제의 눈이 다시 싸움터로 향했다.

'쯧쯧!'

곡완주는 고전하고 있었다. 상대방이 이쪽 무공의 허실을 훤히 알고 있으니 공수가 원활할 턱이 없었고, 역무군은 옥허궁의 비전절초까지 섞어 공격해 오니 감당하기가 쉽지 않았다. 사부에게 배운 절초들이

번번이 상대에게 막혀 버리는 것을 본 그녀는 생각을 달리했다.

쐐액!

역무군은 상대의 허리를 쓸어갔다. 그는 마지막 한 수를 찾고 있었다. 주변은 이미 대내 고수들과 금의 위사로 인해 철통같이 포위되어 있어 달아나기도 쉽지 않았다. 자칫 자신이 부상이라도 당한다면 탈출은 꿈도 꾸지 못할 일이라 그는 공격을 하면서도 신중하게 기회를 골랐다.

“하앗!”

곡완주가 뾰족한 기합성을 터뜨렸다. 역무군이 훤히 알고 있을 사문의 검법을 제외하고는 무림의 일반적인 초식밖에 알지 못한다는 것이 그녀의 큰 약점이었다. 그녀는 기선을 잡아볼 요량으로 허공으로 뛰어오르며 삼재검법을 전개했다.

천일생수(天一生手).

곡완주의 검이 찔러오자 맞받아가던 역무군은 흠칫하며 뒤로 물러섰다. 상체를 찔러오던 검이 갑자기 원을 그리듯 돌며 허리를 쓸어왔기 때문이다.

파파팟!

기선을 잡은 그녀는 삼재검법의 초식들을 잇달아 펼쳐 냈다. 평범한 수법이었지만 하늘에서 폭풍을 몰듯, 때로는 땅에서 지진을 일으키듯 맹렬하게 검기를 뿜으며 역무군을 조여갔다.

“훗!”

역무군은 계속 뒤로 밀리며 막기에만 급급했다. 언뜻 보기에는 그가 위기에 빠진 듯 보였다. 하지만 그가 노리는 것은 따로 있었다.

휘익!

갑자기 곡완주의 공세에서 몸을 뺀 역무군이 저만치 쓰러져 있는 무영을 노리고 달려들었다.

"헉!"

무영은 깜짝 놀라 부엌칼을 쥐고 일어나 대항하려 했지만 너덜거리는 다리 한 짝이 그의 행동을 방해했다.

"어이쿠!"

그는 재빨리 몸을 굴리려 했지만 그마저도 여의치 않았다.

절체절명의 순간!

"이놈!"

곡완주가 그런 역무군의 등을 향해 일장을 날렸다.

펑!

거리가 적당했기에 장력은 역무군의 몸에 정확히 격중되었다.

그런데 기막힌 일이 일어났다.

"아니!"

마땅히 피를 토하고 나자빠져야 할 역무군이 곡완주의 장력을 비스듬히 받아내 그 반탄력을 이용해서 황궁의 담장 쪽으로 몸을 날려 달아나는 것이 아닌가? 진정 놀라운 재간이었다.

"막아라!"

깜짝 놀란 황제가 벌떡 일어나며 추상같은 명령을 내렸다.

'나쁜 놈! 감히 황제의 큰 즐거움을 중단시키려 하다니……!'

황제는 이를 악물었다. 보위에 오른 이래 이토록 자신을 실망시킨 사건도 없었다. 괘씸한 놈!

"반드시 붙잡아 와서 다시 싸우도록 만들어야 한다!"

허탈과 분노를 주체할 수 없었던 황제는 즉각 대내 고수들을 시켜 추격을 지시했다.

"상공!"

곡완주는 달아나는 역무군을 추격하는 대신 무영에게 달려갔다.

"흑!"

덜렁거리는 그의 다리를 본 그녀는 정신이 아득해졌다.

'내가 죽일 년이야!'

진작 안으로 들어와 그를 도왔어야 했다. 황궁 담장을 넘는 일이 무슨 대수라고… 어제 그런 실수를 하고도 정신을 못 차린 자신을 질책했다. 주변을 둘러보니 황제 주변을 지키는 수백 명의 위사들과 고수들뿐, 역무군이 달아난 담장을 제외한 다른 쪽의 경비는 허술해 보였다.

"으으……."

통증이 극심한지 무영은 식은땀은 물론 이까지 물고 있었다. 그것을 본 곡완주는 가슴이 찢어지듯 아팠다. 일단 지혈해 주고 고통도 잊도록 수혈을 짚은 그녀는 무영을 안고 황궁 외벽 담장이라고 짐작되는 쪽으로 몸을 날렸다. 그것을 본 사람은 여럿 있었지만 적이 아니라는 것을 아는 데다 황제의 지시가 없어 모두 보고만 있을 뿐이었다.

'허! 그놈, 성질도 급하구나. 그나저나 이런 구경을 다시 하려면 그놈이 언제 또다시 찾아주어야 할 터인데…… 허……!'

역무군을 떠나보낸 황제의 가슴에 공허한 바람이 스쳐 갔다.

가슴 한구석이 휑하니 비는 허전한 기분이었다. 부황께서 붕어하셨을 때와는 정반대의 기분이랄까…….

제11장 **파옥(破玉)**

죽림(竹林).

작은 시냇물을 사이에 두고 청죽(靑竹)이 빽빽하게 들어서 큰 숲을 이루어 거대한 송림을 연상케 하는 곳이다.

휘잉!

죽엽을 뚫고 시원한 초저녁 바람이 불어왔다.

싸라락! 싸락!

수도 셀 수 없는 대나무 잎들이 바람에 휘청거려 서로를 부딪쳐 가며 스산한 소리를 내 약간만 거리가 떨어져 있어도 여간해서는 말을 알아듣기 어려울 정도였다. 청죽 사이로 수를 알 수 없는 청, 홍, 백의를 입은 무인들이 가득했는데 간혹 회의(灰衣)를 입은 사람들도 보였다.

그들 전면으로 시냇물가에 대나무로 엮은 조그만 집이 보였다. 지은

지 오래된 듯 광택을 잃은 청죽은 빛이 바래 있었고, 군데군데 갈라져 떨어져 나간 곳도 있는 허름한 죽옥(竹屋)이었다. 그 안에는 남궁철상을 비롯한 세가의 사대봉공과 밀령대주, 그리고 팔대호법 중 다섯이 모여 있었다.

"역무군이 북경으로 간 것은 확실합니다. 옥허궁의 구구쾌검대는 북경에 도착해 있다는 것을 확인했으니 그들과 합세해 어떤 일을 꾸미려는 것이 분명합니다."

밀령대주(密令隊主) 남궁통(南宮通)이었다. 세가의 모든 정보를 총괄하는 그는 이번에 옥허궁의 전력과 역무군의 동향을 파악하는 일에 전력을 기울여 왔다.

"이번 싸움에 우리 세가의 운명을 걸었음을 알 것이오. 모두 세가의 후예들답게 싸워주기 바라오."

남궁철상이 비장한 어조로 말하며 사대봉공과 호법들, 그리고 각대의 대주들을 둘러보았다. 죽옥 안의 모든 사람들은 결연한 표정을 지으며 고개를 끄덕였다.

"갑시다."

남궁철상이 그렇게 말하며 앞장서서 죽옥을 걸어나가자 나머지 사람들도 일어서 뒤를 따랐다. 죽림을 벗어나면 옥허궁의 영역으로 곳곳에 이목이 흩어져 있기에 일을 벌이기 전에 더 가까이 접근한다는 것은 위험했다.

죽옥 앞 작은 공터에 백의를 입은 수십 명의 검수들이 도열해 있다가 고개를 숙여 남궁철상을 맞았다.

"너희들의 임무는 다른 공격조의 장애물을 미리 제거해 안전하게 공격로를 확보하는 것이다. 이미 지형은 숙지했으리라 믿는다. 세가의 명운이 달린 일이니 알아서 잘하리라 믿는다.”

남궁철상이 숙연한 표정으로 백의대원 전체의 얼굴을 찬찬히 둘러보았다. 얼굴에서 강호의 연륜이 배어나는 사십 대 전후의 대원들로 구성된 백의대, 믿음직한 세가의 기둥이었다.

“가라.”

남궁철상의 입에서 묵직한 한마디가 떨어졌다. 세가의 가주로서, 그리고 백의대주로서 내리는 명령이었다.

“존명!”

포권을 한 백의대원들은 바람처럼 몸을 날려 흩어져 나갔다. 철 이르게 땅에 떨어져 말라 버린 죽엽들이 밟히며 요란한 소리를 냈다.

“반 시진!”

남궁철상은 흩어져 나가는 사십여 명의 백의대원들을 보며 나지막하게 읊조렸다. 반 시진 후면 총력전을 펼칠 시간. 오늘 밤을 위해 각처의 분타에서 선발한 인원을 포함한 세가 전력의 구 할이 동원되었다. 비밀을 위해 밤을 낮 삼아 나섰고 열흘이나 걸려 이곳에 도착했다.

옥허궁에서 불과 오 리 정도 떨어진 곳이었다.

남궁철상은 죽옥 안으로 다시 들어왔다. 탁자 위에는 세 자루의 향이 놓여 있었다. 남궁철상이 향에 불을 붙이자 하얀 연기를 타고 단아한 향내가 퍼져 나갔다. 그를 비롯한 세가의 수뇌부들은 초조한 마음으로 타 들어가는 향을 바라보았다.

모두 세 자루. 마지막 향이 재로 변하는 순간이 세가의 운명을 걸어야 할 시간, 수백 년을 이어온 세가가 마지막을 맞을 수도 있었다. 수천의 식솔들이 목숨을 잃어야 할지도 몰랐다. 하지만 더 이상 미룰 수는 없었다.

휘잉!

죽림으로 바람이 불어오자 무수한 죽엽들이 서로의 몸을 부딪쳐 가며 아우성쳤다. 남궁철상은 바람을 느껴가며 눈을 감았다.

'패를 제대로 던진 것이겠지…….'

아니, 반드시 그래야 했다. 어차피 놈이 돌아온 후에 삼을 첫 번째 제물로 남궁세가를 지목할 가능성이 너무 높기에 어쩔 수 없이 선택한 길이었다. 오늘을 위해 소지구 분타 식솔들의 한 맺힌 사연에도 모른 척 고개를 돌려야 했고, 사위가 죽어가는 것을 뻔히 알면서도 손 하나 쓰지 못한 못난 장인으로 살아왔다.

'침묵의 시간이 너무 길었어. 이제는 돌려줄 시간이야!'

"향이 다 탔습니다."

낡은 대나무 탁자의 틈새에 꽂힌 향에 남궁철상을 대신해 번갈아 불을 붙였던 남궁우가 말했다.

굳은 표정의 남궁철상이 자리에서 벌떡 일어나 터벅터벅 죽옥을 걸어나가자 봉공들을 비롯한 남은 간부들이 뒤를 따랐다. 반 시진 전에 백의대가 서 있던 자리를 홍의를 입은 구십여 명과 수백여 명의 청의대와 흑의대가 가득 메우며 도열했다. 남궁철상이 나오는 것을 본 각 대의 대주들은 재빨리 자신의 대원들 앞으로 가서 자리를 잡았다.

"가라! 세가의 이름으로 싸워라!"

남궁철상이 나지막하게 힘주어 말하자 대주들과 대원들은 미리 정한 대로 조를 나누어 죽림 사이로 흩어졌다. 사대봉공이 몸을 날려 그들의 후미에 붙었다. 밀리는 곳을 지원하는 것이 그들의 임무였다.

"신호를 보내라!"

남궁철상이 소리쳤다.

오늘 공격은 화산과 무당에 곤륜까지 함께하는 연합 작전이었다. 확실한 일격을 위해 더 많은 문파를 규합하고 싶었지만 듣는 귀가 많다면 입도 많아질 터었다.

펑!

누군가 총공격을 알리는 화전을 쏘아 올렸다. 남궁철상이 바쁘게 걸음을 떼자 그의 뒤로 다섯 명의 호법들이 말없이 따랐다. 남궁철상은 경공을 전개했다. 시원한 바람이 귓전을 스쳤다. 협곡을 끼고 있는 옥허궁의 수려한 자태가 한눈에 들어왔다.

"으아악!"

죽음을 알리는 처절한 비명 소리가 울려 퍼졌다.

"적이다!"

"막아라!"

삐익! 삐이익!

고함 소리와 요란한 호각 소리가 옥허궁을 뒤흔들더니 이내 곳곳에서 큰 불이 밝혀지며 사방을 환하게 비추었다. 불빛 아래로 백의를 입은 수십의 인영들이 옥허궁 안으로 날아드는 것이 보였다. 곳곳의 매복을 제거하고 바로 앞에서 공격 명령만을 기다리던 백의대로, 대원 개개인의 무공이 각대문파의 당주급을 상회한다는 세가 최고의 전력이었다. 그들의 임무 중 가장 중요한 일은 최대한 깊숙이 뛰어들어 적의 지휘 체계를 마비시키는 일이었다. 이어 홍의대들이 담장을 넘었고 그 뒤를 이어 청의대와 흑의대가 따랐다.

남궁철상은 옥허궁이 잘 보이는 곳에 올라 전세를 살폈다.

예상외로 상대의 저지선은 손쉽게 무너졌다. 반 시진이 되기 전에 어지러운 횃불들의 움직임이 궁주의 거처 쪽으로 향하고 있었다. 역무군이 없는 빈 곳이지만 그 상징성은 컸기에 반드시 점령해 초토화시키기로 작정한 곳이었다.

풍진악의 눈이 광기에 젖어 번들거렸다. 그는 먹이를 쫓는 독수리처럼 구릉 위에서 몸을 날렸다.

혼자였다.

풍진악은 이번 싸움에 참여한 청해삼호를 비롯한 백여 명에 이르는 곤륜파의 다른 제자들과는 따로 떨어져 움직였다. 오늘 그가 펼치기로 작정한 것은 살검이었다. 금룡의 빛을 머금은.

"크아악!"

앞을 막아서던 옥허궁 제자 하나가 그대로 피를 뿌리며 쓰러졌다.

광기였다.

번쩍!

"으악!"

살기를 잔뜩 머금은 검은 제멋대로 춤추었고, 그때마다 벌 떼처럼 달려들던 옥허궁 제자들은 어육이 되어 쓰러져 갔다.

"덤벼라, 쓰레기들!"

세상이 싫었다.

사람이 싫었다.

무너진 문파를 다시 세울 은자를 벌겠다며 한 자루 검에 의지해 기련산 일대를 떠돌았던 그때보다 더 행복했던 시절은 없었다. 그저 사내라면 마땅히 따라야 할 대의를 위한 고행이라고 생각했었다.

더 이상은 아니었다. 적어도 그때는 곳곳에서 땀에 절은 사람 냄새를 맡았었다. 하지만 문파가 세워지고 많은 사람이 모여 섞인 지금은 그저 추악한 냄새만 가득했다.

"으아악!"

또 한 사내가 쓰러졌다.

풍진악의 얼굴에도 핏물이 튀었다. 하늘의 기운을 받은 곤륜산에 청정도량(淸淨道場)을 다시 일으켜 세우려 했건만, 지금에 와서 그가 본 것은 속세의 탐욕과 번뇌를 싸질러 놓은 깊은 산중의 해우소(解憂所:변소)였다.

그 지독한 악취는 어디를 가도 곁을 떠나지 않고 코를 찔러왔다.

아름답고 경건하기까지 한 운룡대팔식(雲龍大八式)의 화려한 신법도 악취 속에 묻혀 버렸고, 승천하는 금룡의 정기를 담았다는 금룡검법(金龍劍法)의 검초는 오직 사람을 죽일 때만 밝게 빛을 발했다.

풍진악은 그 빛의 원천이 그리웠다.

번쩍!

"컥!"

또 한 명의 옥허궁 제자가 목을 떨구었다. 비릿한 피 내음이 코끝을 스쳐 가자 풍진악의 눈에 희열이 번졌다.

차라리 이런 혈향(血香)이 좋았다.

적어도 사람 냄새는 나지 않는가?

총관 이림보(李林寶)는 당황했다.

당주들 상당수가 무림맹으로 파견을 나가 있었고 옥허궁 수비의 핵이며 최고 정예라 일컬어지는 구구쾌검대도 궁주의 지시로 모처로 출동한 형편이었다.

"대체 어떤 놈들이……."

회계통(會計通)인 이림보는 단 한 번도 제대로 된 싸움을 겪어본 적이 없었다. 옥허궁 전체를 덮는 도검 소리와 비명 소리에 검을 쥔 손까지 떨려오고 있었다. 어디부터 수습해야 할지 정신을 차릴 수가 없었다. 전세를 전해오는 비선(秘線)마저 곳곳에서 기습을 받아 죽어가는 형편이니 보고마저 제대로 받을 수 없었다.

공격을 해온 무리들이 남궁세가라는 말도 들리고 구파일방이라는 말도 들렸다. 관군까지 합세했다는 말도 있었고 무당의 도인들도 보인다는 보고도 있었다. 누구는 자하검기(紫霞劍氣)에 죽은 자를 보았다 했다. 혼란스러웠다.

'옥허궁을 공격할 무리라면 무림세가와 물론 구파일방 전체야. 모두 모여 합공을 하기 전에는 감히 꿈도 꾸지 못할 불가능한 일이지.'

일단 그렇게 생각하니 조급해졌다. 제대로 된 수비도 없는 지경에야 자신이 이곳에 뼈를 묻을 이유는 없었다. 맹주가 돌아올 때까지 그동안 모아두었던 재산이라도 빼돌려 두는 것이 임무라 생각한 그는 신속하게 판단을 내렸다. 옥허궁의 절예가 묻혀 있는 허무관만 보존시킬 수 있다면 언제라도 다시 일어설 수 있었다. 그의 믿음이었다.

옥허궁에도 외부로 통하는 비도(秘道)가 있었다. 그는 재빨리 궁주전(宮主殿) 뒤로 달려가 암동으로 들어가는 기관 장치를 작동시켰다.

쿠르르릉!

커다란 소리를 내며 석판이 위로 올라가더니 커다란 입구가 드러났다. 뒷산에 기대선 궁주전은 역대 궁주의 무공 관문인 허무관으로 통했는데 외부로 나 있는 비도의 입구 역할을 하기도 했다. 안으로 들어선 그는 신속하게 암동을 닫았다.

쿠르르릉!

요란한 소리와 함께 석판이 내려졌다.

"총관어른!"

"총관어른! 어디 계십니까?"

총관의 거처에서도 그를 찾지 못한 옥허궁 제자들이 궁주전까지 달려와 이림보를 불렀지만 끝내 모습을 보이지 않자 크게 당황했다. 그들은 잠시 우왕좌왕하더니 왔던 길로 달려갔다.

잠시 후 백의대 몇 명이 궁주전에 모습을 드러냈다. 하지만 자신들의 출현에도 불구하고 아무도 나타나지 않는 상황에 잠시 당황하던 그들은 서로 눈빛을 교환하더니 궁 안 곳곳을 뒤지고 다녔다.

"크악!"

"으악!"

궁주전 근처에서 얼쩡거리던 옥허궁 무사 몇이 그들을 발견하고 달려들다가 그대로 황천행이 되었다.

잠시 후 검은 연기와 함께 거대한 불길이 하늘로 치솟았다.

"이상하구나."

불이 붙어 타오르는 건물들을 본 남궁철상이 중얼거렸다. 너무 쉽게 무너지는 옥허궁의 실체에 그는 기뻐하기보다 오히려 불안해했다. 역무군이 수백만금을 뿌려가며 모았다는 수천의 매검수들로 도산검림(刀山劍林)을 이루었다는 옥허궁이었다. 그런 그의 눈에 옥허궁 담장을 넘어 수십씩 무리 지어 달아나는 무인들의 모습이 들어왔다.

홍산(洪山).

타구봉을 든 천여 명의 거지들이 개미 떼처럼 산을 올라 무림맹 총단으로 향하고 있었다.

쾅!

별안간 요란한 폭발음이 들리며 앞장서서 오르던 개방도 십여 명이 허공으로 떠올랐다.

“쁘드득! 또 벽력문 놈들이구나!”

뒤에서 지켜보던 일월만취개(日月滿醉丐) 곽남옥(郭藍鈺)은 이를 갈았다. 벌써 십여 발 이상 터진 화탄이었다. 희생자만 해도 백여 명에 이를 정도였다. 집법당주인 그가 개방 사상 초유라 할 수 있는 이런 대규모 공격에 나서는 것은 당연했다. 싸움이 일어나면 뒤로 몸을 빼는 놈들이 있기 마련이다. 지금 집법당의 제자들은 병력의 후미에서 그런 자들을 감시하고 있었다. 개방의 운명을 걸고 하는 공격이기에 절대 실패가 있을 수는 없었다.

쾅! 쾅!

또다시 폭발음이 들리며 몇 명이 허공으로 솟구쳤다. 개방 제자들도 화탄에 떼거지로 당하지 않기 위해 서로 간에 적당한 거리를 유지하고 있기에 화탄의 희생자는 갈수록 줄어들고 있었다.

“대체 구지개 그 늙은이는 무얼 했다는 거야!”

계속되는 희생에 열불이 치밀어 얼굴이 벌겋게 달아오른 곽남옥이 소릴 질렀다. 구지개 종천리는 기습조 백여 명을 이끌고 공격에 따른 위험 요소를 사전에 제거하는 임무를 맡았었다. 그런데 화탄이 계속 터지며 희생이 늘어나고 있기에 그로서는 구지개를 씹는 것이 당연했다. 다행히 그럼에도 전세는 낙관적이었다.

“쳐라!”

큰 희생에도 불구하고 무림맹 가까이에 접근한 개방도들은 곳곳에서 담장을 넘어 안으로 들어갔다.

유석대도 몇몇 호법들과 함께 담장을 넘었다. 앞서 넘어온 수십 명의 제자들이 무림맹 무인들과 힘겨운 싸움을 벌이고 있었는데 일시적으로 수적 열세를 보여 뒤로 밀리는 듯했다. 하지만 개미 떼처럼 담장을 넘는 후진들이 속속 도착해 균형을 맞추어주고 있었다.

"으아악!"

"커억!"

갑자기 한쪽에서 개방도 몇 명이 피를 뿌리며 쓰러졌다. 그것을 본 유석대가 지면을 박찼다.

앞장서서 개방도들을 쓸어오는 자는 참마객 위경이었다. 그는 적이 쳐들어온다는 급보를 받고 달려왔다가 개미 떼처럼 새카맣게 산에 붙어 달려드는 거지 떼들을 보고 절망했다.

'떼거지는 못 당해……!'

이곳에 모여 있는 삼백의 무인들이 감당할 수준이 아니다. 게다가 호맹당 소속 무인들을 빼면 중소문파의 파견 무인들이 대부분이라 백만 방도 중에서 뽑았을 개방의 저 정예 거지들을 어떻게 감당한다는 말인가? 그는 생각을 접었다. 그의 검이 다시 번쩍이며 빛을 갈랐다.

"크악!"

죽봉으로 그의 머리를 내려치려던 개방도 하나가 허리춤에 피를 흘리며 쓰러졌다.

'개새끼!'

사제이자 막내 제자로 아직 강호에서 명호를 얻지 못한 관철운을 두고 하는 말이었다. 오랫동안 이곳에서 사부를 모셨으니 마땅히 싸움에 앞장서야 할 그놈은 개방도들이 새카맣게 몰려온다는 보고를 받은 이래 무림맹 안에서 그 모습을 찾을 수가 없었다. 제 한 목숨 살려고 후

문을 통해 호수 쪽으로 달아난 것이 틀림없었다. 지금쯤이면 멀리 배 위에서 제 모가지 무사한 것이나 감사하고 있을 놈이었다.

쐐액!

순간 그의 왼편에서 진한 살기를 품은 날카로운 파공음이 허공을 찢으며 그를 노렸다. 위경은 발을 교차시키며 몸을 틀어 섬광처럼 상대의 옆구리를 향해 일검을 떨쳐 냈다.

"후웃!"

자신만만하게 떨쳐 낸 일검이 허공을 벴다는 것을 아는 순간 위경은 가벼운 경악성을 터뜨렸다. '피잉' 하는 소리와 함께 상대의 죽봉이 빙그르르 돌며 반대 편 끝이 그의 어깨를 후려쳤기 때문이다.

픽!

어깨뼈가 부서지는 고통에 검을 놓치고 뒤로 물러서는 그의 턱에 또 다른 강한 충격이 전해졌다.

'흡!'

잇달아 단전을 불로 지지는 듯한 후끈한 느낌이 밀려왔다. 단전이 파괴된 것이 틀림없었다. 그렇게 생각한 위경은 자신을 공격했던 상대를 보는 순간 안심했다.

'무명소졸은 아니었군.'

상대가 항룡십팔장을 극성으로 성취했다는 개방 방주 유석대라는 것을 진작 알았더라면 조금은 더 버틸 수 있었을 터였다. 몸이 뒤로 넘어가는 순간 그가 본 것은 이내 다른 싸움에 합세한 유석대였다.

'잡생각이 너무 많았어.'

쿵!

위경은 뒷머리를 지면에 강하게 부딪치며 쓰러졌다. 청석이 깔린 곳이었다. 붉은 피가 주르르 청석 위로 흘렀다.

사실 그는 단전이 파괴된 것이 아니었다. 쉽게 당하는 상대를 본 순간 유석대가 장심에 내력을 끌어올려 후려친 것이 고작으로, 한동안 내공을 운기하지 못하게 만드는 수법이었다. 유석대는 그를 포로로 잡기를 원했었다. 하지만 싸움이 끝나고 그가 죽었다는 보고를 받은 유석대가 이상히 여겨 직접 사인(死因)을 조사해 보니 뇌진탕이었다.

'거참!'

유석대는 고개를 갸웃했다.

소주 금검문.

문주 나곤은 욱일승천하는 무림맹의 기세를 타고 날로 확장되는 문세(門勢)에 크게 흡족해하고 있었다. 오늘 낮에만 해도 새로 입문을 신청한 제자들이 다섯을 넘었지만 모두 점잖은 말로 타일러 돌려보냈었다. 물론 수입을 생각하면 당장 받아들여야 할 일이지만 그렇게 한두 번 타일러 보내도 입문할 놈은 끝내 다시 찾아왔다. 한층 더 두둑해진 은자 보따리를 싸들고.

"크악!"

비명 소리였다. 잘못 들었나 싶어 움찔하며 귀를 기울이고 있는데 또다시 비명 소리가 들렸고, 이어 무수한 인영들이 담장을 넘어오는 소리가 났다.

"적이다!"

"적이 침입했다!"

사방에서 들리는 큰 소리에 황급히 검을 들고 마당으로 나서던 그는 흠칫 놀랐다.

“숙이몽!”

본채 마당에는 검을 뽑아 든 숙이몽과 그의 뒤로 과거 용호관의 사범들이었던 자들이 도열해 있었다. 나곤도 익히 얼굴을 아는 자들이었다.

“그렇다네. 한때 용호관주로 불렸던 시절이 있었지. 하지만 이제는 분타주로 불러주게. 곤륜파 항주 분타주로.”

숙이몽의 목소리는 나직했지만 상대를 압도하는 무게가 실려 있었다.

“미친놈!”

나곤은 말만 그렇게 한 것이 아니라 실제 놈이 미쳤다고 생각했다. 곤륜파가 멸문한 것이 언제라고…….

“현실을 그렇게 모르다니 안됐군. 미안하지만 시간이 많지 않으니 무인답게 검으로 말하세.”

그렇게 말한 숙이몽이 검을 앞으로 세우고 그를 마주했다.

“놈!”

나곤이 펄쩍 뛰어 숙이몽의 정수리를 베어갔다. 사방에서 들리는 제 자들의 비명 소리가 그의 이성을 잃게 했기 때문이었다.

“훗, 자네는 진보가 통 없었군.”

숙이몽은 팽이처럼 옆으로 돌아 상대의 검을 피하는 것과 동시에 검으로 긴 원을 그리며 나곤의 가랑이 사이 허점을 찾아 위로 베어갔다.

파악!

화끈한 감촉.

나곤은 어이가 없었다. 그의 몸은 사타구니에서 정수리까지 정확히 길게 베어졌다.

쿵!

그의 몸이 마당 위로 썩은 짚단처럼 쓰러졌다.

"적어도 백 초는 생각했는데…… 자네는 나를 너무 경시했군. 그리고 너무 흥분하기도 했지."

잠시 후 사방에서 들리던 비명 소리가 차츰 잦아들더니 건물 곳곳에서 화염이 치솟았다.

"가자!"

불타오르는 금검문을 뒤로한 숙이몽은 제자들과 함께 그곳을 벗어나 달렸다.

'자네가 역무군의 개를 자처하지 않았더라면 나도 이런 기회를 갖지 못했을 테지.'

추격해 오는 대내 고수들을 떨쳐 버린 역무군은 구구쾌검대와 만나기로 한 약속 장소로 가보았지만 돌아온 사람은 아무도 없었다.

'모두 죽었군.'

허탈했다. 완벽한 계획이라 생각했었다. 아니, 적어도 장무영이라는 놈만 그곳에 없었다면 모든 계획에 이상이 없었을 것이다. 그놈이 오늘 황궁 안으로 들어갔다는 것만 알았어도 달리 대응하고 더 신중을 기했을 터였다.

"쁘드득! 죽일 놈!"

역무군은 이를 갈았다. 하지만 그는 이내 자신의 현실을 생각했다. 구구쾌검대원들 중에 혹시 관병들의 포로가 되어 입이라도 연 놈들이 있다면 여기도 안전한 장소가 아니었다. 환관 복장을 벗어 던진 역무군은 즉시 선착장으로 향했다.

 애천(哀川)

"후우!"

곡완주는 숨을 몰아쉬었다. 무영을 들쳐 멘 그녀는 힘겹게 경공을 펼쳐 달리고 있었다. 역무군과의 힘겨운 싸움에 상당한 진력을 소비한 직후였고, 몸집이 큰 사내를 떠메고 몇십 리 길을 달렸기에 숨이 턱에까지 차왔다. 어쨌든 빨리 배로 돌아가야 했다. 무영의 상세를 살피더라도 배를 탄 이후에나 가능한 일이었다. 무영의 손에는 아직도 부엌칼이 들려 두 사람의 움직임에 따라 덜렁거리고 있었지만 그런 것에 신경 쓸 여유조차 없었다. 수하들과 함께 선착장에 대기하고 있을 서관에게만 가면 안전할 터였다. 무영의 상세는 수로를 타고 내려가며 선실에서 치료해 보는 수밖에 없었다.

'불쌍한 사람!'

다리가 너덜거리는 것이, 어쩌면 불구가 될지도 몰랐다.

‘아무도 모르는 조용한 곳으로 가서, 당신은 사냥하고 나는 밥 짓고 그렇게 살아요.’

무영을 업고 달려가면서도 끊임없이 대화를 나누었다.

‘싫다고요? 돈을 더 벌어야 한다고요?’

곡완주가 인상을 찡그렸다.

‘그럼 다음번에는 허리가 토막나고 싶어요? 저도 스승님의 복수를 포기할게요. 상공만 곁에 있어주면 돼요!’

문득 곡완주의 얼굴에 그늘이 스치더니 대화를 멈추었다. 무영을 기다리는 남궁화를 비롯한 다른 여인들이 생각난 때문이었다. 하지만 잠깐이었다.

‘좋아요. 당신은 그 여자들과 함께 살아요. 저는 제 갈 길로 갈게요. 대신 다시는 역무군과 싸우지 않겠다고 약속해 줘요. 그자의 무공은 저도 감당할 수 없어요.’

서늘한 밤바람이 그녀의 귓전을 스쳤다.

‘이래저래 상공과 저는 함께할 수 없을 것 같군요.’

“후우.”

곡완주는 다시 숨을 몰아쉬었다. 멀리 불빛으로 환하게 밝혀진 선착장이 눈에 들어왔다.

‘아파요? 제 마음도 무척 아파요. 치료를 못해 드려서 죄송해요. 조금만 참으면 돼요.’

눈물에 어려 선착장 불빛이 흐릿하게 보였다.

‘아니!’

선착장을 향해 빠르게 경공을 전개해 가던 역무군의 눈에 저 멀리 앞서서 무영을 업고 달리는 곡완주의 모습이 들어왔다.

'호호호, 괘씸한!'

역무군은 야조처럼 몸을 날렸다. 잠깐 사이에 따라붙은 그는 허공에서 내려서며 무영의 등을 향해 강한 일장을 날렸다. 하지만 이런저런 생각으로 머리가 복잡한 곡완주는 그의 출현을 전혀 알지 못하고 있었다.

펑!

"악!"

역무군이 날린 강맹한 장력이 무영의 등을 후려쳤다. 부지불식간에 일장을 맞은 무영과 곡완주는 저만치 길 옆 숲가로 내동댕이쳐졌다.

쿠당탕!

상대적으로 충격이 덜한 곡완주가 벌떡 일어나며 옆에 처박혀 쓰러진 무영의 수혈부터 풀어주었다. 혹시라도 위급의 경우 잠깐이나마 자신을 방어할 수 있도록 하려는 것이었다.

쐐액!

몸을 일으키던 곡완주는 그제야 허리를 베어오는 역무군을 발견했다. 피하는 것이 마땅했지만 자신의 뒤에는 이제 막 혈도를 풀어준 무영이 있었다.

캉!

곡완주의 해한검이 역무군의 검과 맞부딪치며 불꽃이 튀었고 내력을 감당하지 못한 그녀는 비틀거리며 또다시 몇 걸음 옆으로 밀려났다. 그런 위급한 외중에도 곡완주는 무영을 돌아보았다. 등에 강력한 일장을 맞은 터라 아직도 정신을 차리지 못하고 있었다.

역무군은 이미 쓰러져 미동도 않는 무영은 거들떠보지도 않았다.

"태허만변!"

그가 검에 모든 내력을 집중하자 검끝이 부르르 떨리며 몇 개의 잔상을 그려내더니 이내 그 잔상을 십수 개로 늘였다.

파파파파팟!

검영들이 늘어나며 아직도 중심을 잡기에 급급한 곡완주를 노렸다.

'헉!'

곡완주는 연신 뒷걸음질쳐 가며 그의 공세를 피하려 했지만 역무군은 검은 그림자처럼 달라붙으며 떨어질 줄을 몰랐다. 뒤로 밀리며 겨우 자세를 잡은 그녀가 삼재검법의 초식으로 그의 검에 대항했다. 집요하게 찔러 들어오는 역무군의 검끝을 최대한 쳐냈지만 순식간에 대여섯 차례 맞부딪치고도 계속 앞으로 밀고 찔러오는 그의 검을 감당하기에는 역부족이었다.

팟! 팟! 팟!

미처 막지 못한 옆구리의 허점을 파고든 역무군의 검이 그녀의 살점을 뜯어 허공으로 흩뜨렸다.

"후웃!"

불로 지진 듯한 화끈한 충격이 지나가고, 그 뒤에 몰려오는 강한 통증에 곡완주는 이를 앙다물었다.

"호호호, 용설군의 뒤를 따르게 해주마. 곧 사제 간에 눈물 어린 상봉이 연출되겠군."

단숨에 상대에게 상처 입힌 역무군이 여유를 가진 듯 그녀를 향해 비웃음을 흘렸다. 그는 곡완주가 죽었는지 살았는지 모를 무영을 두고는 절대 달아나지 않을 것을 잘 알고 있었다.

'바보들!'

성숙해 여자들은 다 그랬다. 용설군이 그랬고 그녀의 제자인 곡완주가 그랬다. 사랑이라면 자신의 모든 것을 바치고도 모자란다고 생각하는 여자들, 그들에게는 스스로의 목숨마저도 그 사랑만 못했다. 그는 저만치 숲가에 널브러져 있는 무영을 흘낏 보았다. 가장 확실한 담보물이었다.

'저놈이!'

그 모습을 본 곡완주가 움찔했다. 절대 무영을 혼자 버려두고 달아날 수는 없었다. 어차피 그 끝이 무엇인지는 그녀도 모르지 않았다.

'나쁜 놈!'

천천히 괴롭혀 가며 두 사람이 보여줄 수밖에 없는 '죽음을 향한 마지막 사랑'을 즐기는 것, 그것이 바로 놈이 원하는 바였다.

곡완주는 입술을 질끈 물었다.

'그래, 철저하게 즐겨라! 다 보여주마!'

어차피 그렇게 죽어갈 목숨, 놈의 칼을 두려워할 필요도, 피할 이유도 없었다. 거친 살기를 동반한 곡완주의 검이 역무군을 강타했다.

팔방풍우(八方風雨). 놈이 속속들이 익혀 머리에 훤히 꿰고 있을 사부의 검초보다는 차라리 나았다.

"호호호, 겨우 그거냐?"

아직 그녀의 결심을 제대로 파악하지 못한 역무군이 비웃음을 날리며 마주쳐 왔다.

검과 검이 맞부딪치며 불꽃이 튀는 순간 역무군의 검이 섬전 같은 속도로 곡완주의 어깨를 베어왔다. 상대가 당연히 검을 들어 막아보겠지만 이미 늦었다는 역무군의 생각은 오산이었다.

싸악!

곡완주는 그의 검을 막을 생각도 않고 온 힘을 다해 역무군의 정수리를 베어갔다.

직도황룡(直道黃龍).

"으헛!"

그제야 그녀의 생각을 눈치 챈 역무군이 황급히 검을 거두며 옆으로 피했지만 이미 늦었다. 그를 제외하고는 무림에서 적수를 찾기 힘든 곡완주의 일검이었다.

울컥!

한 덩이 선혈을 진하게 토한 무영은 눈을 떴다. 주인을 잘못 만난 사지(四肢)가 그걸 핑계 삼아 반항이라도 하려는지 죄다 힘을 빼고 늘어져 있으며 움직여 달라는 그의 간절한 지시를 무시했다.

'제기랄.'

등짝이 얼얼한 것이 마치 쇠몽둥이에 제대로 맞은 것 같았다. 나무 사이로 보이는 밤하늘에 보석같이 총총한 별들이 가득 박혀 있는 산중이었다. 무영은 기억을 더듬었다.

'여기가 어디지? 그래! 황궁에서 역무군에게 제대로 당한 후에 곡완주가 다가왔었지.'

하지만 황궁이 아니라 갑자기 이런 황량한 산속에 버려져 있는 상황은 납득하기 어려웠다.

'억!'

돌연 모진 통증이 왼쪽 넓적다리를 강타했다. 뼈를 짓이기는 깊고도 진한 통증에 반항을 하던 팔다리들이 크게 놀랐는지 힘을 얻었다. 그는 땅을 짚어가며 몸을 일으켜 앉았다. 등이 갈라지는 듯한 심한 고통이 왔지만 다리에서 느껴지는 지독한 아픔에 비하면 아무것도 아니었다.

'어!'

안쪽으로 놓여진 왼발은 평시와 방향이 바뀌어 놓여 있었다. 그리고 보니 무릎도 거꾸로 놓여 있었다. 발을 타고 주르르 올라오던 그의 눈길이 통증의 진원지인 넓적다리에 가서 멎었다.

'씨팔!'

살 속에서 뼈가 튀어나와 있는 것이 보였다. 그제야 그는 역무군의 검에 뼈까지 잘려 나간 다리임을 기억했다. 갑자기 요란한 금속성이 들려와 고개를 돌려보니 곡완주와 역무군이 치열하게 접전을 벌이고 있었다. 아무래도 한 수 아래인 곡완주는 연신 밀리고 있었다. 두 사람의 싸움을 유심히 지켜보던 무영은 눈을 크게 떴다.

'죽으려고……!'

곡완주는 역무군의 검에 몸을 내맡기고 있었다. 엉겁결에 주변을 살피니 바로 옆에 부엌칼이 눈에 들어왔다. 황급히 집어 들기는 했지만 진기가 돌지 않았다.

'일 할! 일 할이면 돼!'

무영은 간절히 기도하는 심정으로 단전에 진기를 모았다. 남괴가 전수한 분심공을 이용한 비엽신공의 최대 장점은 적은 양의 진기로도 물체를 움직여 공격할 수 있다는 점이다. 노력 끝에 단전에 점차 뜨거운 기가 흐르더니 진기가 조금씩 모였다.

파앗!

그 순간 빛살처럼 날카롭게 내려친 곡완주의 검이 역무군의 어깨에서 갈비뼈까지 가르며 훑어 내렸다.

"크윽!"

역무군은 눈을 크게 떴다. 차라리 검을 뒤로 물려 수비하지 않고 곡완주를 그대로 베었다면 허리를 동강 낼 수 있었을지도 몰랐다.

동귀어진(同歸於盡). 역무군은 그제야 곡완주의 의도를 깨달았다. 순간적인 판단 착오가 큰 상처를 남긴 것이다. 고수들의 싸움에 한순간의 방심은 곧 생사와 직결된다.

'제길!'

역무군은 황급히 주저앉듯 몸을 낮추어 횡소천군(橫掃千軍)을 펼쳐오는 곡완주의 허리를 노렸다.

하지만 이번에도 그녀는 피하지 않았다. 차라리 이 장면에서 피를 뿜으며 죽었으면 싶었다. 그 길만이 자신을 속박하고 있는 사랑의 사슬, 고뇌의 늪에서 벗어날 수 있을 것 같았다.

'미안해요.'

깨어난다 해도 이런 상황이었다는 것을 모르고 다시 놈의 손에 죽어갈 무영에게 미안했다. 아니, 지금쯤 이미 눈을 감았을지도 몰랐다.

쐐액!

곡완주의 검이 몸을 낮춘 역무군의 머리를 향했다.

"흥!"

하지만 같은 경우를 두 번씩이나 당할 역무군이 아니었다. 그는 곡완주의 공세를 피해 몸을 옆으로 누이면서도 검을 멈추지 않았다.

싸악!

자신의 검이 허공을 가르는 순간 죽음을 각오했지만 자신도 모르게 반응한 몸이 역무군의 검을 피했다. 몸이 비스듬히 돌아간 덕분에 허리가 동강나는 것은 면했지만 완전히 피한 것은 아니었다.

"크윽!"

상처의 충격으로 중심을 잃은 곡완주의 몸이 비칠거렸다.

"흐흐흐!"

역무군에게 있어 또 다른 결정적인 기회였다. 어깨와 가슴의 상처에서 오는 통증도 만만찮았지만, 두 연놈의 목을 따는 것보다 더 좋은 치료법은 없을 터.

파르르르……!

역무군의 내력을 가득 담은 검이 마치 연검처럼 휘청이며 부르르 떨더니 이내 여러 개의 환영을 만들어 곡완주를 쏘아갔다.

태허만변!

"헉!"

이미 죽음을 각오했건만 역무군의 공세에 맞닥뜨린 곡완주의 입에서는 자신도 모르게 경악성이 터져 나왔다. 하지만 다시 한 번 마음을 다잡은 그녀는 사력을 다해 팔방풍우의 초식을 전개해 맞서 나갔다. 수비를 하자면 놈이 날려대는 수많은 검영(劍影) 중에 몇 개는 막을 수야 있겠지만…….

'먼저 가요!'

새삼 각오를 다진 그녀는 아예 검영에 전신을 내맡기고 상대의 목에 일검을 찔러 넣었다.

일도관철(一刀貫徹). 곡완주의 검이 역무군의 목을 노렸지만 늦어 보였고, 역무군의 검이 곡완주를 조각 내려는 바로 그 순간이었다.

부웅! 붕!

등 뒤의 돌연한 파공음과 살기에 놀란 역무군이 얼른 몸을 빼 옆으로 비켜나며 날아오는 물체를 쳐냈다.

캉!

장무영 놈이 들고 설쳐 대던 황궁 주방의 칼이었다. 하지만 미처 다른 생각을 할 틈도 없었다.

팟!

곡완주의 검이 비켜선 그를 따라오며 찔러왔다.

'이놈!'

화가 치민 그는 더 이상 그녀를 상대하지 않고 그대로 몸을 날려 무영에게 달려갔다. 놀란 곡완주가 황급히 뒤를 쫓았지만 불행하게도 역무군이 있던 곳이 무영에게 더 가까웠다.

"헛!"

무영은 갑작스레 방향을 틀어 달려오는 역무군을 보고 놀라 헛바람을 들이켰지만 피할 방법이 없었다.

'그래, 이 개자식! 같이 죽자!'

무영은 허공으로 손을 저어 역무군의 검에 허공으로 팅겨 나간 부엌칼을 끌어들였다.

"후웃!"

순간 몸 안에서 엄청난 내력이 활화산처럼 터져 나오며 뻗어 나갔다. 그동안 몸 안에서 융화되지 못하고 돌아다니던 삼정의 기운이었다. 그의 몸은 마치 뇌전을 맞은 것처럼 심하게 요동 쳤다. 충격에 눈을 부릅뜬 무영은 손을 저어 허공을 맴도는 부엌칼을 힘껏 당겼다.

'흐흐흐!'

역무군도 그것을 보았다.

놈은 죽음에 대한 공포에 사로잡혀 혼이 달아난 모양이었다. 눈은 맛이 갔고 너무 놀란 나머지 공허하게 헛손질까지 해대고 있었다. 그는 검을 들어 무영의 가슴을 그대로 짓쑤셨다. 검이 심장을 헤집는 감각이 손길을 통해 전해지며 짜르르 진한 쾌감이 느껴졌다.

푹!

검은 무영의 심장을 깊숙이 관통했다.

"끄윽!"

듣기에도 괴로운 비명을 지르며 눈을 크게 뜬 무영은 마지막 순간까지 한 손을 가슴 안쪽으로 끌어당겼다.

"안 돼!"

크게 놀란 곡완주가 역무군을 향해 검을 떨쳐 가며 소리쳤지만 이미 늦었다.

'이젠 뒈졌겠지.'

뒤따라 달려와 등을 베어오는 곡완주를 의식한 듯 역무군은 몸을 숙이며 검을 떨쳐 내 그녀를 맞아갔다. 강력한 내공이 주입된 검이었다.

창!

두 개의 검이 부딪쳐 날카로운 금속성과 불꽃이 일며 중심을 잃은 곡완주가 옆으로 튕겨져 나갔다.

'흐흐흐.'

역무군이 득의의 미소를 지으며 다시 자세를 잡으려는 순간이었다.

부우웅!

순간 돌연 어떤 물체가 허공에서 날아와 역무군의 머리를 벼락같이 쪼개왔다. 빛살보다도 빠른 물체였다. 아니, 뇌전인지도 몰랐다.

"헉!"

놀란 역무군이 얼른 고개를 뒤로 젖혔다.

파앗!

물체는 그의 머리를 아슬아슬하게 스쳐 갔다.

그것으로 충분했다.

화끈한 열기를 느끼는 순간 역무군은 이마 위에서 튀어나는 핏물을 보았다. 그의 눈이 경악으로 물들며 크게 떠졌다.

'흐읍!'

마땅히 비명이 터져 나와야 옳았다. 하지만 경악스럽게도 소리는 입 밖으로 새 나오지 않았다.

'이, 이런!'

그 순간 역무군은 머리를 스쳐 간 것을 퍼뜩 떠올렸다. 괴물체의 정체는 무영의 부엌칼이었다.

"죽엇!"

뾰족한 여인의 호통이 터졌다.

파팟!

살점과 핏물이 튀었다. 역무군이 눈을 크게 뜬 채 서서히 뒤로 쓰러지려는 순간, 뒤를 이은 곡완주의 검이 그의 심장을 쑤시며 회전한 것이다.

천일생수(天一生手)!

둥글게 원을 그리며 파고든 곡완주의 검이 역무군의 갈비뼈를 뚫고 심장을 훑었다.

'크억!

이번에도 비명이 나오지 않았다. 역무군은 그저 망연자실했다.

'이, 이게 아닌데……'

돌연 옆으로 돌며 쓰러지는 거대한 나무들이 그의 눈에 들어왔다.

"끄으윽!"

마침내 그의 소리가 터져 나왔다. 괴이한 비명 소리.

퍼억!

역무군이 쓰러지며 뒤통수를 지면에 처박았다. 조그만 바위가 있는 곳이었다. 핏물이 사방으로 튀었다. 옥허궁 궁주라는 자리도, 무림맹 맹주라는 자리도 그의 죽음을 막아주지는 못했다.

붉은 핏물은 역무군이 쓰러진 몇 걸음 옆에서도 줄줄 흘러내리고 있었다. 핏물의 임자는 바로 무영이었다.

"헉! 헉!"

가슴에 분수처럼 피를 뿜으며 비스듬히 누운 무영은 숨을 헐떡여 가며 그 광경을 보고 있다가 서서히 옆으로 쓰러졌다.

"상공!"

곡완주가 달려와 그의 가슴을 지혈하려 했다. 하지만 역무군의 검은 한 치의 오차도 없이 정확히 무영의 심장을 쑤셨기에 좀체 지혈이 되지 않아 여전히 샘처럼 피가 솟았다.

'완주, 미안해. 그래도 마지막만은 제대로 한 것 같구나.'

힘겹게 버티던 무영은 다가온 그녀를 향해 가벼운 눈웃음이라도 지어주려고 했다. 하지만 갑자기 눈꺼풀이 천근만근 무겁게 느껴지며 정신마저 몽롱해졌다.

쫘악!

속옷을 찢어 뭉친 곡완주가 황급히 피가 나오는 구멍을 막았다. 헝겊은 이내 붉게 물들었다. 그녀는 무영의 고개를 들어 자신의 무릎 위에 뉘었다.

"헉! 헉!"

무영은 숨을 가쁘게 몰아쉬었고, 그럴 때마다 입에서 한 줌씩이나 되는 선혈을 좍좍 흘려보냈다.

"상공!"

가슴과 입에서 멈출 줄 모르고 흘러나오는 무영의 피를 본 곡완주는 정신이 멍해져 아무런 생각도 하지 못했다.

"가야 해!"

갑자기 벌떡 일어나 사방을 두리번거리던 그녀가 무영을 안아 들더니 선착장으로 몸을 날렸다. 깊은 상처를 입은 몸으로 내공을 실어 경공을 전개하니 임시로 지혈해 두었던 허리에서 피가 줄줄 흘렀다. 하지만 어떤 고통도 그녀의 마음만큼은 아프지 않았다.

"허, 참!"

서관은 연신 부두를 오가며 서성였다. 그렇게라도 하지 않으면 술버러지를 이겨낼 수 없었기 때문이다. 방주께서 중요한 일을 하고 계신 듯하니 그게 마음에 걸렸던 수하들은 한동안 자제를 하는 듯했지만 그것도 잠깐이었다. 며칠이 지나니 뱃속에서 술버러지들이 기승을 부려 다들 더 이상 참기 어려운 모양으로 그의 눈치만 살피는 중이었다. 사실 서관도 술과 계집이 생각나기는 마찬가지였지만 수하들의 행동을 통제해야 하는 책임자 자리가 그를 더 힘들게 했다.

"만약 사흘이 지나도 내가 돌아오지 않으면 그냥 떠나라! 방주로서 명령이다! 아마 그렇게 된다면 그날 이후로 다시는 나를 볼 일이 없을지도 모르겠다."

"예? 무슨 말씀이신지?"

"방주는 문칠이 맡고 너는 총사(總師)가 되어라! 총호법은 무공이 가장 나은 아랫놈 중에 하나를 가려서 뽑고."

"대부인!"

"규모도 줄여야 할 것이다. 화염회 같은 조직은 너희들의 힘만으로는 안 된다. 덩어리가 크면 먹을 것이 있나 싶어 남들이 기웃거릴 것이고 그러면 걸개방은 오래가지 못한다."

"대부인!"

"사흘이다. 명심해라!"

그것이 대부인의 마지막 말이었다.

잘은 모르지만 이번 일에 목숨을 걸었다는 말인 것 같았다.

'또 그 녀석과 관련된 일이겠지.'

그게 아니라면 이렇듯 대부인의 모든 것을 뒤흔들어 놓을 일은 없을 터였다. 하지만 서관은 그런 사실을 일체 수하들에게 말하지 않았다. 언제까지라도 오실 것을 믿고 기다리고, 그래도 오시지 않으면 북경성 안으로 들어가 탐문이라도 해 생사를 확인할 때까지는 떠날 생각이 조금도 없었다. 이제라도 방주께서 돌아오셔서 은자 몇 냥쯤 되는 대로 집어주시며 '가서 한잔씩 걸치고 오너라' 할 것만 같았기에 그의 눈은 시종일관 황성 쪽을 향하고 있었다.

"엇!"

서관이 눈을 크게 떴다.

'오신다!'

누군가를 안고 이쪽을 향해 나는 듯 달려오는 인영이 보였는데 분명 대부인 같았다. 그러나 그를 더 놀라게 한 것은 달려오는 인영이 비칠 대고 있다는 사실이었다.

“얘들아!”

배 근처에서 서성거리며 그의 눈치만 보던 수하들이 나는 듯 달려왔다. 그들은 서관이 가리키는 방향에서 비틀거리며 달려오는 대부인을 발견하고는 경공을 전개해 마주해 갔다.

“대부인!”

곡완주는 누군가 자신을 부르는 소리를 듣는 순간 맥이 풀어져 휘청거렸다.

‘아……!’

대부인이라 부르는 것으로 보아 분명 걸개방 수하들인 모양이었다.

“환자를 이리 넘기십시오.”

수하 중 누군가가 그렇게 말했지만 곡완주는 한사코 고개를 저었다. 당황한 수하들은 어정쩡한 자세로 그녀와 무영을 부축해 배로 데려갔다. 연아도 황급히 선실에서 달려나와 그녀를 부축했다.

‘역시. 쯧쯧!’

서관은 대부인의 등에 업힌 상대를 확인하고는 내심 혀를 찼다.

‘아!’

정신이 혼미했다. 옆구리에서 피를 흘리는 것을 본 누군가가 지혈을 해주었지만 알지 못했다. 하지만 무영을 대하는 그녀의 행동은 남달랐다. 선실 안쪽에 조심스레 무영을 눕힌 그녀는 명문혈에 장심을 대고 천천히 진기를 불어넣기 시작했다.

‘아!’

서관은 물론 다른 수하들 모두 입을 딱 벌렸지만 감히 나서서 막는 사람은 없었다.

서관은 손짓으로 수하들을 내보냈다. 뒤따라 나온 그는 출항을 명하고 다시 선실 안으로 들어갔다. 대부인의 지시 없이 배를 움직였지만 틀린 결정이라는 생각은 들지 않았다. 운기를 하면서 다시 터졌는지 방금 지혈해 주었던 대부인의 허리에서 피가 배어 나오는 것이 보였다. 그는 연아에게 운기가 끝나면 상처 부위를 단단히 동여매 줄 것을 지시하고는 다시 밖으로 나왔다.

'또 그자야.'

죽어가는 그 마지막 순간까지 저런 사랑을 받을 수 있다니 정녕 복도 많은 놈이었다. 심장에는 구멍이 뚫려 대충 헝겊으로 막아둔 상태로, 입에서까지 선혈을 흘리고 있는 자는 장무영이 틀림없었다.

대부인이나 장무영이 저 정도로 상처를 입을 정도라면 상대는 강적 중의 강적일 것이고 그렇다면 계속 이곳에 정박해 있는 것은 너무 위험했다. 이곳을 빨리 떠나야 한다는 생각이 언뜻 스쳤다.

장무영의 얼굴은 온통 죽음을 향한 고통으로 가득했는데 배의 일렁임이 그를 더욱 힘들게 하는 것 같았다. 배가 출렁거리는 것만큼은 자신도 어쩔 수 없었다.

"허어, 이거야 원!"

입에서 나지막한 탄식이 절로 나왔다.

집요했다.

얼핏 보아도 그를 되살린다는 것은 이제 천고의 영약이 있어도 불가능했다. 의원만큼이야 모르겠지만 이것저것 읽은 잡서들의 기억을 떠올려 보자면, 입으로까지 계속 피를 흘린다는 것은 심장에 구멍이 나서 갈 곳을 잃은 피가 그리 나오는 까닭이었다. 대부인이라고 그런 간단한 의리(醫理)를 모를 까닭이 없었다.

'미련인가?'

서관은 고개를 저었다. 문득 거적 사이로 수하들을 둘러보니 너나 할 것 없이 각자가 맡은 일에 열심이었다. 방금 전까지도 술버러지타령을 하던 놈들이었건만 심각한 상황에 모든 것을 잊었는지 잔뜩 긴장한 표정들이었다. 연아가 선실에서 달려나와 그의 얼굴을 쳐다보며 무슨 말을 할 듯했다. 서관은 묻지도 않고 선실 안으로 달려들어 갔다.

"헛!"

서관은 가슴이 철렁했다. 대부인은 끊임없이 무영에게 진기를 흘려보내고 있었다. 그 덕분인지 상처로 봐서는 진작 죽었을 놈이 아직까지도 숨을 헐떡이며 살아 있었다. 하지만 그 대가는 컸다. 대부인의 안색은 완연히 혈색을 잃고 파리하게 변해가고 있었다.

'본원진기까지······.'

구리돈 세 푼 어치도 되지 않을 형편없는 무공이었지만, 무리(武理)만큼은 문칠을 비롯한 걸개방 내 누구에게도 지지 않을 자신이 있었다. 남을 위해 진기를 사용할 수는 있지만 본원진기를 손상당한다는 것은 여태껏 쌓아온 내공을 갉아먹는 것이나 다름없었다. 대부인에게 무공을 사사(師事)하고 있는 연아도 그것을 알기에 자신에게 달려온 모양이었다. 하지만 고수들이 내공을 주고받는 상황에 잘못 끼어들었다가는 그 길로 자신은 물론 두 사람을 죽음으로 내몰 수도 있기에, 뾰족한 방법이 없기는 서관도 마찬가지였다.

울상을 하고 그를 쳐다보는 연아를 향해 두 손을 벌려 자신도 어쩔 수 없음을 나타내는 것이 고작이었다. 그는 연신 두 손을 비벼가며 초조한 표정으로 대부인의 안색과 호흡을 살폈다.

가진 모든 것을 내던지는, 차라리 장엄하기까지 한 몸짓!

가슴 찡한 희생이었다.

'지독한 사랑이야!'

서관은 끝내 고개를 저었다.

'내가 살아 있는 한 당신은 죽지 않아요.'

곡완주는 장심을 통해 계속 진기를 흘려보냈다. 이미 진기가 고갈되어 본원진기마저 빠져나가고 있는 상황이라는 건 잘 알고 있었지만, 손을 떼고 나면 필연적으로 맞아야 할 싸늘한 그 감촉이 두려웠다.

곡완주는 입술을 굳게 다물었다.

'걱정 말아요. 제가 곁에 있잖아요.'

마음으로 울었다. 황제가 하사했다는 천고의 영약, 만년설삼도 그 영효(靈效)를 모두 잃은 모양이었다. 하지만 자신이 바로 곁을 지키고 있는데도 아무것도 해주지 못한다는 것은 말도 되지 않았다.

그럴 수는 없었다.

하지만 어찌해 볼 수도 없었다. 다만 신경을 쓰고 있는 것은 머지않아 찾아올 마지막 시간을 조금이라도 더 늦추기 위해 가능한 한 진기를 꼭 필요할 정도로 아껴가며 알맞게 내보내주는 것이 전부였다. 어차피 아낌없이 모두 써버릴 진기지만.

'미련도 없는걸!'

진심이었다. 스승님의 원수도 갚아드렸으니 이승을 떠나는 것이 더 이상 아쉽지도 않았다. 본원진기가 끊임없이 빠져나가는 상황이건만 마음은 그저 평온하기만 했다. 어쩌면 몸과 몸이 맞닿아 대화하는 이런 평온 자체를 즐기는 것인지도 몰랐다. 곡완주의 입가에서 옅은 미소가 흘렀다. 세상의 모든 번뇌를 잊은 듯 넉넉함만이 가득한 미소였다.

‘헉!’

갑자기 머리 속이 캄캄해진 곡완주는 순간적으로 정신을 잃고 서서히 앞으로 쓰러져 갔다.

“대부인!”

“마님!”

서관과 연아가 황급히 달려들어 그녀를 부축해 눕혔다.

그는 급히 맥을 짚어보고 눈을 까뒤집어 보고 코에 손을 대보는 등 바쁘게 그녀를 살폈다. 무얼 알겠느냐마는 그렇게라도 하지 않으면 견딜 수 없었기에 주위들은 풍월대로 살핀 것이었다. 하지만 대부인이 아직 살아 있다는 사실만 확인한 것이 고작이었다. 그는 연아를 시켜 피가 흐르는 대부인의 옆구리를 다시 동여줄 것을 지시하고는 고개를 돌려 이번에는 무영의 상태를 살폈다.

“헉, 헉, 헉……”

헐떡이던 무영의 숨결마저 점차 잦아들고 있었다. 서관은 조용히 그의 마지막 길을 지켜보았다. 이렇게라도 하지 않으면 그토록 애를 썼던 대부인에게 죄를 짓는 것 같았다. 그는 무영의 곁에 조용히 무릎을 꿇고 그에게 다가올 죽음을 잠시나마 같이 기다려 주었다.

‘축복이야!’

복도 많은 놈이다. 마지막까지도 감히 무게를 달 엄두도 나지 않을 그런 큰 사랑을 받으며 가고 있었다. 죽어가는 무영보다 정신을 잃고 쓰러진 대부인이 더 안쓰러웠다. 차라리 무영이 죽은 후에 깨어났으면 하는 바람까지 있었다. 문득 독한 마음이 생겼다.

‘차라리!’

서관은 입술을 굳게 다물었다. 그는 천천히 양손을 들어 무영의 목

가까이로 가져갔다. 살인의 유혹, 이대로 녀석의 목을 졸라 영혼의 안식처로 떠나보내 주고 싶은 강한 유혹이었다. 고통을 겪고 있는 두 사람 모두를 위하는 가장 현실적인 길이었다.

'헉!'

헝겊을 감고 있던 연아가 이상한 기척을 느끼고 돌아보다가 그를 보고는 눈을 크게 떴다. 하지만 잠시 지켜보던 그녀는 이내 고개를 돌려 버렸다.

"헉…… 헉…… 헉……."

숨 가쁜 호흡이 이어질 때마다 가느다란 핏줄기가 입가로 흘러내렸다. 선홍의 짙은 피는 서관의 살심을 더욱 자극했다. 그는 무영을 노려보며 무럭무럭 살기를 피워 올렸다. 서관의 두 눈에서 광기가 번뜩였다.

"끄으응!"

돌연 정신을 잃었던 대부인이 신음성을 냈다.

살기를 느꼈음인가? 아니면 정인(情人)의 위험을 감지했음인가?

망설였다. 어찌해야 하나…….

무엇이 올바른 길인가…….

시퍼렇게 꿈틀거리는 핏줄이 훤히 드러나 보이는 서관의 양손이 허공에서 덜덜거렸다.

"휴우……."

한참을 그렇게 있던 서관은 긴 한숨 소리와 함께 다시 손을 내렸다. 그의 갈등을 말해 주듯 이마에서는 땀이 삐질거렸다. 손을 거둔 것은 어쩌면 더 큰 잘못을 저지르게 될지도 모른다는 생각이 퍼뜩 들었기 때문이다. 대부인의 후일 질책은 목으로 변상할 각오가 되어 있었다.

하지만 그보다는 저 사내가 죽은 것을 알았을 때 보아야 할 대부인의
그 엄청난 슬픔을 감당할 자신이 없었다. 자신의 죽음으로 배상하기에
는 턱없이 모자랄, 엄청난 슬픔일 터였다. 어쩌면 대부인은 그 순간 자
진(自盡)해 버릴 수도 있었다. 목숨이 아까운 것이 아니라 한 사람이라
도 살려보려다 두 사람 모두 죽여 버리고 마는 그런 결과가 두려웠다.
　‘그래, 그것도 다 자네 복일세.’
　이미 생명줄과 같은 진기가 끊어졌지만 녀석은 끈질기게 살아남아
있었다. 고통에 찬 헐떡임과 실낱같이 이어지는 숨결은 아직 죽지 않
았다는 것을 말해 주고 있었다. 대부인이 넣어준 본원진기가 남아 있
어 그 끈질긴 생명을 이어갈 수 있는 것 같았다.
　‘허허허.’
　속에서 허탈한 웃음이 나왔다.
　문득 뒤를 돌아보니 어느새 일을 마쳤는지 연아가 대부인의 몸 위에
거적을 덮고 있었다. 항상 애용했던 거적이었다. 그 흔한 목면(木棉)이
라도 구해다 덮을 만도 했건만… 서관은 고개를 돌려 버렸다. 오늘처
럼 짚을 엮어 만든 그 거적이 보기 싫었던 적은 없었다.
　뜨거웠다. 선실이라고 해야 그저 나무로 뼈대를 세우고 꼼꼼히 판자
조각을 댄 허름하기 이를 데 없는 곳이었지만, 서관은 더 이상 그 안의
열기를 견디지 못했다. 혼을 태워 버릴 듯한 뜨거운 열기였다.
　서관은 선실 밖으로 나왔다. 그는 부선장 역할을 하고 있는 호위당
주(護衛堂主) 온향(溫向)을 전음으로 불렀다. 무공이 시원찮은 그의 전
음은 조금만 거리가 있어도 통하지 않았다.
　“수하를 시켜 다음 포구에 내려 조등(弔燈)과 삼베를 사 오게 해라.
곧 일이 터질 것 같으니 미리 준비해 두었다가 마음 아픈 표시라도 하

고 있어야 할 것 아니냐. 그리고 숯과 비상(砒霜)이 많이 필요할 것 같구나. 그리고 의원도 하나 데려오고. 오지 않겠다면 납치를 해서라도 데려와야 한다.”

문득 비상을 물에 타 시신에 발라주면 한동안 썩지 않는다는 말을 들은 것 같았던 서관은 그렇게 말했다. 숯까지 주변에 잔뜩 깔아두면 시체를 온전히 보전할 수 있을지도 몰랐다. 굳이 전음을 보낸 것은 대부인이 그 말을 들을까 염려한 때문이었다.

“최대한 빨리 저어라!”

서관은 힐끔힐끔 그의 눈치를 보며 노를 젓는 수하들을 향해 크게 소리치는 것으로 속을 달랬다. 바람이 비스듬하게 불어주어 그런대로 속력을 낼 수 있는 것이 다행이었다.

곡완주는 한 시진 후에 다시 깨어났다. 연아의 전갈을 받고 선실로 달려간 서관은 크게 놀랐다. 대부인은 그 몸으로도 비칠거리며 좌정을 하고 있었다.

‘또 진기를!’

서관은 그저 입만 벌렸다.

대부인은 다시 진기를 끌어올려 장심을 무영의 등에 대고 진기를 불어넣고 있었다. 서관이 보기에 정작 진기가 필요한 사람은 오래지 않아 죽고 말 장무영이 아니라 대부인이었다. 당연히 말려야 했지만 그러지 못했다. 어쩌면 지금 이 시간이 대부인에게 가장 행복한 시간일지도 모른다는 생각이 퍼뜩 들었기 때문이다. 마치 그것을 증명이라도 하듯 대부인의 얼굴에는 감히 범접 못할 평온만이 가득했다.

‘불쌍한 여자!’

자신도 모르게 눈물이 볼을 타고 흘렀다.

그냥 그렇게 흐르는 눈물이었다. 차마 볼 수 없어 돌아서서 나가고 싶었지만 이상하게도 발걸음이 떨어지지 않았다. 그는 이내 자신의 발걸음을 잡는 그 무엇의 정체를 알아냈다.

'맞아, 나라도 곁에 있어야 더 안심이 될 게야.'

서관은 조용히 문 옆에 기대앉았다.

눈물은 계속 흘렀다. 서관도 울고 연아도 울었다.

헉… 헉… 헉……!

끊임없이 나를 귀찮게 하는 이 헐떡임. 아, 도저히 멈출 수 없다.

끄아아……! 끄아아……!

고통이 너무 심하다. 악몽이다. 내 살을 찢고 있다.

그런데!

또 너로구나!

마지막 순간은 꼭 너로구나!

차라리 이대로 버려두면 더 편할 것을.

헉…… 헉…… 헉…… *끄아아……!*

완주, 제발 그만둬!

너마저 죽을 셈이야? 그동안 해준 것만도 충분해!

제발 그만둬! 생살을 갈가리 찢는 것 같아.

개미 떼가 새카맣게 모여들어 속살을 물어뜯는 것만 같아.

헉…… 헉…… 헉…… *끄아아아아악……!*

난, 난 너무 힘들어!

끄아아……!

아, 정신을 차려야 하는데……!

제발, 제발 그만두라고 말을 해주어야 하는데……!

헉…… 헉…… 헉…… 끄아아……!

무영의 눈가에 눈물이 맺혔다. 소리가 밖으로 새 나오지도 않았지만 끊임없이 그렇게 소리쳤다. 엄청난 고통에 혼절했다가 깨어나고, 다시 정신을 잃었다가 또다시 깨어나는……!

"헉, 헉, 헉, 헉……!"

턱이 떨려 이빨이 절로 덜덜거리며 맞부딪치다가 어느 순간 그마저도 멎었다. 계속되는 부딪침에 턱의 기능마저 상실된 까닭이었다. 날이 서지 않은 뭉툭한 칼로 차례로 살점을 난자하는 고통! 생살을 불개미들이 물어뜯는 고통! 무영은 엄청난 그 아픔에 다시 정신을 놓았다.

'그분이 숨을 쉬지 않는 순간이 온다면 나는 저 넘실대는 물결 속으로 몸을 던질 거야.'

곡완주는 그렇게 다짐했다. 중원으로 나온 이래 오직 한 사람만 보고 살아왔었다. 항상 사무치는 그리움만 안고 살아왔고, 그마저도 남의 눈치를 봐야 했던 불쌍한, 스스로가 생각해도 한심하고 또 한심했지만 어쩔 수 없는, 그저 그렇게 된 사랑일 뿐이었다.

곡완주는 무영의 등에서 손을 떼고는 벽에 기대앉았다.

너무 힘들었다. 그 사람을 계속 지켜보고 싶었지만 눈까풀마저도 힘들었는지 절로 스르르 내려왔다.

실눈을 뜨고 있었지만 곡완주는 혼몽 속을 헤맸다.

큰일이다. 진기가 자꾸 떨어져 간다.

그곳까지는 꼭 가야 하는데…….

아, 너무 힘들다!

누구지?

누군가 내 몸을 붙잡아 조심스레 눕혀준다. 너무 편하다.

아, 눈에 힘이 풀리면 안 되는데…….

눈을 감으면 그분이 어떻게 되었는지 알 수가 없잖아.

그런데, 사내 얼굴인데…….

아, 서관 아저씨로구나.

차라리 두 사람을 버려두고 가면 마음이 더 편할 터인데…… 둘이 이렇게 서로 진기를 보내고 받다가, 마지막 어느 한순간 한날한시에 아무도 모르는 곳에서 그렇게 죽고 싶은데…….

하지만……!

이렇듯 보살펴 주니 정말 안심이 돼요.

아, 졸려. 서관 아저씨, 잠시 눈을 감고 쉬어도 되겠지요?

믿을게요.

지친 곡완주의 눈이 스르르 감겼다.

연아가 재빨리 헝겊을 준비해 다시 피가 배어나는 상처 부위의 헝겊을 갈아주는 동안 서관은 고개를 돌려 무영을 지켜보았다.

"헉! 헉! 헉!"

녀석은 그렇게 숨 쉬고 있었다. 가슴에는 선혈이 낭자했다. 숨을 쉴 때마다 헝겊으로 막아놓은 구멍에서 피가 조금씩 배어 나왔기 때문이다. 그나마 잠시 피가 멎는 경우는 대부인이 진기를 불어넣어 주고 연아가 그 상처를 다시 막아줄 때뿐이었다. 거칠게 몰아쉬는 호흡, 온통 찡그린 얼굴, 그가 겪고 있을 고통이 가히 짐작되었다.

'후우!'

가슴이 아팠다.

어느 순간부터인가 그 고통은 서관의 마음속으로 옮겨와 있었다.

배가 회양에 도착하자 서관은 수하들을 내보냈다. 장의용품(葬儀用品)을 구입하고 의원을 모셔오라 한 것이었다. 물론 운항에 필요한 식수와 식량 등도 빠짐없이 챙겼다. 반 시진쯤이 지나자 수하들이 모두 돌아왔다.

"환자가 어디 있소?"

회양에서 제일 유명한 의원이라나? 육십은 훌쩍 넘은 노인으로 열 살 정도의 시동(侍童)에게 보퉁이를 들려 배에 타며 물었다.

"넌 내려라."

서관이 시동으로부터 보퉁이를 빼앗아 들며 말했다. 영문을 몰라 하며 그를 쳐다보던 소년은 서관이 눈을 부라리자 그만 줄행랑을 놓았다. 한 사람의 무게라도 줄여야 그만큼 배가 빨리 간다. 서관은 그 점을 잊지 않았다.

"왜, 왜 그러오?"

그제야 심상치 않은 기색을 눈치 챈 의원이 벌벌 떨며 물었다. 화사한 비단옷을 걸친 것이, 그동안 환자들 등깨나 친 것이 틀림없어 보였다. 은자를 열 냥이나 주었기에 저런 귀티가 나는 의원을 모셔올 수 있었다.

"걱정 마시오. 의원으로서의 직분만 다한다면 후하게 보답을 할 것이오. 우리가 급해서 그러니 배로 가면서 환자를 돌봐달라는 것뿐이오. 돌아가는 여비는 후하게 쳐드리겠소."

그제야 의원의 안색이 조금 풀렸다. 서관이 선실로 안내하자 의원의 안면이 절로 찌푸려졌다. 짙은 피비린내가 선실 안을 가득 메우고 있었기 때문이다. 허름한 선실이니 냄새가 금방 빠져나갈 듯도 했지만 두 사람이 피를 계속 흘려대니 아예 냄새가 배어버린 모양이었다.

'헛!'

무영을 살피던 의원은 눈을 크게 떴다. 도저히 살아날 가능성이 없는 사람, 일견하기에도 심장에 구멍이 뻥 뚫린 것으로 보이는 환자니 더 볼 게 없었다. 의원의 안색이 창백해졌다. 환자가 죽으면 자신이 혹시 덤터기를 쓸까 걱정되었던 까닭이었다.

"걱정 마시게. 그저 성심성의껏 보살펴 주기만 하면 되네."

서관이 부드러운 목소리로 말했다. 그제야 의원은 떨리는 손으로 무영의 맥을 짚었다. 끊어질 듯 이어지고, 이어지다가 다시 끊어지는…… 돌연 의원의 얼굴에 의아한 기색이 떠올랐다.

"얼마나 되었습니까?"

상처의 상태로 보아 열흘은 족히 넘었으리라 생각한 의원이 이상하다는 듯이 서관에게 물었다. 진즉에 죽었어야 할 사람이다.

"그저 잘 돌봐주기만 하시오."

의원은 서관의 말뜻을 알아들었다. 환자가 살아나기를 기대하지는 않는다는 것을 어렴풋이나마 알았다. 의원의 눈이 곡완주에게로 돌아갔다. 그는 맥을 짚고 눈을 뒤집어보고 입을 벌려 혀를 살피는 등 나름대로 열심히 진맥을 했다.

'쯧쯧!'

서관은 내심 혀를 찼다. 대부인은 의원이 자신을 진맥하고 있다는 것도 모를 정도로 지쳐 있었다. 여인의 몸임을 감안한 탓인지 의원의

손길도 조심스러웠다. 상처 부위까지 자세히 살피고 나서 연아에게도
이것저것 물어보던 의원은 마침내 고개를 끄덕이더니 입을 열었다.

"기(氣)가 허(虛)해지고 있소이다. 하지만 정양만 잘하면 오래지 않
아 자리를 털고 일어날 수는 있을 것이오."

돌팔이는 아닌 모양이다. 서관도 고개를 끄덕여 그의 의견에 동의한
다는 표시를 해주었다. 의원은 얼굴에 만족한 빛이 띠더니 한마디 덧
붙였다.

"석 달이 되었군요."

"예?"

"회임하신 것을 모르셨소?"

쿵!

서관은 얼굴이 하얗게 질렸다.

'대부인도 모르고 계셨나? 알았더라면 뱃속에 아이를 두고 그렇게
몸을 망쳐 가며 사내를 살리려고 했을까?'

하지만 그 어느 쪽도 확신하지 못했다.

대부인을 보았다. 아직 정신을 차리지 못한 듯 혼몽의 상태로 보였
다. 매 두 시진마다 깨어나서 진기를 불어넣어 주었던 그녀도 지쳤는
지, 시간이 다 된 것 같은데도 아직 깨어나지 못하고 있었다. 혼자 한
참을 생각하던 서관은 선실을 나섰다.

후닥닥!

선실 근처에 귀를 대고 안에서 오가는 말을 엿듣던 수하들이 황급히
물러나는 소리였다. 의원까지 배로 모셔온 이후라 수하들도 관심이 대
단했다. 대부인은 걸개방의 기둥이었다.

삐걱! 삐걱!

노를 젓는 수하들은 이 교대로 젓고 있었다. 그 강도(强度)를 생각하면 무척이나 고된 일이었지만 최대한 속도를 내야 한다는 생각에 모두들 불평없이 잘 따라주고 있었다. 서관은 지금 노를 젓고 있는 자들을 제외한 수하들을 불러 모았다.

"방주님께서 위중하시다. 중상을 입은 몸으로 다른 환자에게 무리하게 진기를 불어넣어 주고 있기 때문이다. 우리가 아무리 말려도 듣지 않으실 게다. 그런데 의원의 말로는 방주님께서 회임을 하셨다고 한다. 나는 더 이상 두고 볼 수 없다. 그래서 얼마 되지 않는 내력이지만 방주님을 대신해 그 사내에게 불어넣어 주려고 한다. 모두 알겠지만 내 내공은 형편없어 그리 큰 보탬은 되지 못할 것이다. 해서, 여기 형제들에게 도움을 청하려 한다. 혹시라도 자원해서 내공을 불어넣어 줄 사람을 모집하려고 한다. 많은 것은 바라지 않겠다. 일부만 나누자는 것이다. 그만한 은혜를 입었다고 생각되는 사람만 나서라. 강요하는 것은 아니니 싫으면 나서지 않아도 절대 뭐라 하지는 않을 것이다."

숙연한 어조였다.

말을 마친 그는 선실 안으로 조용히 걸어 들어갔다. 생각할 시간을 주려는 것이다.

"어떻게 하면 됩니까?"

온향이었다. 서관이 걸음을 멈추었다.

"장심으로 단전에 진기를 불어넣어 주는 일이네. 그저 명만 끊어지지 않을 정도면 되겠지."

말이 떨려 나왔다. 얼마 되지 않는 내공을 가진 사람이 타인에게 진기를 주입시킨다는 것은 목숨을 걸어야 하는 일이라고도 할 수 있었다. 온향이라고 그걸 모르지는 않을 터였다.

'이 사람!'

늘 말술을 마시는 온향이었다.

"그럼 지금 하겠습니다. 평생 그렇게 걸개선을 몰며 개차반처럼 살던 놈이 아닙니까? 버젓한 문파의 호위당주라는 직함까지 가지고 몇 년을 보냈으니 더 이상 바랄 것이 무엇이겠습니까."

조금의 아쉬움이나 망설임도 보이지 않는 담담한 말투였다.

"저도 하겠습니다. 이런 큰일에 이놈이라고 빠질 수 있겠습니까?"

부당주였다.

"진기를 넣어주어야 하는 그 사람과는 전에 일면식도 없어 누군지 잘 모르겠지만 저는 방주님 덕분에 제대로 무공을 배워 집안 원수까지 갚을 수 있었습니다."

또 다른 수하가 나서며 말했다.

"저는 덕분에 장가라는 걸 다 가보았습니다. 떡두꺼비 같은 아들놈까지 하나 얻어 노모께 효자가 되었는데, 결코 그 은혜가 작다고 할 수는 없지요."

"저도 하겠습니다. 저는……."

"당연히 저도……."

스물다섯, 누구도 핑계를 대거나 빠지려는 사람은 없었다.

"고맙다!"

목소리가 떨리고 말끝이 흐려졌다.

"험!"

걸은 헛기침과 함께 서관은 얼른 고개를 돌렸다. 눈물이 날 것 같았기 때문이다.

몸이 움직이지 않다니,

아! 어서 그분께 진기를 주입해 드려야 하는데,

이렇게 게으름을 피우면 안 되는데…….

몸이 왜 이리 무겁지? 너무 무리했나?

아, 헐떡이는 소리가 들리는 것을 보니 아직 살아 계신 게야.

휴…… 다행히 늦게 깨어난 것은 아닌 모양이구나. 그런데 몸이 말을 듣지 않으니…….

응? 서관이 이상한 짓을 하는구나. 그분의 등에 장심을 대고…….

대체 무슨 짓이지?

아니, 저런! 아저씨는 아니야!

내공도 별로 없는 사람이…… 자칫 모험을 했다가는 그분의 반탄진기에 휩쓸려 그대로 가는 수가 있어!

아니지. 그분은 내공이 모두 빠져나가 버렸지…….

그래요. 고마워요.

그래도 내가… 일어나야 하는데.

응? 저 사람은 또 뭐야!

아니! 저런 고마운 사람들이!

얼굴이라도 자세히 보아두어야 이 빛을 갚을 텐데…….

아! 미안해서라도 일어나야 하는데…….

아! 저 사람도!

곡완주는 그냥 울었다.

이럴 때 흘릴 눈물이나마 아직 남아 있어 정말 다행이었다.

방도들이 살며시 들어와 무영에게 진기를 주입해 주고 살며시 빠져

나가고 또 다른 사람이 들어와 같은 일을 반복하고… 기껏 해야 오 년
이나 십여 년 남짓한 대단치 않은 내공들을 가진 사람들이건만, 십시일
반(十匙一飯) 힘을 모아주고 있었다.

'고마운 사람들!'

문득 부양에서 문칠을 만나던 때부터 있었던 모든 일들이 차례로 스
쳐 갔다. 그리고 그들과 지냈던 시절이 가장 마음 편했음을 기억했다.

가족이었다.

눈물이 멈추지 않았다.

'그래, 아저씨들이 진짜배기야.'

땀 냄새가 물씬 풍겨나는, 사람의 정이 잔뜩 배어나는 그런 진짜 사
람들. 삭막한 이곳 중원에서 그렇게도 그렸던 사람들이 바로 곁에 있
었다.

모든 사람들이 새롭게 보였다. 정 많은 이웃집 아저씨도 있고, 오라
버니도 있고, 친구도 있었다.

'꼭 보답해 드릴게요. 반드시!'

때로는 그렁그렁한 눈물만큼 고마운 것도 없다. 모든 부끄러움과 죄
송함을 가려주는 그렁그렁한 눈물이었다.

"헉! 헉!"

끊이지 않는 무영의 거친 숨결이었건만 그 소리는 곡완주를 다시 깊
은 평온 속으로 잠재웠다. 또 다른 미몽(迷夢)이 그녀를 찾았다.

모든 걸개(乞丐)들을 사랑한다.

도둑질을 하고, 강제로 빼앗고, 여자를 겁탈하는 그런 걸개들일지언
정… 그들을 사랑한다.

정파의 협은 뒤로는 온갖 음모를 꾸미면서도 앞으로는 그럴듯한 대의명분(大義名分)을 내세우는 그런 위선의 협(俠)이다. 정작 불의는 모른 체하면서도, 자신의 이익이 걸리면 친구도 이웃도 없는 비정(非情)의 협이다. 때에 따라, 상황에 따라 항상 명분이 바뀌는 가변(可變)의 협이다.

걸개들의 협을 사랑한다.

그 아저씨들은 사람들이 말하는 온갖 나쁜 짓을 도맡아한다. 하지만 사람들은 아저씨들의 내면을 보지 못한다. 그저 그런 평범한 인간의 삶을 살고 있는 분들, 그런 소박함이 좋다.

돈을 쫓고 여자를 쫓지만, 친구의 불행을 견디지 못해 때로는 목숨도 초개같이 버리는, 따지고 보면 구리돈 세 푼의 값어치도 없어 보이는 의리에 죽고 의리에 사는 진정한 이웃이다. 그러기에 걸개들의 협은 진정(眞情)의 협이다. 비록 그 의리가 불의에서 비롯된 것일지라도, 걸개들은 끝까지 지켜내기에 불변의 협이다. 때로는 간교하고 때로는 정 많은, 평범한 인간의 협이다.

무림맹이나 구파일방에 정의를 가장한 가의(假義)의 협이 있다면, 우리 걸개 아저씨들에게는 불의의 협이 있다.

그래! 적어도 걸개 아저씨들의 협에는 숨김이 없다.

피비린내가 진동하는 선실 안이었지만 곱게 눈을 감은 곡완주의 표정은 마냥 평온하기만 했다.

무영을 태운 배는 숨 가쁘게 수로를 타고 내려갔다.

곡완주가 기나긴 미몽에서 깨어난 것은 어느덧 수로를 관통한 배가 전당강을 거슬러 올라와 부양현을 코앞에 두었을 때였다.

"대부인, 회임을 하셨다고 합니다. 의원 말이 석 달째라는군요."

쿵!

'그랬나? 그랬었구나!'

정신을 차리고 일어나 운기조식을 마친 곡완주는 서관의 말을 듣고는 한동안 아무런 생각도 하지 못했다.

까맣게 잊었었다. 아니, 생각할 여유도 없었다.

'기뻐해야 하나, 아니면 슬퍼해야 하나?'

곡완주의 머리 속은 엉클어졌다. 힘들게 풀어놓은 실타래는 다시 제 멋대로 감겨 온통 엉망이 되어 있었다.

'아가, 너마저도 나를 힘들게 할래?'

하다 하다 마침내 힘이 다 떨어지면 그분 곁에 조용히 누워 마지막 그 길이나마 함께하려고 했는데… 하늘은 그런 작은 소원마저도 들어주지 않으려 했다.

그분이 아직 살아 있음을 말해 주는 헉헉대는 괴로운 숨소리마저도 점차 힘을 잃어갔다.

차라리 그대로 편히 죽게 버려두지 못하는 것은 이승에서의 시간을 조금이라도 연장시킬 수 있는 힘을 두고는 그대로 떠나보내지 못하겠단 자신의 아집(我執)이었다. 그렇게라도 해야 조금이라도 마음이 편해질 것이기에 행하는 자신의 이기심이었다.

안타까웠다. 더 이상 다른 사람들에게 폐를 끼칠 수도 없었다. 이제는 정리를 해야 할 시간……. 그저 미안했다.

'아가…….'

또다시 눈물이 흘렀다.

눈은 떴건만 생각만큼은 아직도 잔인한 미몽 속을 헤집고 다녔다.

오줌 줄기도 한 번 쏟아내면 당분간은 그만인 법인데 눈물은 좀 다른 모양이다. 쏟아도 쏟아도 또 나오고, 누가 시킨 것도 아닌데 시도 때도 없이 제멋대로 나온다. 아! 이럴 때는 그저 귀찮기만 한 눈물이다. 아! 이젠 제발 그만 나왔으면 좋겠다.

동정호가 한눈에 펼쳐 보이는 악양루(岳陽樓).

삼층 별실에서 두 사람이 희끗희끗한 흰 수염을 쓰다듬으며 수담(手談)을 나누고 있었다. 동정 상방 총행두 유홍과 남우선이었다.

"자네가 그걸 몰랐다니 나로서는 할 말이 없네."

딱!

남우선이 바둑판 위에 흰 돌 하나를 올려놓으며 말했다. 이미 절반쯤 두어진 판이었다.

"동생은 내가 말릴지 모른다고 생각했기에 내게 알리지 않았다고 하더군. 사실 알았더라면 난처할 뻔했지. 질책은 하지 않았네. 내 대신 그 아이가 실질적으로 상방을 꾸려가고 있지. 상방 식구들의 의견을 모른 체할 수 없다는 말이네."

지그시 바둑판을 보던 유홍이 대답했다.

딱!

또 하나의 돌이 놓였다.

"사실 자네를 탓할 수만도 없지. 그 아이는 욕심이 너무 많았어. 그걸 탓할 수야 없지만 절제를 모르는 욕심이 얼마나 큰 화를 부를 수 있는지를 몰랐지. 사람들이 모여 사는 세상이 조화와 균형 속에 움직인다는 것을 배우는 가장 좋은 방법은 몸으로 겪어보는 것이지. 운이 좋았던 그 아이였지만 경험이라는 관문을 통과할 천운은 없었던 게야.

누구를 원망하고 누구를 탓할 수 있겠는가. 휴우……."

남우선은 그렇게 말하면서도 무척 아쉬운지 길게 한숨을 내쉬었다.

딱!

"돈맛을 알수록 더 조심해야 하는 것이 인생 아닌가. 없으면 아쉽고 있으면 짐이 되는 것이 돈일세."

딱!

"허허허, 그런가? 있어본 적이 없어 모르겠군. 허허허……."

딱!

"끔찍이도 아끼던 아이라는 것을 잘 아네. 무척 충격이 크겠군."

딱!

돌을 놓는 유홍의 손은 조심스러웠다.

"그러게 말일세. 이제는 세상만사에 초연해졌다고 여겼건만 사실은 그렇지 않았던 모양이야. 신선이 되기는 틀린 모양일세. 허허허!"

바둑판 위에 더 이상 돌이 놓여지지 않았다.

끝없이 넓은 동정호의 거친 파도 속으로 빨리듯 들어가는 한 떼의 배들이 보였다. 선단을 이루어 그물을 내리러 나가는 어선들로 보였다. 배들은 동정호를 덮어오고 있는 붉은 황혼 무리 속으로 길게 꼬리를 물어 여운만 남기고 사라져 갔다. 물결처럼 번져 가던 황혼은 이내 하늘을 덮고 호수를 덮었다.

언제부터인가 바둑판을 떠난 두 사람의 눈이 동정호를 덮고 있는 황혼에서 떠나지 못했다.

"자네, 가끔은 저 황혼 속으로 들어가고 싶지 않은가? 나는 종종 그런 마음을 느낀다네. 정말 떨치기 힘든 유혹이지."

유홍이 혼잣말처럼 말했다. 그의 두 눈도 이미 황혼으로 붉게 어려 있었다.

　남우선도 황혼을 보았다. 하늘을 물들이고 호수를 덮어 마침내 동정호의 파도마저 붉게 삼켜 버린 저 황혼이라면 그 어떤 속세의 번뇌라도 태워 버릴 수 있을지 몰랐다.

　"그럴 수만 있다면……. 허허허."

　남우선의 주름 가득한 뺨 위로 눈물이 흘러내렸다.

　우스웠다.

　걸개방 총단.

　무영의 관(棺)은 은교교와 연아의 부축을 받고 있는 곡완주가 보는 앞에서 마차 위에 실렸다. 관을 운반할 수 있도록 특별히 고안된 길쭉한 마차였다. 세 여인의 눈은 관만을 쫓아 움직였다.

　은교교의 눈에 다시 눈물이 흘렀다. 곡완주와 걸개들에 이어 무영의 생명을 조금이라도 연장시켜 보려고 내공을 쏟아 부으며 노력했던 은교교였다. 그 덕분에 십대 후반으로 보이던 앳된 그 모습은 어디 가고, 거친 피부와 늘어난 주름으로 세월을 엮어가는 사십 대 중년 여인의 모습이 되었다. 웬만큼 그녀를 잘 아는 사람일지라도 지금의 그녀를 보고 색혼마녀 은교교를 떠올린다는 것은 결코 쉽지 않아 보였다.

　"보중하시오."

　추명은 무뚝뚝한 어조로 그녀를 보며 그렇게 말하고는 마부에게 눈짓을 하자 마차가 삐걱거리며 움직이기 시작했다. 곡완주가 그를 향해 가볍게 미소 짓는 것으로 인사를 대신했다. 그가 언뜻 보기에 마냥 행복에 겨운 새댁의 미소를 연상케하는 그런 웃음이었다.

　동생이 죽음을 각오한 것 같으니 제발 말려달라는 은교교의 말에도 별다른 도움을 주지 못했었다. 적어도 그가 알기에 곡완주는 남의 말에 귀를 기울일 여자가 아니었다.

"그분의 시신은 보내 드리지요. 대신 약속해 주세요. 제가 어디서 무엇을 하고 있든 일체 입을 다물어 달라는 것이에요. 이곳의 모든 일은 물론 제가 걸개방주였다는 사실도 포함해서요."

오늘의 운구가 이루어질 수 있게 만든 조건이었다. 약속을 했으니 다시는 이곳에 올 일이 없을 터였다.
무영의 관을 실은 마차는 점점 멀어져 갔다.
'상공, 잠시 먼저 가 계세요. 저도 곧 뒤따를게요.'
곡완주는 은교교와 함께 마지막 떠나는 마차를 향해 두 손을 모아 절을 올렸지만 눈물을 보이지는 않았다. 그 사람은 언제나처럼 그저 그렇게 몸만 떠나갔을 뿐이었다.
곡완주는 조심스런 손길로 자신의 아랫배를 쓰다듬었다.
"동생, 나는 광동에 가서 청루(靑樓)나 차리고 살고 싶어."
함께 서서 마차를 지켜보던 은교교가 미안한 표정을 지으며 말했다. 막상 중원천하에서 그녀가 할 줄 아는 일은 많지 않았다. 어쩌면 뭇 사내들의 틈에서 무영을 잊어보려는 나름대로의 애절한 노력일 것이다. 어쩌면 피붙이나 다름없는 곡완주의 죽음을 지켜볼 자신이 없기 때문인지도 몰랐다.
"같이 있지 않고?"
"나도 그러고 싶지만 이곳이 싫어. 북경으로 가고 싶지만 그곳에서도 그 사람이 자꾸 생각날 것 같아. 차라리 아무도 모르는 그런 곳이 마음이 더 편할 것 같아."

곡완주는 은교교의 얼굴을 보았다. 그 마음을 이해할 수 있을 것 같기도 했다. 친언니를 떠나보내는 그런 아쉬움에 말려야 한다는 생각이 불쑥 들었다. 하지만…

'욕심이야.'

그랬다. 각자의 길이 따로 있는 것을……. 그렇게 마음을 추슬렀다. 자신이 먼저 떠나려 했건만 떠나려는 사람들을 먼저 배웅해야만 했다.

"언니는 잘할 수 있을 거예요. 나중에 기회가 되면 놀러 가지요."

그녀는 그렇게 말하는 것으로 아쉬움을 달랬다. 은자는 충분하니 웬만한 청루를 차리는 것은 어렵지 않을 터였다. 얼굴이 크게 바뀌어 알아볼 사람도 없으니 그녀에게 귀찮은 일이 있을 것 같지는 않았다.

"간다 하더라도 동생이 아이를 낳은 후일 거야."

불쑥 은교교가 그렇게 말했다. 자신의 마음도 추스르지 못하는 그녀가 곡완주를 위해 할 수 있는 마지막 일이었다.

"녹아가 곁에 있으니 저는 괜찮아요. 공연히 같이 모여 있으면 마음만 더 상하니 그냥 가세요."

곡완주는 미소를 지으며 그렇게 말했다. 마차를 바라보는 눈이 초점을 잃고 휘청거렸다.

언니에게까지 추한 마지막을 보여줄 필요는 없다. 그저 육신만 남은 마지막 잔재나마 다 떨어진 거적에라도 정성껏 말아 땅에 묻어줄 사람 하나면 족하다. 사내들에게 그 일을 맡길 수는 없는 노릇이다. 연아는 너무 어리지만 녹아라면 충분하다. 극락왕생을 비는 합장이라도 해주면 더 좋을 테지만 이제 정말 욕심은 접어야겠다. 바라기 시작하면 끝이 없으니…… 하늘이라고 제대로 들어주는 것 하나 없는데.

아가!

미안하구나.

그래, 못된 어미란다.

이제는 이 어미도 하나 정도는 욕심을 차리고 싶구나.

넌 알지?

이 어미 마음을…….

그분을 그렇게 혼자 떠나게 하는 것은 정말 참을 수 없단다.

삐걱, 삐걱!

'불쌍한 여자.'

추명은 곡완주의 미소를 이해할 수 없었다.

마차 위에서 그저 앞만 보고 가는 추명의 머리 속으로 숱한 사람들이 스쳐 갔다.

사람이란 참 묘하다.

노름판에서 돈을 따 천하 빈민을 구제하네 어쩌네 하던 남북쌍괴는 그만 노름의 늪에 빠져 아예 헤어나지 못하고 있다. 노름에는 부모 자식도 없다더니…… 그래도 북괴가 노름에서 손을 떼자며 남괴를 설득한다는 말이 들리는 것을 보면 남괴보다 심지가 굳기는 한 모양이다. 그 나이가 되어서 의동생이 죽었다는 소식에도 도박장에서 헤어나지 못하는 것을 보면 노름이 무섭기는 한 모양이다. 늙어서 혹시라도 그런 추한 꼴을 보이지 않으려면 앞으로 절대 노름일랑은 하지 말아야겠다.

남궁철상. 후후후, 그놈이 뒈진 사실이 공표되자마자 울며불며 버티는 남궁화를 다시 세가로 끌고 가는 것을 보니 아비 노릇은 톡톡히 할 모양이다. 한때는 가문을 위해 딸자식이며 사위의 안위도 돌보지 않는 듯하더니, 어린 딸자식이 평생 과부로 남아 수절을 하는 것은 차마 보지 못하겠는 모양이다. 당연한 일이다. 산 사람이 죽은 사람을 위해 희생할 필요는 없는 것이다. 하지만 괘씸한 마음이 드는 것 또한 어쩔 수 없다. 나쁜 놈, 그래도 일이 년은 그대로 놔뒀다가 세상이 조용해질 때 데려가면 누가 뭐래나. 사위가 죽은 마당에 제 자식 챙기는 일이 그리도 급했나.

그런 면에서 곡완주는 불쌍한 여자다. 이 넓은 중원천하에 따뜻하게 안아줄 사람 하나 없다니… 하지만 어찌 생각하면 부럽기도 하다. 그렇게 모든 것을 바쳐 가며 매달릴 사람이 있다니. 제길, 나 같은 놈에게도 그런 사람 하나쯤 생겼으면 좋겠다. 여자면 더 좋고. 그런데 임신을 했다는 말이 들리던데…… 뱃속의 아이가 불쌍해서 어쩌누. 보아하니 어미는 세상을 살기가 싫어진 모양인데. 태아가 무슨 잘못이 있겠는가. 죽더라도 아이는 낳아놓고 죽어야 할 터인데… 에잉, 차라리 내가 대신 낳아줄 수 있었으면 좋겠다. 그래서 세상을 산다는 것은 정말 어렵다. 남이 하고 있는 속 터지는 짓거리를 그냥 보고만 있는 것은 더욱 어렵다.

은자를 모아 청진사(淸眞寺:회교 사원)를 지어 그곳에 파묻히겠다며, 석가장을 차고 앉아 열심히 장사에 빠진 아라 공주가 차라리 더 잘됐는지도 모르겠다. 아라 공주라고 속이 없겠는가만은 적어도 그녀는 바쁘게 할 일이 있고 곁에는 도와주는 조씨 형제들하고 배동호까지 있지 않은가?

호소가와 놈도 충격이 큰 모양이다. 속을 달래고 있는지 섬에서 기어나올 생각도 하지 않는데, 나중에라도 모른 체할 놈은 아니겠지. 무영이 그놈은 뒈져서도 이 사람 저 사람에게 폐만 끼치는 놈이다.

그런데 제일 나이 어린 명녹주는 왜 덩달아 수절하겠다고 난린가? 원래 없던 것이 인간의 정이요 사랑인데, 갑자기 찾아온 것이라면 언제고 다시 갑작스레 떠나기도 하지 않겠는가? 이런 일에는 그저 세월이 약인데……. 다시는 돌아오지 못할 사람을 그리는 일이 얼마나 고통스러운지 아직 어려서 잘 모르는 모양이다. 그걸 아는 날이 너무 늦지 않으면 좋으련만.

그나저나 미랑이 안됐다. 자식이나 다름없는 녀석이 몇 번씩 죽었다 살아나는 통에 이제는 속이 썩을 대로 썩어 다 문드러져 버렸다고 하던데, 하긴 나 같은 놈도 복장이 터질 지경이니 그 여자야 오죽하겠는가.

죽은 사람을 욕하는 것이 좀 미안하기는 하지만 정말 생각할수록 괘씸한 놈이다. 다행이 백관주가 미랑을 잘 위로해 주겠다고 하니 믿어볼 밖에. 두 사람이 잘되었으면 좋겠다.

얼른 이놈을 날라주고 석가장에서 조씨 형제 놈들과 코가 삐뚤어지게 한잔할까? 아니면 곤륜으로 가서 청해삼호와 한바탕 걸지게 마셔볼까? 에잉, 관두자! 술에 취하면 또 그놈을 생각하며 울고 지랄할 것이 뻔한 놈들이다. 그럼 술 처먹다 말고 술김에 죄다 질질 짜겠지. 그래도 그놈이 그때는 어쨌네 저쨌네 하면서. 제길! 그놈이 뒈졌다고 다른 사람들까지 그렇게 비참해져서야 어디 세상 살 맛이 나겠는가?

에이, 지랄맞을 세상. 이도 저도 귀찮은데 이참에 적당한 관아에 궁둥이를 쑤시고 들어앉아 다시 포쾌 짓거리나 하며 사는 것이 나을지도 모르겠다. 한동안 자리를 비웠다고 뒷골목 건달 놈들이 이 은잠포왕 추명 어르신을 잊었다면 그건 정말 참을 수 없는 일이다.

삐걱! 삐걱! 삐걱!

제기랄!

이 자식은 뒈져서까지 시끄럽게 구니 정말 귀찮은 놈이다. 그렇게 돈 돈 하더니 기어코 돈 때문에 뒈졌다. 황제까지 등쳐먹으려다 엉뚱한 놈에게 뒤통수를 맞았으니……. 사람은 항상 주변이 깨끗해야 장수하는 법인데 녀석은 어려서 그걸 몰랐던 모양이다. 남의 가슴에 못을 박으면 자기 가슴에 비수가 박힌다는 평범한 진리를 왜 모르는가? 사람의 길, 실족하지 않는 사람의 길을 간다는 것은 정말 쉽지 않다.

그런데… 방금 전까지 하늘이 멀쩡했는데, 비가 오나?

그건 아니고…

지랄! 갑자기 왜 이리 눈앞이 흐릿하누!

빌어먹을……!

추명의 마차는 어느덧 멀리 한 점이 되어 사라져 갔다.

삐, 삐, 삐, 삐······.

심박동을 알리는 기계음이 갑작스레 수선을 떨었다.

중환자실 당직 간호사 공인숙은 반쯤 유리창으로 가려진 당직실 안에서 일어서 고개를 내밀었다. 세 명의 환자 중에 누구인가를 살피려는 것이다.

기계음은 창가 쪽에 자리한 교통사고 환자의 것으로, 그의 몸에 연결된 심전도기기가 요란하게 그래프를 그리며 울고 있었다. 그동안 환자의 뇌파는 미미한 파장만을 그렸었다.

어젯밤 교통사고를 당해 응급실로 실려와 호흡과 심장이 멎어 시체실로 운반하던 중에, 발가락이 꿈틀대는 것을 확인한 조수가 급히 중환자실로 다시 날라온 환자였다. 뺑소니차에 당했다던가? 이십 대 중반은 되었음 직한 덩치 좋은 청년으로, 아직 보호자가 나타나지 않고 있어 경찰에 신원 조회를 의뢰해 놓은 상태였다.

환자들의 상태를 점검한 일지 위에 볼펜을 놓은 공인숙은 마스크를 쓰고 종종걸음으로 환자의 침대로 다가갔다. 환자의 몸 주변에는 심전도기기를 비롯해 인공호흡기와 링거 주사약이 연결된 호스 등이 어지럽게 널려 있었다.

그녀는 부러진 팔목 위에 임시로 댄 부목 때문에 조심스럽게 팔을 움직여 환자의 겨드랑이에 체온계를 넣었다. 생사를 가늠할 수 없어 아직 깁스도 해주지 않은 상태였다. 다시 팔에 혈압계를 둘러 환자의 혈압을 측정하고는 체온계를 빼내 살폈다.

체온 37도, 혈압 130/90, 심전도기기가 힘찬 뇌파를 보여주었다. 처음 실려왔을 당시의 심각했던 상황을 고려한다면 환자의 몸은 놀라울 정도로 정상으로 돌아온 셈이었다. 경험으로 보자면 어젯밤 사고 직후 환자의 몸 상태라면 다시 살아난다는 것은 거의 불가능했다. 그런데……

'진짜 살아났네!'

그녀의 얼굴에 작은 미소가 피어났다

생명은 경외스럽다. 이런 환자를 경험한다는 것은 언제나 기분 좋은 일이다. 삼 년밖에 되지 않는 간호사 경력이지만 삶과 죽음의 경계선을 오가다가 결국은 오지 못할 길로 떠나 버린 환자도 숱하게 경험했다. 아무리 낯선 사람일지라도 영원히 오지 못할 길로 떠나보내는 일은 언제 겪어도 마음이 편치 않다.

경계선. 대체 그곳은 어디일까? 누가 그 판정을 할까?

하나님? 부처님?

중환자 중에서 항상 착한 사람만 살아나는 것은 아닌 것 같으니 두

분은 아닐 것 같다.

'응?'

환자의 눈썹이 파르르 떨리는가 싶더니 이내 움직임을 멈추었다. 한동안 조용히 그를 지켜보던 공인숙은 다시 자신의 자리로 돌아갔다. 벌써 동이 틀 때가 된 모양인데 아직 정리해야 할 기록들이 많이 남아 있었다.

삐, 삐, 삐, 삐…….

가끔씩 들리는 신음성과 기침 소리를 제외하고는 기계음만이 중환자실을 가득 메웠다.

평온하던 머리 속에 여러 사람들의 영상이 떠오르며 복잡해지기 시작했다.

할머니, 수아, 김달수, 오안수……. 갑자기 그들의 얼굴이 연기처럼 사라지더니 저만치에서 무영을 보던 남궁화가 얼굴을 붉히며 고개를 숙였다. 면사를 쓴 아라 공주도 있었다. 얼굴이 생각나지 않았다. 걱정스런 얼굴로 지켜보는 주설하와 장자맹도 보였다. 가슴이 뭉클했다.

나비 떼가 날았다.

그 나비들 사이로 한 여자의 얼굴이 그려졌다.

아! 곡완주!

무영의 얼굴에 미소가 번졌다.

그런데…… 근심스런 얼굴이었다.

쐐액!

돌연 흑의를 입은 사신검수가 그의 허리를 베어왔다. 무영이 크게 놀라 움찔하는 순간이었다.

‘안 돼!’

뾰족한 여인의 목소리가 들리며 두 사람 사이로 몸을 내던지는 곡완주가 눈에 들어왔다.

‘완주!’

정신이 흐릿해 오더니 몸 여기저기에서 조금씩 통증이 느껴졌다. 희미하게 켜진 중환자실 전등들이 눈에 들어왔다.

‘헉! 중원으로 가서 다시 태어난 것이 아니었던가?’

건달 행세를 하며 무료한 시간을 때우기 위해 빌려보았던 무협 소설의 내용들이 정신을 잃고 있던 동안 그에게 환상의 세계를 만들어주었는지도 몰랐다. 하지만 단순히 상상이나 환상으로 치부하기에는 기억 속에 너무나 생생하게 남아 있었다.

‘난 장문영이지……?’

낯설었다. 대신 무영이라는 이름이 더 익숙하게 느껴졌다.

‘그래, 난 무영이야.’

몸 이곳저곳에 부상의 아픔이 전해졌지만 그는 한동안 중원에서의 일을 생각하며 미동도 않고 있었다.

얼마간의 시간이 흘렀을까. 통증의 강도가 점차 세지더니 마침내 입을 통해 비명으로 새 나왔다.

“으…….”

공인숙은 간간이 들리는 신음성에 다시 고개를 들었다. 일지 쓰기를 대충 마친 상태라 마음이 훨씬 홀가분해진 그녀는 신음성의 주인공을 찾아 나섰다. 또 그 환자였다.

‘진통제를 놓아야겠네.’

아마 약효가 떨어진 모양이다. 그녀는 조용히 주사약이 담긴 카트를

밀어 환자의 침대로 다가갔다. 벌써 날이 밝아 창가 두꺼운 커튼 사이로 환한 햇살이 비쳐 왔다. 그녀는 창가로 다가가 커튼부터 올렸다. 비록 햇볕도 삼가야 할 중환자실 환자들이지만 잠시라도 그런 따스함을 느껴보라는 작은 배려였다. 앰플을 깨뜨려 주사약을 주입한 후에 링거 호스에 주사기를 꽂고 나서, 문득 고개를 돌리던 그녀는 환자가 눈을 뜨고 있음을 알았다.

"어머!"

공인숙은 가벼운 탄성을 터뜨렸다. 하지만 환자는 그 소리를 듣지 못한 듯 멍하니 허공만 바라보고 있었다. 눈동자가 움직이지 않아 뇌에 이상이 생긴 것은 아닌지 은근히 걱정되었다. 교통사고 환자에게는 그리 드문 일도 아니었기에 살며시 환자 곁으로 다가간 그녀는 유심히 눈동자를 살폈다.

환자의 초점 잃은 눈동자가 창가를 향했다. 빛을 의식한 모양이다. 유리창에는 서리가 끼어 있었다. 병실은 적정 온도를 유지하려고 애를 쓰고 있지만 바깥 공기도 예사는 아닌 모양이었다. 환자는 계속 유리창을 주시했다.

공인숙은 자신도 모르게 그 눈길을 따라 유리창으로 시선을 주었다. 가만히 살펴보니 창에 낀 성에가 커튼을 걷자 실내 공기와 부딪쳐 녹으며 갖가지 형태를 만들어내고 있었다.

"고… 인… 수……!"

공인숙은 그렇게 들었다.

자신을 부른다고 생각한 그녀는 퍼뜩 놀라며 고개를 돌렸다. 환자가 처음으로 입을 연 것 같은데 자기 이름을 부르고 있었다. 어느 틈에 가슴의 명찰까지 본 모양이었다.

'응?'

그런데 자세히 보니 환자의 시선이 자신을 향하고 있는 것이 아니라 뚫어져라 유리창 쪽을 보고 있었다. 공인숙은 그 눈길을 좇아 고개를 돌렸다.

"어머!"

성에가 햇빛에 서서히 녹더니 나비 형태로 되어가고 있었다.

빙접(氷蝶).

무영은 눈이 시리도록 투명한 하얀 나비를 보았다. 나비가 날개를 퍼덕여 허공으로 날았다. 어디선가 노랑나비들이 나타나 하얀 나비 주변을 가득 메웠다. 무리 중 한 마리가 무영을 향해 날아왔다. 방금 전 바로 그 빙접이었다.

아! 익숙한 그 느낌!

'또 너로구나!'

무영이 조심스레 손을 뻗어 잡으려 했다. 하지만 나비는 그를 희롱하려는 듯 다시 저만치 날아갔다.

'후후, 떠난 적도 없는걸요.'

나비는 다시 돌아와 그의 곁을 떠나지 않고 빙빙 주위를 맴돌았다. 무영의 눈에 작은 미소가 번졌다.

'언제나 그랬어요.'

나비의 맑고 깊은 눈이 보였다.

'늘 좋았어요. 앞으로는 영원히 곁을 떠나지 않아도 되니 이젠 조금도 걱정이 없어요.'

나비가 몸을 떨었다. 어느 순간 나비는 스르르 제 몸을 녹이더니 흐릿한 한 줌 연기가 되어 무영을 덮어왔다.

아! 서럽도록 포근한 이 감촉!

무영은 눈을 감았다.

나비는 그곳에도 있었다.

빙접!

엄청난 빙접의 무리!

수백 수천의 셀 수도 없는 투명한 순백의 나비들이 살랑거리며 허공 가득히 은빛을 뿌려댔다.

〈大尾〉

사과드립니다.

　본문의 내용 중 사실과 다른 사항이 있기에 깊은 사죄를 드리며 이 자리를 통해 바로잡습니다. 또한 혼란을 일으킬 여지가 있는 표현에 대해서도 이 자리를 통해 밝힙니다.

　무창의 동호(東湖):이 글 속의 시간대에서는 해광농포(海光農圃)라고 칭하는 것이 맞습니다. 잘못 쓰였습니다.

　걸개선(乞丐船):명대 당시 회양 일대에 성했던 것이라 합니다만 전개의 편의를 위해 임의로 그 활동 무대를 전당강 일대로 옮겼습니다. 착오없으시기 바랍니다. 다만 당시 전당강에는 이와 유사한 백일귀(白日鬼)라는 수적이 활동하고 있었다고 합니다.

　타행(打行):행(行)의 독음(讀音)이 잘못되었기에 타항(打行)으로 바로잡습니다. 타항은 명대(明代) 각 지역에서 자생적으로 생겨난 건달 집단 혹은 사설 경호 집단의 통칭(統稱) 정도로 말할 수 있습니다.

　해남도(海南島) 해구(海口):명대의 명칭은 경주(瓊州)입니다.

　양주 염방(鹽幇):당시 양주 지역의 소금 판매에는 휘주 상방이 상당한 영향력을 행사하고 있었다고 합니다. 전개의 편의상 산서 상방이 장악하고 있는 것으로 설정했습니다(산서 상방 역시 소금 전매에서 상당한 역량을 발휘했다고 합니다).

　재(齋)와 제(祭)의 구별로 스님과 도사를 구분해 묘사했던 구절이 있습니다. 도가의 재초(齋醮)를 염두에 두고 썼지만 문맥상 명백히 잘못 쓰였습니다.

서홍유(徐鴻儒):인물 중 역사에 나타난 실명이 거론된 사람은 명말 천계 년간 백련종의 일파인 문향교 세력을 바탕으로 반란을 일으켰던 문향교의 서홍유와 봉수회의 우홍지가 유일합니다. 서홍유는 문향교의 대전두(大傳頭:아마도 교주 바로 아래의 지위로, 굳이 무협에 비유하자면 총호법 정도가 아닌가 생각합니다)로 교주와는 별도의 조직을 이끌고 반란을 일으켰다가 진압된 자라 하고, 우홍지는 무력 집단을 이끌고 그에 가세했던 자라 합니다.

무협지:무림계 일각에서 무림의 구태를 일소하기 위해 무협지를 무협 소설로 개칭하자는 노력이 있습니다. 진작 알았더라면 쓰지 않았을 말입니다. 본문의 무협지라는 모든 표현을 무협 소설로 정정합니다.

기타 표국(鏢局), 전장(錢莊), 학관(學館), 장강(長江) 등 시대에 이르게 표현된 명칭은 사전에 미리 양해를 구했거나 한국 무협의 합의된 전제로 생각해 사용한 것임을 밝힙니다.

글의 시대적 설정이 명대 말엽으로 되어 있기에 되도록 사실성에 근접하기 위해 나름대로 많은 노력을 기울였으나, 군데군데 사실과 맞지 않은 부분이 있었기에 바로잡았습니다.

그 외에 필력의 부재로 깔끔하게 정리되지 못한 문장은 물론 날카로운(?) 글쓴이의 눈을 피해 교정을 모면하고 살아남은 엉성한 문장도 있었습니다. 거듭 사죄를 드립니다.

기타 글쓴이가 끝내 알지 못한 실수가 있었다면 지적해 주시기를 부탁드립니다.

상검 후기

　쓰고 싶었던 것은 쉽게 읽을 수 있는 가벼운 글입니다. 굳이 그런 흐름으로 잡았던 것은, 편하게 읽고 편하게 느껴달라는 작은 시도였습니다.

　상검은 무림으로 뛰어든 평범한 삼류건달이 중원에서 겪는 경험담입니다. 서문에서 밝혔듯이 '사람은 무엇으로 사는가'에 대해 돈과 연관지어 나름대로 하나의 답을 써보려고 했기에, 여러 상방 간의 이권 다툼을 본문의 큰 흐름으로 잡았습니다.

　이 글을 시작할 때 목표로 한 것은 지극히 평범한 현대의 삼류건달 장문영을 무협 속에 녹이는 것이었고, 다른 하나는 사랑의 빙접을 표현하는 것, 그리고 마지막 하나는 적당한 웃음을 줄 수 있는 글이었습니다.

　상검의 저울추는 급격히 뒤로 기울었습니다. 한 걸음 한 걸음 서서히 가지 못하고 헐떡거려 글쓴이의 밑천을 드러냈습니다. 그저 죄송할 뿐입니다.

　장무영은 평범합니다.

　애초 의도한 바가 평범 속의 약간의 비범과 행운뿐이었기에, 상검 속의 주인공은 결코 초일류무인으로 성장할 수 없습니다. 그는 무림을 일통하거나 상계를 평정하지도, 복수를 완성하지도 않습니다. 남을 휘어잡는 카리스마도, 천하를 압도하는 엄청난 무공도 없습니다. 그렇기에 몇 번의 기연을 만났을 뿐 끝내 대세를 극복하지 못합니다.

　무협의 주인공으로서는 너무나 평범합니다. 철저하게 자신의 이득을 위해 움직이지만 압력에는 어쩔 수 없이 굴하는, 무협의 주인공으로는 적당하지 않을지도 모릅니다. 하지만 사람이란 그렇게 살다가 그렇게 죽지 않는가 하고 말하고 싶었습니다.

상계를 일통한다든가 하는 방향으로 끌고 나갈 수도 있었겠지만, 애초 작심한 설정이 있었기에 일견 허무해 보일지도 모르는 선택을 했습니다. 이 글에 묘사하려 했던 황제나 신하는 근엄하지도 명석하지도 않은, 그저 해학과 조소 대상으로서의 조연역입니다. 언뜻 장무영과 황제는 크게 달라 보일지 모르지만 애초 의도한 캐릭터는 유사한 것으로, 크게 달리 보였다면 필력의 한계입니다.

상검의 시대적 배경은 명말 만력제, 태창제, 천계제 세 황제가 교체되는 시기입니다. 밖으로는 동북의 신흥 강국 후금에 강한 압박을 받고 있고 안으로는 백련종의 일파인 문향교가 주동이 된 ‘서홍유의 난’ 등을 비롯해 각지에서 민란이 끊이지 않고 일어났던 혼란기입니다.

글 속에 처음 나타났던 황제는 색을 밝히다가 죽은 만력제를, 한 달 만에 죽어버린 황제는 ‘홍환(紅丸)의 변(變)’이라 불리는 설사약 사건의 주인공 태창제를, 마지막에 등장했던 황제는 천계제를 염두에 두고 묘사했습니다. 그들 역시 평범한 인간상으로 그리려고 애를 썼고, 황제와 관련한 많은 지문은 가급적 사실성에 기초해 표현하려고 노력했습니다.

백련종의 명대 분파로 말할 수 있는 문향교는 현실에 존재하는 모든 관계를 부정하는 ‘진공가향 무생부모(혹은 무생노모(無生老母))’의 교리로, 믿음을 가진 자만이 내세에서 구원을 받을 수 있다는 종말론 성격의 종교로, 피혁장인 왕삼이 창시했다고 합니다. 교단에서는 교도들의 성금인 향전(香錢)으로 토지나 금융업에 진출해 운영하기도 했다고 합니다. 왕삼이 옥사한 후 그의 아들 왕호현이 교단을 계속 유지했으나 분파로 떨어져 나간 대전두(大傳

頭) 서홍유는 독자적인 세력을 키워오다가 마침내 산동에서 난을 일으켰습니다. 운성현 양산박 일대에서 시작한 그의 반란은 육 개월 만에 진압되어 서홍유도 북경으로 압송되어 처형되었다고 합니다.

원래는 이 부분 또한 하나의 큰 흐름으로 엮어보려고 했으나 사정상 포기해야 했고, 그 영향으로 역무군과 묘이강의 갈등도 상당 부분 축소되었습니다. 후반부에 글의 흐름이 상당히 빨라진 이유인지도 모르겠습니다. 같은 이유로 하오문에 얽힌 이야기나 여러 조연들의 역할 역시 처음의 구상대로 충분히 그려내지 못했습니다. 남궁화와 곡완주의 사랑을 대비시켜 밀도있게 그려내려던 계획도 대폭 수정해 가벼운 결말을 지어야 했던 것도 한 예입니다.

가장 아쉬웠던 점은, 주인공이 현대와 중원을 오가며 활약하는 것으로 묘사하려고 했던 처음의 생각이 끝내 지면에 옮겨지지 못하고 처음과 마지막의 두 장면으로만 나타냈다는 것입니다. 글 속의 시간으로도 이 글은 처음 생각했던 진도의 절반 정도밖에 나가지 못했기에 많이 부족한 작품이 되고 말았습니다.

이 안에 쓰지 못하고 남겨둔 부분을 독자 제위께 조만간 다시 선보이고 싶습니다. 그때는 이 글과 사뭇 다른 분위기로 전개할 생각으로, 더 나아진 필력으로 독자 분들을 모실 수 있기를 바랄 뿐입니다.

상(商)을 소재로 삼았음에도 불구하고 정작 글 속에서의 깊이는 사뭇 천박하기 그지없었습니다. 상당한 노력을 기울였으나 만족할 만한 깊이로 들어가지 못하고 오히려 그 한계성만 드러냈습니다. 다만 상이라는 소재를 빙자한 무협이라고 양해해 주시기를 바랄 뿐입니다. 나름대로 많은 노력을 기울였지만, 현실과 적당히 타협한 모습만 보여주었습니다. 어느 것 하나 제대로 된 것 같지 않아 그저 아쉽고 부끄럽기만 합니다.

　여러모로 부족한 문장의 글임에도 불구하고 끝까지 읽어주신 모든 분들께 그저 크나큰 감사를 드릴 뿐입니다.

　끝으로 이 책이 나오기까지 힘을 아끼지 않은 청어람의 모든 관계자 분들께 진심 어린 감사 인사를 드립니다. 특히 졸필에 난잡함마저 곁들인 원고를 다듬느라 애쓰신 문혜영, 박영주님께는 특별한 고마움을 표합니다.

이현 배상.